정령왕의 딸

정령왕의 딸 8

박신애 판타지 장편 소설

초판 1쇄 찍은 날 § 2004년 3월 2일
초판 1쇄 펴낸 날 § 2004년 3월 12일

지은이 § 박신애
펴낸이 § 서경석

편집장 § 문혜영
편집책임 § 권민정
편집 § 유경화
마케팅 § 정필 · 강양원 · 이선구 · 김규진 · 홍현경

펴낸곳 § 도서출판 청어람
등록번호 § 제1081-1-89호
등록일자 § 1999. 5. 31
어람번호 § 제1-0464호

주소 § 경기도 부천시 원미구 심곡1동 350-1 남성B/D 3F (우) 420-011
전화 § 032-656-4452 팩스 § 032-656-4453
http://www.chungeoram.com
E-mail § eoram99@chollian.net

ⓒ 박신애, 2003

값 8,000원

ISBN 89-5831-018-9 04810
ISBN 89-5505-629-X (SET)

정령왕의 딸

박신애 판타지 장편 소설

8

새클턴 정글

도서출판
청어람

목
차

8권:새클턴 정글

제 33 회 기사단 생활

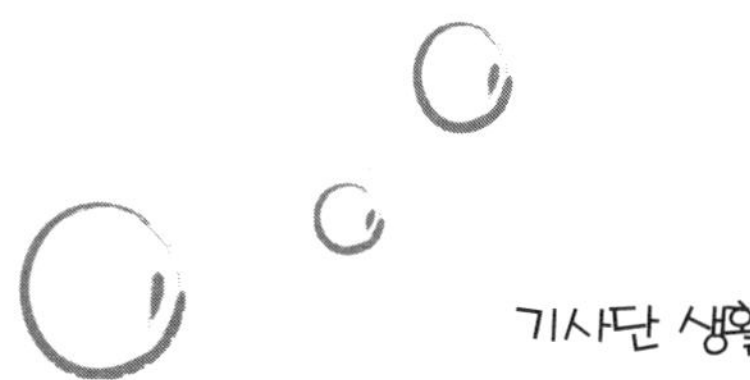

기사단 생활

그날 나는 이브스햄을 돌려보냈기 때문에 블랜차드가 자신의 집으로 날 데려가서 재워주고 그 다음날 아침 또다시 날 데리고 왕성으로 출근했다. 어제 블랜차드 후작이 기사단으로 들어오라고 하기에―이브스햄이나 조엘도 그쪽으로 생각하고 있으라 하기도 했고―순순히 받아들였더니만, 그 다음날 당장 가서 기사단에 등록하라고 데리고 가는 거였다.

"저기… 후작님이 기사단장인 거는 알고 있지만, 이렇게 아무나 막 등록시킬 수 있는 거예요? 그… 뭐냐, 임원들끼리 회의 같은 거 안 해도 돼요?"

왕성으로 가는 마차 안에서 남들은 잘 들어가지도 못한다는, 엘리트 중의 엘리트만 뽑는다는 기사단에 너무 쉽게 들어가는 것 같아 불안한 마음에 물었더니 블랜차드 후작, 아니, 이 시퍼런 도마뱀 세르반느―이게 진짜 이름이랜다—가 훗 하고 쿨하게 웃어 보였다(젠장, 얼굴이 잘생기면 뭘 해도 멋있어 보인다더니만, 무표정하게 폼 잡고 있을 때도 멋있었는데 웃어도 멋있었다).

"훗, 걱정되냐? 그럴 거 없어. 사실 12기사 중 한 사람의 추천으로 입단하는 사람도 다른 임원들이 실력을 확인하기 위해 간단한 테스트는 하긴 하지만, 내가 인정했다는데 누가 실력 좀 보자고 테스트한다 달려들겠어? 그냥 무조건 통과시켜 줄 거야."

자신만만하게 대꾸하는 블랜차드 후작의 모습에 나는 안심이 되기보다 오히려 더 걱정이 되었다.

"허어… 그거 권력 남용 아니에요? 나 들어가서 고생하는 거 아닌가 몰라."

"권력 남용? 훗, 오해하지 마라. 나는 널 위해 일부러 테스트를 못하게 막을 생각은 없으니까. 단지 그들이 내 기준을 높이 평가하기 때문에 테스트할 필요를 못 느낄 거라는 거야. 사실, 어제 그 파티장에 있었던 녀석들 중 네 실력에 감탄하지 않은 사람은 드물 거다. 내 기운을 그 정도로 버텨낸 사람은 없으니까. 하기야, 내가 그 정도까지 기운을 끌어낸 적도 없지만… 너에게는 당연한 거겠지?"

후작의 말이 끝나자마자 아버지가 나타나며 대꾸했다.

[당연한 거 아니냐?]

그리고 그 뒤를 이어 나머지 세 정령왕이—이제는 그게 지극히 당연하게 느껴진다—줄줄이 나타나며 말을 이었다.

[네 녀석이 어제 그렇게 비겁한 수만 안 썼어도, 해인이가 진 것처럼 보이지는 않았을 거다. 누가 가르쳤는데… 암, 암.]

실피드가 잘난 체하며 나오자 노아스가 콧등을 찡그렸다.

[그거 한번 가르쳐 준 거 가지고 잘난 척하긴…….]

네 정령왕들은 내가 후작네 집에 도착했을 즈음 힘을 보충한다면서 정령계로 돌아갔었다.

비록 정령계에서는 거의 무적에 가까운 그들이지만, 이 세계에서는 계약자가 없이는 모습을 드러내는 것에도 많은 힘을 써야 했다. 그 덕에 세 정령왕이 달려들었지만 드래곤의 결계 하나—비록 그게 엄청난 결계이기는 했지만…—깨지 못하고 힘만 잔뜩 소진해 버렸던 거였다. 그때에는 정령계로 소환되기 직전에 멈추기는 했는데, 그래도 힘에 부쳤는지 내가 후작네 집에 도착했을 때 작별 인사도 없이 횡하니 돌아갔었다.

"어라? 벌써 회복하신 거예요? 호오, 대단한 회복력이군요."

내 질문에 맨 마지막으로 나타난 이프리트가 비죽 웃으면서 고개를 저었다.

[아니야. 덜 회복되었는데 엘라임이 오니까 줄줄이 좇아온 거야. 다시 가서 더 회복시켜야 해.]

이프리트의 말에 후작이 피식 웃었다.

"뭐야, 너도 좇아온 거잖아."

[훗, 무슨 소리. 나는 이 철없는 것들을 다시 데려가려고 온 거야. 그럼, 오늘은 이만…….]

이프리트의 말이 끝나자마자 이프리트의 날개가 부쩍 커지면서 불꽃의 날개가 세 정령왕을 감쌌고 그대로 네 정령왕은 사라져 버렸다. 세 정령왕의 항의 소리와 함께 말이다.

"아, 그러고 보니 이프리트 아저씨는 어제 힘을 많이 안 썼지……."

"거참, 저 녀석들은 맨날 옆에서 조잘대냐? 그럼 엄청 시끄럽겠군?"

블랜차드 후작의 황당하다는 질문에 나는 삐질 웃었다.

"매일은 안 오세요. 그냥 어제처럼 제가 위급한 것처럼 느껴질 때
만… 아니면, 가끔 심심할 때 불쑥……."

"훗, 같이 있으면 심심하지는 않겠는걸? 이참에 내가 그냥 엘라임과
계약을 해버릴까?"

그러자 내 옆에서 갑자기 엘라스트라가 불쑥 나타나며 아버지의 전
언을 전했다.

[정령왕께서 '네놈과는 절대로 계약 안 한다' 라고 전하라 하셨습니
다.]

엘라스트라의 말에 후작은 더 얼빠진 표정이 되었다가 웃었다.

"쿡쿡쿡～ 재밌군, 정말 재밌어."

간단한 확인 절차만 하고 쉽게 왕성 안으로 들어온 후작은 마차에서
내리자 주위에서 건네오는 인사들에 간단하게 답례하며 날 성안의 큰
방으로 데리고 갔다. 그런데 그 방은 어제 블랜차드 후작이 날 데리고
간 방이 아닌, 다른 방이었다.

"어라? 여기는 어제 그 방이 아니군요."

그곳은 기사단의 상징이라는, 마치 왕가의 문장을 보호하려는 듯―물
론, 왕실 기사단이 왕가를 수호하는 것이 가장 큰 목표이긴 하다. 그래서 그런 모
습을 띤 걸지도―가슴에 품고 포효하는 그리프(날개 달린 사자처럼 생겼다)
문양이 커다랗게 새겨진 문 양 옆에 두 명의 기사가 매서운 눈을 번뜩이
며 지키고 있다가 후작의 모습에 허리를 숙여 보였다. 그에 살짝 고개를
숙이는 것으로 답례한 후작은 척척 문을 열고 들어가며 대답했다.

"여기는 내 집무실이야. 어제 널 데려간 데는 기사단 휴게실이고."

그래서 어제 그 방에 커다란 소파가 있었던 모양이었다. 뭐, 소파야 웬만큼 큰 집무실에는 다 있었지만 말이다.

블랜차드 후작은 턱짓으로 소파를 가리키며 날 거기에 앉게 한 후, 자신은 커다란 책상 위에 수북하게 쌓여 있는 서류 더미들을 뒤적거리며 훑어보기 시작했다. 그러다 잠시 후 귀찮다는 표정을 노골적으로 드러내며 한숨을 한번 쉬고는 몇몇 서류들을 챙겨 자세하게 읽더니만 나를 바라보았다.

"아, 여기서 기다리고 있어봐. 보고를 할 게 좀 있어서 다녀와야겠어. 아아, 기다리고 있는 동안에……."

그러더니만 그는 커다란 책상 뒤에 있는 그 못지않게 큰 책장으로 가서 두툼한 책을 한 권 꺼내 나에게 던졌다.

"심심하면 그거나 읽고 있어. 기사단에 들어올 테니, 기사단 구조는 대충 알고 있어야지."

그리고는 서류를 주섬주섬 챙겨 서둘러 나가는 거였다.

그가 닫고 나간 문을 황당하게 바라보던 나는 길게 한숨을 내쉬었다. 왕실 기사단에 대해 아무것도 모르는 주제에 이렇게 쉽게 입단이 되어도 되는 건지도 걱정이 되고, 도대체 여기서 내가 뭘 할 수 있는지도 걱정이 되었다. 하지만 그래도 다행히 입단하기 전에 아는 사람 하나 만들어놔서 다행이다 싶었다.

'에… 물론 사람은 아니지만, 어쨌든 여기서는 사람 행세를 하고 있으니…….'

어쨌든 그가 주고 간 책이나 보자라는 생각에 나는 어깨를 한번 으쓱이고는 소파에 편안한 자세로 앉아 책을 펼쳤다.

왕실 기사단의 인원은 단 50명뿐이었다. 그 50명 중에서도 등급이 있었는데다(뭐 사실 그 50명의 실력을 모두 파악하여 1순위부터 50순위까지 순위가 쫘악 매겨진다고 한다).1순위와 2순위는 당연히 기사단장과 부기사단장인데, 그들을 포함해서 12순위까지의 12명의 기사를 '12로얄 기사'라고 불렀다.

그런데 재미있는 건, 왕실 기사단 소속 중 랭킹 13위부터 50위까지는 모두 기사인 데 반하여 이 1위부터 12위까지는 기사가 아닌 자도 포함될 수 있다는 거였다. 그러니까 보통 왕실 기사단에 기사가 아닌 다른 능력자—그러니까 마법사나 정령사나, 혹은 마검사나 정령검사—가 영입되었을 경우, 그 능력을 시험해서 랭킹 12위의 기사를 이길 정도의 실력이면 당당하게 랭킹을 가진 왕실 기사단 소속의 기사 아닌 기사(?)가 되지만, 그렇지 않을 경우엔 그냥 왕실 기사단 소속이란 명패만 가질 뿐이었다.

이게 언뜻 보기에는 기사들만 우대하는 거 같지만, 다르게 보면 기사들이 마치 능력 테스트의 기준 눈금으로 취급되는 것처럼 느껴지기도 했다.

그런데 지금은 1순위부터 50순위까지는 모두 기사이고 그 외에 기사단에 영입된 다른 능력자는 아무도 없다는 거였다.

나 빼고는…….

'으음… 나도 오늘에서야 영입되었으니 우선은 그냥 기사단 소속이겠지?

그 뒤로 왕실 기사단 산하 기관(?)이라고 할 수 있는 왕성 수호 기사단과 왕실 경비대(이건 병사들)에 대한 부분을 읽고 있는데 문이 벌컥 열리며 누군가가 들어왔다.

후작이 벌써 돌아온 줄 알고 고개만 들었는데, 처음 보는 사람이 내 눈앞에 떠억 버티고 선 채 날 마구 째려보고 있는 거였다.

"누구시죠? 누구신데 여기 함부로 들어와 계시는 겁니까?"

"예? 아… 저는……."

그의 매서운 반응에 나는 당황해서 자리에서 일어나며 입을 열었다.

"저… 후작님이 여기서 잠깐 기다리라고 하셔서요."

내 말에 그의 눈썹이 못마땅한 듯 꿈틀거리더니 차갑게 내뱉는 거였다.

"블랜차드 후작님을 말씀하시는 거라면, 여기서는 단장님이라고 불러주시기 바랍니다."

"네? 아, 네."

나는 순간적으로 내가 그에게 뭘 잘못 보였나… 고민이 되었다. 그정도로 그의 반응이 냉담했던 것이다.

"당신이 누구신지는 아직 대답하지 않으셨습니다."

여전히 딱딱하고 차가운 그의 말에 나는 얼른 입을 열었다.

"아, 해인 오스번 엠브로스 백작이라고 합니다."

내 말에 그는 아직 나에 대한 이야기를 들어보지 못했는지 고개를 갸우뚱하더니 별말없이 눈길을 돌렸다.

"그럼 앉아서 기다리시죠."

"아, 네."

'네가 오기 전에는 앉아서 기다리고 있었다구.'

나는 속으로 궁시렁댔지만, 겉으로는 얌전히 다시 소파에 앉아서 책을 집어 들었다.

하지만 갑자기 등장한 인물에 대한 호기심 때문에 책에 있는 글이 눈에 잘 안 들어왔다. 그래 책을 읽는 척하면서 힐끔힐끔 그 인물을 조심스레 관찰하기 시작했다.

그는 나와 비슷한 또래, 그러니까 이제 갓 20살이 되었거나 아니면 20대 초반으로 보였다.

그런데 하프 엘프가 아닐까 오해할 정도로 엄청 희고 뽀샤시한 피부에 갸름한 턱, 동그랗고 큰 눈에 오뚝한 코, 붉은 입술을 가지고 있었다.

'헤에, 하프 엘프라기보다는 여자로 착각하겠다. 것두 꽤 미인…….'

그나마 여자라고 착각하지 않는 건, 여자치고는 굵고 낮은 목소리 때문이었다.

'아? 아니지… 여자라고 해도 일부러 목소리를 굵게 낼 수도 있는 거잖아? 아, 그럼 혹시 여기사일까?'

한번 물어보고 싶은데 아까의 냉담한 태도 때문에 물어볼 엄두가 안 났다.

그는 허리까지 내려오는 푸른빛이 도는 검은 머리칼을 뒤통수에서 한번 질끈 묶은 채 목덜미를 시원하게 드러냈는데, 가늘고 긴 데다가 얼굴 피부처럼 하얀 피부가 드러난 게, 목걸이 모델 하면 딱일 듯했다.

거기에 신비로운 검은 눈동자의 그를 보니, 동양적인 미가 물씬 풍기는 듯했다.

'아아, 그러고 보니 여기서 동양인처럼 검은 머리칼에 검은 눈은 처음 보는 것 같아. 오오… 왠지 친근감이…….'

하지만 그 친근감은 차가운 그의 눈동자와 마주치자마자 사그라들었다.

"뭘 보시죠?"

"아, 죄송합니다."

그가 눈치 채지 못하게 조심해서 본다는 걸 나도 모르게 뚫어져라 계속 쳐다본 모양이었다.

무안한 마음에 얼른 책으로 시선을 떨구는데 그의 차가운 목소리가 들려왔다.

"보아하니, 저와 비슷한 처지이실 것 같은데……."

"예?"

의아해서 그를 바라보니 그는 비웃는 것처럼 예쁜 입술 끝을 약간 비틀며 입을 열었다.

"남들에게 여자로 오해받거나, 약할 것처럼 보이는 거 말입니다. 아닙니까?"

"에……? 아, 뭐……."

나는 내가 스스로를 여자라고 생각하기 때문에, 여자로 오해받는 게 오히려 기뻤다. 단지, 그 뒤에 '남자였잖아?' 하면 배로 기분이 나빠지지만……. 그런데 이 사람은 그게 엄청 기분 나쁜 일이었나 보다. 뭐, 대신 이로써 그가 남자라는 게 더 확실해졌지만…….

"저기……."

조심스런 내 말에 그 남자가 냉정한 검은 눈을 나에게로 향했다.

"뭡니까?"

"생각해 보니까 제 소개는 한 것 같은데, 그쪽 소개는 못 들은 것 같아서요."

내 말에 그는 인상을 한번 찌푸렸지만, 내 말이 맞다고 생각했는지 순순히 대답했다.

"조르디 엘리노어라고 합니다. 엘리노어 남작가의 장남이고, 지금은 기사의 작위만 가지고 있습니다."

　자작이란 작위는 공작이나 후작의 후계자에게만 주어질 뿐이라서 백작이나 남작의 후계자들은 아버지의 작위를 이어받기 전에는 그냥 기사 작위의 호칭인 '경'이라고 불릴 뿐이었다. 하지만 아무리 기사의 작위만 가지고 있다 해도 왕실 기사단의 기사라는 건 자작이라는 작위만큼이나 대단한 것이었다. 그게 귀족 작위 중 가장 낮은 남작의 장자라 해도 말이다.

　"아, 그러시군요. 저… 그럼 후, 아니, 기사단장님을 뵈러 오신 건가요?"

　내 질문에 엘리노어 경이 다시 한 번 눈을 찌푸렸지만, 이번에도 순순히 대답했다.

　"저는 기사단장님의 보좌관입니다."

　"그러셨군요."

　그래서 기사단장 집무실에 있는 날 경계한 걸까?

　'음, 그럼 무슨 감정이 있어서 나에게 차갑게 대한 게 아니겠군.'

　처음 만난 사람에게 그러한 대접을 받게 되면 누구나가 무척 당혹스러울 것이었다. 그러면서 내가 뭔가 잘못한 게 있을까… 고민도 하고 말이다.

　다행히 그런 게 아니라는 것을 알게 된 나는 전보다는 좀 더 편안한 마음으로 앉아 있을 수 있었다. 하지만 그걸 이해하게 되었다고 해서 분위기가 좋아진 것은 아니었기에, 나는 다시 침묵 속에서 책으로 눈을 돌렸다.

　그러길 대략 10여 분쯤 지났을까(물론 이건 내 느낌이기 때문에 정확한 시간은 아닐 것이다)? 갑자기 문이 벌컥 열리면서 이 방의 주인인 블랜차드 후작이 뒤에 누군가를 달고 척척 들어왔다.

"귀찮군. 그렇다면 그런 줄 알지, 뭘 그렇게 꼬치꼬치 캐묻는 건지.
그래 봤자 결국에는 물러날 거면서……."

그들의 등장에 엘리노어 경이 반사적으로 몸을 펴고 부동 자세를 취
했기에 나도 얼결에 엉거주춤 자리에서 일어났지만, 갑자기 들어온 두
사람 모두 우리에게는 눈길도 안 준 채 저희들끼리의 대화에만 열중했
다.

블랜차드 후작이 들고 있던 종이 뭉치를 책상에 던져 놓으며 투덜거
리자 뒤따라 들어오던 남자가 웃으며 그의 말을 받았다.

"아하하, 그들이야 무슨 꼬투리라도 잡으려고 애쓰는 사람들 아닙니
까? 그들이 그러는 게 어디 하루 이틀이었습니까?"

"흥, 처음과 변한 게 하나도 없어. 이건 맨날 억지로 꼬투리를 잡고
늘어지니……."

"그렇게 하면 자기들이 똑똑하게 보일 줄 아나 보죠."

"우습지도 않아. 이젠 좀 논리적으로 타당해 보이는 꼬투리를 잡히
고 싶군. 이건 보고하러 갈 때마다 떼쓰는 애들 달래러 가는 심정이
니……."

후작은 인상을 찡그려졌지만, 그 뒤의 기사―차림하고 있는 사람―는
웃고 있었다.

"그래도 결국에는 단장님의 의견이 다 받아들여지지 않습니까?"

후작의 뒤를 따라온 기사―차림을 하고 있는 사람―의 말에 후작은 정
색을 해 보였다.

"당연하지. 내 제안을 안 받아들이고 거절한다면, 난 그 사람의 정신
상태를 의심하게 될 거야."

너무나 당당하게 잘난 체하는 후작의 모습에 나는 황당감을 감추지

못했지만, 후작의 뒤를 따라 들어온 기사—차림을 하고 있는 사람—나 엘리노어 경이나 매일 보는 장면인지, 아니면 저희들도 맞다고 생각하는지 태연한 표정들이었다.

덕분에 잠시 대화가 끊어지고 틈이 생기자, 엘리노어 경이 기다렸다는 듯 슬그머니 그들 사이에 끼어들었다.

"단장님, 엠브로스 백작이 기다리고 있습니다만……."

잊혀진 날 블랜차드 후작에게 일깨워 주는 건 좋은데, 엘리노어 경의 표정은 마치 귀찮은 존재를 먼저 처리해 버리라고 말하는 것 같았기에 전혀 고맙지가 않았다. 뭐, 그래도 덕분에 후작의 시선이 나에게 날아왔지만 말이다.

"아, 미안. 오래 기다렸지?"

"뭐, 심심하지는 않았는데요."

후작의 시선이 나에게로 날아온 덕분에 엑스트라로 물러난 기사와 엘리노어 경은 후작의 친근한 어투에 눈을 휘둥그레 뜨더니만, 책을 슬쩍 들어 보이며 친근하게 받는 내 말에는 입까지 떠억 벌렸다.

그런 그들의 반응에 나는 왠지 이해가 될 것 같았다.

후작은 그들이 그러든 말든 상관하지 않은 채 자신의 뒤를 따라 단장실로 들어온 기사에게 날 소개했다.

"이번에 우리 기사단에 입단시키고 싶은 녀석이야. 능력을 보면 로얄 기사 테스트를 받게 하고 싶지만, 어리버리한 녀석에게는 너무 이르니 당분간 내 보좌관으로 놔둘 생각이네."

"아, 다, 단장님 보좌관이요? 호, 혹시… 어제 파티에서……."

그 기사는 후작의 발언이 너무 충격적이었는지, 인상에 안 어울리게 말을 더듬으며 단장과 날 번갈아 바라보며 물었다.

후작은 그가 무슨 말을 하고 싶어하는지 눈치 챈 듯 고개를 끄덕였다.

"맞아. 어제 나와 소동을 벌인 그 녀석이야. 그 정도면 자격은 충분하겠지?"

후작의 말에 그 기사는 당황한 정신을 수습하다 말고 놀랍다는 시선을 나에게 보냈다.

"저… 험, 저 백작님이 단장님의 호승심을 불러일으켰다는 그분이시군요. 생각과는 다른 모습이신데요?"

"후후후, 그거야 정령술사니 아무래도 외모와는 크게 상관이 없지 않을까? 자, 해인아, 이쪽은 에아머스 차트워드 경이다. 로얄 기사 중 랭킹 10위의 기사지. 로얄 기사가 뭔지는 알겠지?"

후작의 소개에 나는 황급히 그 기사를 향해 인사를 건넸다.

"아? 아아, 물론이죠. 만나서 반갑습니다, 차트워드 경."

"네, 왕실 기사단에 입단하게 된 걸 축하드립니다, 에… 백작님."

"예? 아, 예."

나는 기사가 아니다.

만약 로얄 기사가 되겠다고 한다면 '경' 자를 붙여도 상관없지만, 지금은 그게 아니라 그냥 왕실 기사단에 입단하기 때문에 엠브로스 '경'이 아니라 그대로 엠브로스 백작이라고 불리게 될 거였다.

"입단하면, 차트워드 경에게는 존대를 못 받을 거야. 너는 일반 기사 단원이고 차트워드 경은 어엿한 로얄 기사이니. 억울하면 로얄 기사 테스트 받을래?"

난 엄연한 작위가 있는 귀족이고, 차트워드 경은 기사 작위만 받은 귀족—아마 부모님이 안 돌아가셨거나, 아니면 집안의 후계자가 아니거나 둘

중 하나겠지만—이기 때문에 아직 정식으로 기사단에 입단하지 않은 현재는 내가 그에게 존대를 받게 되겠지만, 일단 기사단에 입단하게 되면 작위의 유무나 나이에 상관없이 순수하게 랭킹에 따라 상하가 정해지기 때문에 입단한다면 일반 기사단원인 나는 로얄 기사인 그에게 깍듯이 존대를 해야 한다.

"아니, 아까는 나중에 테스트받게 한다고 하지 않았어요?"

"뭐, 그건 내 생각이고. 네가 원한다면 받게 해줄 수도 있는데?"

"됐어요. 뭐가 뭔지 하나도 모르겠는데… 받더라도 익숙해진 다음에 받을랍니다."

"그래라. 그러면……."

후작이 만족스러운 미소를 띠고 뭔가 말하려고 했는데 엘리노어 경이 불쑥 끼어들었다.

"말씀 중에 대단히 죄송합니다만, 여쭙고 싶은 것이 있습니다."

사뭇 비장해 보이는 그의 표정에 후작은 살짝 인상을 찡그리기는 했지만, 질문을 허락했다.

"뭐냐?"

"방금 단장님께서 저분을 보좌관으로 두신다고 하셨는데, 그럼 저는 어떻게 되는 것입니까?"

그리고 보니 엘리노어 경이 후작의 보좌관이었다. 그러니 그의 질문은 당연한 거였다.

나 또한 그 대답이 궁금해서 후작을 주시하고 있는데, 막상 후작은 별거 아니라는 듯한 표정으로 입을 열었다.

"어떻게 될 것도 없어. 너는 그대로 내 보좌관이 될 거니까."

"예? 하, 하지만……."

"명색이 내 보좌관이면서 왕실 기사단의 규칙을 잘 모르는 것 같군. 기사단장은 보좌관을 셋까지 둘 수 있는 걸로 아는데? 하지만 현재 내 보좌관은 너 하나뿐이다. 질문에 답이 됐나?"

질책 어린 후작의 말투에 엘리노어 경은 얼굴을 붉히며 고개를 푹 숙였다.

"예. 죄, 죄송합니다."

그의 모습에 왠지 내가 미안해지는 것 같아, 나는 슬그머니 끼어들었다.

"보좌관이라… 아무것도 모르는 날 어떻게 써먹으려고요?"

"써먹긴, 아무것도 모르는 널 지금 당장 어디다 써먹냐? 우선은 엉뚱한 짓 못하게 옆에다 두는 거지. 뭐, 좀 지나 써먹을 데가 생기면 모를까……."

"쩝… 하기사……."

후작이랑 친근하게 말을 주고받는 날 가만히 바라보던 차트워드가 대화가 끊어지자 슬쩍 끼어들었다.

"그런데… 두 분은 전부터 아는 사이셨습니까? 어제 처음 만난 것치고는 사이가 무척 가까운 것 같군요. 뭐, 사나이가 의기투합한다면야 친해지는 건 순식간이지만……."

후작의 진짜 정체나 내 아버지의 정체에 대해서만 함구한다면—뭐 말해도 믿어줄지 모르겠지만—숨길 건 없었기에 블랜차드 후작은 순순히 대답했다.

"만난 건 어제가 처음이야. 그런데 알고 봤더니 저 녀석 아버지가 전에 나와 알던 사이더군. 덕분에 떠맡게 되었어."

"백작님의 아버님이시라면… 전 엠브로스 백작님과 친분이 있으셨습니까?"

차트워드 경이 고개를 갸웃거리며 조심스레 묻자 블랜차드 후작이 고개를 저으며 부드럽지만 단호하게 질문을 막았다.

"아아, 아니야. 하지만 남의 집안일에 대해 말하기가 좀 곤란하니 더 이상 묻지는 말게."

"아, 예. 죄송합니다. 그럼 백작님의 입단서는……."

그에 차트워드 경이 황급히 화제를 돌리자 블랜차드 후작이 기다렸다는 듯이 그의 말을 반겼다.

"그래서 말인데, 자네가 저 녀석 좀 입단시켜 주겠나? 내가 해주려고 했는데 오늘 좀 바쁠 것 같아서… 대강 해주고 나중에 여기에다 데려다 놓으면 되네."

"아하하… 그래서 절 데리고 오신 거였습니까?"

"자네 지금 바쁜 일이 없잖은가, 바쁜가?"

후작의 말에 차트워드 경은 싱긋 웃으며 고개를 저었다.

"아닙니다. 기꺼이 해드리죠. 그런데… 검은 어떻게 할까요?"

나를 조심스레 살피며 묻는 차트워드 경의 말에 후작도 날 아래위로 훑어보더니 툭 던지듯 내뱉었다.

"검? 흐음… 그냥 하나 줘. 폼으로라도 가지고 있게."

"검술은 전혀 못하시나 보죠?"

"글쎄… 해인아, 검 다룰 줄 아냐?"

후작의 말에 나는 삐질 웃었다.

"6개월 배우고 말았는데요."

"그렇다는군."

내 말에 역시나 하는 표정으로 후작이 차트워드 경을 돌아보며 대답하자 똑같이 역시나… 하는 표정을 하고 있던 그가 고개를 끄덕였다.

"알겠습니다. 아, 그럼 추천인의 인장은……."

"나중에 찍어줄 테니 한가하면 가지고 오라고 해."

"그러죠. 자, 그럼 백작님, 저와 함께 가시겠습니까?"

"잘 갔다 와. 나중에 여기 왔을 때 혹시 나 없더라도 말은 해놓을 테니까 여기서 기다려라."

후작은 엘리노어 경이 기다렸다는 듯이 잽싸게 건네준 서류를 들여다보느라 나에게는 시선도 주지 않은 채 건성으로 손만 들어 인사를 했다.

"그러죠."

어디에든 그렇겠지만, 왕실 기사단에 입단하는 데에도 여러 가지 절차가 있었다.

후작이 차트워드 경에게 부탁한 것이 바로 그 절차를 밟는 데 같이 있어달라는 거였다.

원래 정식으로 시험을 통과하여 입단하는 거면 절차가 좀 형식적인 면도 가미되어 복잡하고 화려했을 텐데, 나는 홀로 추천을 받아 입단하는 거라서 그런 형식적인 면이 모두 축소 및 생략되어 입단 절차를 모두 밟는 데 반나절 정도밖에 안 걸렸다.

우선 입단 서류 작성하고—서류에는 추천일 경우 추천한 사람의 사인, 혹은 인장을 찍어야 했다. 후작이 말한 인장 받으러 오라는 게 바로 그 이야기였던 모양이다—옷을 맞추러 갔다.

왕실 기사단에는 우선 공식적인 자리에 입고 나가는 제복과 공식적으로 싸우러 나갈 일이 있을 때 입는 갑옷, 그리고 업무를 볼 때 입는 옷과 훈련할 때 입는 옷이 따로 있었다. 마치 군대처럼 말이다. 그런데 그러한 옷을 모두 기사단 내에 의상 담당 팀을 따로 두고 그들이 제작, 수선을 전담하게 하는 거였다.

나도 거기 가서 옷을 맞춰야 했는데, 나는 기사가 아니기 때문에 입을 일이 없는 갑옷과 훈련복은 제외되었다.

제복은 안에 받쳐 입는 하얀 셔츠와 겉에 입는 아이보리 색 정장 스타일의 바지, 그리고 차이나 칼라에 한쪽 옷자락이 다른 쪽 옷자락의 절반을 덮는 스타일의 바지와 같은 색의 자켓과 그 위에 걸치는 은빛 망토로 이루어져 있었다.

업무를 볼 때 입는 옷은 밝은 베이지 색의 승마 바지처럼 다리에 약간 붙는 스타일인 바지에 엉덩이까지 내려오는 어두운 베이지 색 자켓으로 이루어져 있었다.

그러한 복장에는 모두 가슴 부근과—제복의 경우에는 망토와 망토 고정핀에도—오른쪽 팔뚝에 왕실 기사단 문장이 세공된 얇은 금판이 부착되어 있었다.

그런데 일반 기사인 경우에는 그리프 밑에 랭킹이 쓰여진 리본이 있었고, 로얄 기사인 경우에는 그리프 위쪽에 랭킹이 쓰여진 리본이 있었는데, 랭킹이 바뀔 때마다 이 문장을 매번 바꿔 달아야 했다. 그것 때문에 기사단 제복을 관리하는 재단사가 따로 기사단 안에 상주하는 건지도 모르겠지만…….

나는 랭킹이 없어서 그리프 밑에 아무것도 안 쓰인 리본이 있을 거였다.

그곳에서 며칠 안에 옷을 완성해서 저택으로 배달해 주겠다는 답을 들은 뒤 곧바로 검을 받으러 갔다.

　이것도 원래 테스트를 해서 입단하게 되면 우선 제복을 맞추고 그것이 완성되면 멋들어지게 차려입고―여기서 왕실 문장은 아직 달지 않는다. 그건 순위가 정해져야 지급되기 때문―여왕을 비롯하여 왕실 기사단의 수뇌부들(?)이 주르르 있는 데서 여왕에게 충성 맹세를 하고 그녀에게 검을 하사받는 식을 거쳐서 검을 가지게 되는 것이다(이것도 몇 년에 한 번, 많아야 일 년에 한 번 몇 명이 입단되기 때문에 가능한 형식이지 그렇지 않았으면 기사단 내에서 처리했을 거다). 그 뒤에 신참 기사들끼리 기사단 내에서 랭킹을 알아보는 테스트가 행해졌을 거고, 기사단 내의 세분된 조직 자리에 끼워지며 선배 기사들과 안면도 익히고 그럴 텐데, 그런 모든 것들이 나에게는 생략된 것이다. 어차피 기사가 아니니 로얄 기사 테스트를 받는 게 아닌 이상 랭킹을 가지는 일도 없고, 자리도 후작이 직접 자기 보좌관으로 만든다고 했으니…….

　'이렇게 누군가의 추천을 받아 입단하는 사람이 극히 드물다더니만, 이건 완전 낙하산 타고 입단한 기분이잖아? 그래서 추천으로 입단하는 경우가 거의 없는 걸까나?

　덕분에 이 모든 것을 끝내고 다시 단장실로 왔을 때에는 점심 시간 조금 전이었다.

　그렇게 입단에 대한 모든 절차를 일찍 끝냈음에도 불구하고 정식으로 입단이 된 것은 그로부터 사흘 후였다. 그런데 참 운명인지. 아니면 일부러 그날에 맞추어 제작한 건지 그날 아침에 내 제복이 완성되어 기사단으로부터 제복을 입고 출근하라는 전갈과 함께 저택으로 배달된 거였다. 그래서 정말 그렇지는 않겠지만, 기사단에는 제복이 완성되어야 입단할 수 있는 건가… 하는 엉뚱한 생각이 들었다.

그러면서 여왕에게 선보일 것도 아닐 텐데 무슨 제복씩이나 입고 출근하라고 하나 투덜거리면서도 시키는 대로 얌전하게 제복을 입고 우려 반 기대 반이 뒤섞인 시선으로 날 바라보는 이들의 배웅을 받으면서 첫 출근을 했다(입단 절차를 끝냈더니만 블랜차드 후작이 연락이 있을 때까지 집에서 기다리라고 하기에 줄곧 저택에 있었던 것이다).

왕실 정문에서 간단한 신분 확인을 끝내고 단장실로 향하는데, 채 그곳에 당도하기도 전에 나를 기다리고 있었던 듯한 매서운 눈길의 엘리노어 경을 만났다.

"오, 여기서 만나게 되는군요, 엘리노어 경."

이제 같이 일하게 되었기에 나는 웃으면서 인사를 했는데, 그는 여전히 차가운 얼굴로 고개만 끄덕여 인사를 받더니 곧바로 용건을 꺼냈다.

"따라오시지요. 모두들 기다리고 계십니다."

"예?"

후작이 날 기다리고 있다고 한다면 쉽게 납득하겠지만, '모두들'이란 단어에 선뜻 이해를 못하고 되물었지만, 엘리노어 경은 설명은커녕 내 질문을 못 들은 척 그대로 몸을 돌려 걸어가기 시작했다. 그래 설명을 기다리고 있던 나는 한 박자 늦게 허둥지둥 그의 뒤를 좇아가야만 했다.

"앗, 잠시만요."

딱딱한 그의 태도에 뭔가 잘못 찍혔구나… 하는 걸 느낌과 동시에 앞으로 직장 생활이 순탄하지 못하리란 예감이 팍팍 들었다.

엘리노어 경이 날 데리고 간 곳은 왕실 기사단의 회의실이었다.

왕실 기사단 50명이 다 들어갈 수 있는 커다란 방 안에는 앞쪽에 초승달처럼 길게 휘어진 탁자에 10명쯤 되는 기사들이 자리를 잡고 앉아 있었고, 나머지 기사들은 그 탁자를 반원으로 에워싼 형태로 정렬해 있었다.

탁자의 가운데에는 익히 잘 알고 있는 후작이, 그리고 한쪽 가에는 내가 입단 절차 밟는 걸 도와준 차트워드 경이 자리를 잡고 있었다. 그러니까 탁자에 둘러앉은 사람들은 로얄 기사들이고, 그 뒤에 정렬해 있는 사람들이 그 아래 단계의 왕실 기사단 기사들이었던 것이다.

나보다 먼저 회의실 문을 열고 들어가느라 그들에게서 잠시 날 가리고 있던 엘리노어 경이 자신의 자리를 찾아 그들 사이로 끼어들자, 그곳에 있던 모든 이들의 시선이 일제히 나에게로 쏟아졌다. 날카롭고 예리한 시선들이 마치 해부라도 하려는 듯이 내 머리부터 발끝까지 샅샅이 훑고 지나가는 건 결코 기분 좋은 경험은 아니었다. 그렇다고 내가 마음대로 투덜댈 수 있는 분위기 또한 아니었기에 조용히 기다리고 있자, 잠시 후에 후작이 씨익 웃으며 입을 열었다.

"자, 소개하지. 이번에 우리 기사단에 새로 입단한 해인 오스번 엠브로스 백작이다. 기사가 아닌 정령사로 입단했지. 이제 한 식구가 되었으니 다들 잘 지내길 바란다."

아무래도 보통 신입 기사들처럼 신입 테스트로 선배들에게 얼굴을 선보일 기회가 없는 나를 위해 일부러 자리를 마련해 준 모양이었다.

그런데 어째 잘 지내라는 후작의 말에도 불구하고 그들에게서 환영한다거나 축하한다는 인사의 말이 나오지는 못할망정, 침묵이 흐르는 가운데 오히려 나에게로 쏟아지는 시선 속에는 호의가 별로 들어 있지 않았다. 뭐… 이해가 안 가는 것도 아니었지만 말이다.

보통 기사단은 같은 소속이라는 소속감이 무엇보다 우선시되겠지만—물론, 나는 기사단에 소속된 적이 없어서 잘은 모르겠지만……—왕실 기사단은 그렇지가 못했다. 그렇다고 소속감이 없다는 건 아니고, 단지 왕실 기사단의 기사들이라는 건 동료라기보다는 라이벌이라는 의식이 조금 더 강했기 때문이다.

일 년에 한 번 왕실 기사단 내에서 실력 확인 대련을 하기 때문에 서열이 언제 바뀔지도 모르는 데다, 서열이 떨어지면 낙오자가 되는 거요, 올라가면 엘리트 중의 엘리트가 되는 것이니 새로 신입이 들어왔다고 마냥 좋아할 수가 없는 거였다. 그건 높은 서열—여기서는 로얄 기사겠지만—을 목표로 하는 새로운 경쟁자가 나타났다는 말과 다를 바가 없었으니 말이다.

특히나 내 경우는 후작의 호승심을 불러일으켰다고 파다하게 소문이 나 있는 데다가, 후작의 추천으로 입단을 했으니, 보통 기사단은 몰라도 로얄 기사들은 잔뜩 긴장해 있을 터였다. 기껏 어렵디어렵게 로얄 기사가 되었는데 내가 가운데 쏙 끼어들어서 로얄 기사 중 서열이 아래쪽에 있는 기사가 그냥 보통 왕실 기사가 될지도 모른다면 내가 예뻐 보일 리가 없지 않겠는가?

보통 왕실의 기사를 다른 곳에다 데려다 놓으면 군계일학이겠지만, 그러한 이들만 모아놓은 기사단 안이었으니 경쟁이 없을 수가 없었다. 게다가 뛰어난 이들만 모여 있어 경쟁 또한 더욱더 치열했다. 그래서 그런지 몰라도, 기사단 안에서 정년까지 버티지 못하고 탈퇴하는 기사들도 꽤 있는 모양이었다.

그러한 냉랭하고 어색한 분위기 속에 내가 잘 해보자고 인사를 해야 하나 말아야 하나 고민하고 있을 무렵 다행히도 누군가가 나보다도 먼저 입을 열어 침묵을 깨줬다.

"엠브로스 백작은 로얄 기사 테스트 희망자입니까?"

그 질문은 로얄 기사들이 앉아 있는 테이블에서 흘러나왔다.

그러자 후작이 다시 씨익 웃었다.

"당분간은 아니야. 실력이 어찌 되었든, 저 녀석은 신출내기니까. 우선은 내 보좌관으로 옆에 둘 생각이다."

그의 말에 냉랭했던 분위기가 약간은 누그러진 듯한 기분이었다. 하지만 그래도 반갑다는 인사는 나오지 않았고, 그 기사가 다시 입을 다물자 또다시 회의실 안에는 침묵이 감돌았다.

침묵이 길어지자 결국 블랜차드 후작이—일부러 그랬는지 모르겠지만—의자 끄는 소리를 내며 자리에서 일어났다.

"자, 대충 신입 얼굴을 익혔으면 이제 흩어지도록 하지."

그의 말이 끝나자마자 탁자에 있는 사람들이 기다렸다는 듯이 일제히 자리에서 일어났고, 후작은 그들이 그러든 말든 신경 쓰지 않은 채 뒤에 엘리노어 경을 달고는 나에게 다가왔다.

"가자."

"예? 아, 예."

정말 허망하고 허무하고 황당하게도 그렇게 기사단 사람들과의 첫 선을 보이는 자리가 막을 내리고 말았다.

그렇게 내 기사단 생활이 시작되었다.

그러나 그건… 별로 좋은 일상은 아니었다. 매일 기사단으로 출근을 하면서, 차라리 상회 생활이 백배는 낫다고 한숨을 쉬는 신세였으니 말이다. 그렇다고 어렵거나 힘든 일이 있는 건 아니었다. 오히려 나는 기사단에서 가장 한가한 사람 중 하나였다.

뭐, 로얄 기사 중에는 마치 용병처럼 임무가 있을 때 가끔 왕실에 들르지만 그렇지 않을 때는 자기 저택에 있거나 놀러 다니는 사람도 있다고 들었지만, 나는 로얄 기사가 아닌 일반 기사인데다가 명색이 보좌관이었기에 한가한 주제에도 매일매일 꼬박꼬박 제 시간에 맞춰 출퇴근을 해야만 했다. 이럴 줄 알았으면 아무것도 모르는 상태라도 그냥 로얄 기사 테스트인지 뭔지를 받아볼걸… 하는 생각도 많이 들었다.

내가 한가한 이유는 단순했다.

나와 같은 블랜차드 후작의 보좌관인 엘리노어 경이 모든 일을 도맡아서 하기 때문이었다.

다른 사람 같으면 일이 적든 많든 관계없이 같이 할 사람이 있으면 조금이라도 적게 하려고 일을 나누었을 텐데, 엘리노어 경은 그 반대였다. 적으면 적다는 이유로 자신이 모든 일을 도맡았고, 많으면 아직 익숙하지 못한 내가 감당 못할 거라면서 무리를 해가면서 나에게 조금도 넘겨주지 않았다.

할 일이 적으면 쌍수를 들고 좋아해야 할지도 모르겠지만, 어째 할 일이 아예 아무것도 없으니 내가 뭐 하러 여기 다니고 있는지 한심스럽기도 하고, 기분이 무척 안 좋았다.

예전, 한국 기업에서 어떤 사원을 퇴사시키고 싶으면 그 사람의 책상을 치워 버리고 아무 일도 안 주는 식으로 해서 스스로 사표를 내게 만든다는 이야기를 들었을 때 이해가 잘 안되었는데, 지금은 그런 일을 당했던 사원의 심정을 구구절절이 이해할 수 있었다.

그렇다고 그렇게 얄미운 일을 하는 그를 미워할 수 없으니, 한숨만 푹푹 나올 뿐이었다.

그의 무조건적인 적대에 처음에는 내가 뭘 잘못했나… 나를 반성하다가 도저히 알 수가 없어 대놓고 물어도 말을 안 해주기에 나도 그를 미워할까… 생각했는데, 그걸 후작에게 투덜댔더니 그가 마구 웃어젖히는 거였다. 그러면서 하는 말이, 귀엽게 봐주라나?

처음에는 무슨 말인지 이해가 안 갔는데, 나중에 천천히 살펴보니 허탈한 웃음만이 나왔다. 그는 나를 엄청 경계하고 있었던 거다.

조르디 엘리노어는 블랜차드 후작을 존경하다 못해 거의 숭배하고 있었다. 그 배경은 잘 모르겠지만, 어쨌든 기사단에 입단하여 후작에게 발탁받아 그의 보좌관이 된 걸 자신의 기쁨이자 긍지로 여기고 있었는데, 갑자기 나란 이물질이 떡하니 나타나 후작의 추천을 받아 기사단에 입단을 하더니 자신과 마찬가지인 보좌관이 되었던 거다. 거기다가 남들이 쉽게 대하지도 못하는 후작과 친근하게 지내니 내 존재가 엄청 눈에 거슬린 것도 당연했다.

그래서 내가 더 이상 후작의 신임을 못 받고, 자신이 더 신임을 받도록 후작을 돕는 일은 모조리 자신이 쓸어가 도맡아 하는 거였다.

아, 그러고 보니 딱 하나 넘겨주는 게 있기는 했다.

그건 바로 다른 기사들을 호출해 오는 일이었는데, 언뜻 보면 어려울 게 하나 없어 보이는 일이었지만, 내가 더 이상 후작과 친해지지 않도록 애를(?) 쓰는 엘리노어 경이 나에게 모조리 넘겨줄 정도로 이게 쉬운 일이 아니었다.

물론, 로얄 기사 같은 서열이 높은 기사들에게는 엄청 쉬운 일이겠지만, 서열이 낮거나 아니면 기사단에 들어온 지 얼마 안 된 이들에게는 그렇지가 못했던 것이다.

어느 집단이든지 새로 들어온 신입생에게 꼬옥 치르게 하는—선배들의 장난 겸, 괴롭힘 겸—신입생 신고식이 있게 마련인가 보다. 이곳에서도 바로 그런 게 있었는데, 내가 보기에는 엄청 유치한 방법이었다. 바로 상관의 명을 받고 호출하러 온 신입을 괴롭히는 거였으니 말이다.

어떻게 하는고 하니, 호출하러 다가온 신입의 말을 그냥 무조건 무시해 버리거나, 아니면 어떤 핑계를 대서 엄청 오래 기다리게 하는 거였다. 그리고는 호출에 느지막이 가는 거다. 그러면 호출한 당사자는 호출받은 사람이 늦게 왔으니 부르러 간 사람을 혼낼 수밖에는 없는 일이다. 만약 아무것도 모르는 신입이 그가 자신의 말을 무시했다고 이르면—그러는 일은 거의 없지만—그 신입은 자신의 상관에게 받을 호통보다 호출받은 사람에게 몇 배로 더 혼나는 거였다.

그러니 이렇게 하든 저렇게 하든 그 신입은 어떻게든 혼나는 것이 수순이었으니 차라리 조금이라도 덜 혼나도록, 억울하지만 상관에게 혼나는 일을 선택하게 되는 거였다. 뭐, 대부분의 상관들 또한 자신들이 신입일 때 당했었으니 적당히 하고 끝내주기는 했지만 말이다.

선배들에게 예쁘게 보이면 이러한 일을 당하는 기간이 짧고, 밉보이면 엄청 길어지는 건 두말하면 잔소리였고 말이다.

후배라고 해서 함부로 뺑뺑이를 돌리거나 대련하는 게 금지되어 있는—여긴 모두 실력이 좋아서 감정적인 대련일 경우 가벼운 부상으로 끝나는 일이 적기 때문에, 아예 그러한 대련은 금지되어 있었다—왕실 기사단이고 보면, 유치하지만 정말 확실하게 신입을 괴롭힐 수 있는 방법이었다.

엘리노어 경 또한 이곳에 들어온 지 얼마 안 되는 풋내기에다가, 서열도 맨 밑—그는 49위였다—이라 그런 걸로 놀리기 가장 만만한 상대였다.

배경이라도 빵빵하면 몇 번 정도에 끝내고—이것도 웃기게 왕실 기사단 전통이라 배경이 빵빵한 집안의 자식이라도 몇 번은 당한다고 한다—말겠지만, 엘리노어 경은 세력도 크지 않은 남작가 집안의 장남이라 별로 어려운 상대도 아니었고, 거기에 단장의 보좌관이니 호출할 인물이 좀 많았겠는가? 그러니 내가 오기 전에 너무 신나게 당해, 아무리 나와 일을 같이 하는 걸 싫어하는 엘리노어 경이라도 누군가를 호출해 오는 일은 나에게 다 넘기는 거였다.

뭐, 이것도 나중에야 알았지만 처음에, 아무 할 일 없이 단장실에서 빈둥빈둥대며 노는 나에게 후작이 명한 호출자를 데리러 가는 일을 떠넘기는 엘리노어 경의 표정은 의미심장했다.

"정말 죄송합니다만, 제가 일이 좀 많아서 그러니 이 일은 백작님께서 해주시겠습니까?"

"네?"

단장실의 푹신한 소파에 엎드려 책을 읽고 있던 나는—후작을 어려워하지 않는 나는 단장실에서 뻣뻣하게 있지 않을 수 있는 몇 사람 중 하나였다— '얘가 왜 이래?' 하는 표정으로 엘리노어 경을 올려다봤다.

"부탁드립니다."

그랬더니 아예 정중하게 고개를 숙이며 말하는 거였다.

상대방이 이렇게 나오는데 사람이 어떻게 거절하는가? 더욱이 놀고 있는 상황에서 말이다.

그래 나는 어안이 벙벙하기도 하고 뭔가 미심쩍기도 했지만, 어쩔 수 없이 자리에서 미적미적 일어났다.

그러자 책상에 앉아 열심히 일하고 있던 후작이 뜬금없이 피식 웃더니 이렇게 말하는 거였다.

"뭐, 하루 이틀 누워 있는 정도는 봐줄 테니까 알아서 데리고 와."

"에엥?"

갑작스러운 말에 나는 더욱더 어리둥절했지만 후작은 더 이상 설명하지 않고 다시 서류 더미 속으로 파묻혔고—단장이라서 그런지 서류 업무가 꽤나 많았던 것이다—나는 엘리노어 경에게 거의 쫓겨나다시피 단장실을 나서야 했다.

호출 대상은 로얄 기사는 아니었지만 왕실 기사 중에서도 순위가 높은 편에 속하는 자였다. 바로 17위였으니 말이다. 거기다가 나이도 30대 후반인데다가 나와 같은 백작 작위를 가지고 있었기에 전혀 나에게 꿀릴 게 없는 사람이었다. 오히려 나이에 내가 밀리면 모를까.

그런데 그러한 정보를 어느 누구도—후작이나 엘리노어 경이—알려주지 않았기에, 내가 그에 대해 아는 건 딸랑 이름뿐이었다.

그래 지나가는 사람에게 물어물어 그를 찾아가니 그는 왕실 기사단 전용 실내 연무장에 있었다.

다른 기사단 소속 기사들은 아무리 기사 작위를 가졌다 해도 지도할 교관, 혹은 선배들을 데리고 일정한 훈련 시간에 맞춰 모두들 같이 훈련을 했지만—뭐, 그렇다 해도 내가 다 아는 건 아니고, 내 가문 기사단과 조엘 가문 기사단밖에 보지 못했지만, 아마 대부분 그럴 터였다—왕실 기사단은 달랐다. 모두들 한가락 하는 실력자였기에, 자신의 실력은 자신이 유지하든 증진시키든 알아서 하는 주의였던 것이다. 그래 따로 훈련 시간도 없었다. 자기들이 한가한 틈에 왕실에 마련된 실내 연무장을 이용하던가, 아니면 남에게 수련하는 모습을 보이기 싫으면 집에서 혼자 하든가 각자 내키는 대로였다.

이번에 후작의 호출을 받은 파블로 백작인지 파슬로 백작인지 하는 사람은 남들이 보든 말든 틈틈이 훈련하는 사람이었던 모양이다.

왕실 기사단 전용 연무장은 엘리트 중의 엘리트를 위한 연무장이라 그런지, 엄청 멋들어지게 꾸며져 있었다.

연무장 둘레에는 은은한 베이지 색 대리석 벽이 버티고 있었는데, 웬만한 충격에는 깨지지 않게 강화 마법까지 걸려 있었다. 거기다 연무장 바닥은 일반 흙 바닥이 아니라, 무슨 처리를 한 듯한 약간 푹신푹신한 매트가 깔려 있는 거였다. 천장도 멋들어진 조각이 되어 있었고, 천장 가까이 위치한 커다란 창들이 벽을 따라 빈틈없이 주르륵 붙어 있어 낮에는 햇볕이 들어오고, 밤에도 환하게 연무장 안을 밝히도록 천장 여러 군데에 샹들리에가 달려 있었다.

넓이도 엄청 넓은 그곳 가운데에 웃통을 다 벗어 젖혀서 멋들어진 근육질의 맨몸을 드러낸 파블로 백작이 가만히 서 있었다.

벌써 한바탕 몸을 움직였던 듯 얼굴에서는 땀이 뚝뚝 떨어졌고, 등에도 땀으로 번들번들했다. 그런 상태에서 뭔가를 깊이 숙고하는 표정으로 한 손에 들고 있던 목검을 뚫어져라 바라보는 그의 모습에 나는 차마 그를 방해하고 싶지는 않아 잠시 옆에서 생각이 끝나기를 기다렸다.

그런데 한 5분쯤 기다린 것 같은데 여전히 생각에 빠져 있는 거였다. 그래 그렇지 않아도 조금밖에 없던 인내심이 바닥난 나는 언제까지 기다리고 있을 수는 없다는 생각에 그를 불렀다.

"파블로 경이십니까?"

그러나 그는 너무 생각에 깊이 빠졌는지 내 말에 미동도 안 했다. 그래 나는 헛기침을 한 번 하고 목청을 높여서 다시 불렀다.

"파블로 경이십니까아~?"

그래도 여전히 꼼짝하지 않자 나는 인상을 살짝 찡그리며 그의 팔을 툭 쳤다.

"파블로 경?"

그러자 그동안 가만히 있었다는 게 믿기지 않을 정도로 그는 잽싸게 고개를 돌려 날 노려보며 차갑게 말하는 거였다.

"귀 안 먹었어."

그의 반응에 나는 황당해졌다.

그렇다면, 그동안 내 말을 들었으면서도 못 들은 체하고 있었다는 거 아닌가?

'뭐야, 이 사람…….'

그의 반응에 인상을 찡그리며 입을 열려는 찰나, 내 귀가 주위에서 숨죽여 킥킥 웃는 소리를 포착했다.

'응?'

의아해진 내가 주위를 둘러보니, 파블로 백작 말고도 연무장에 있던 몇몇 사람들이 이쪽을 주시하고 있는 모습이 보였다. 가까이 다가와 뼁 둘러서지는 않았지만, 그들의 눈에 기대감과 기분 나쁜 즐거움이 어려 있는 것으로 보아 날 구경하고 있는 게 확실했다.

'뭐지?'

황당한 일을 겪기는 했지만 그게 퍽 재미있는 구경거리는 아니라고 생각하는 터라 그들의 행동이 이상하다고 생각했지만, 곧 어깨를 한번 으쓱해 무시해 버리고 나는 내 목적으로 주의를 돌렸다.

"파블로 경, 단장님께서 찾으십니다."

하지만 정말 기가 막히게도 그 씹어 먹어도 시원치 않을 파블로인지 파리똥인지 모를 기사는 내 말을 듣는 둥 마는 둥 다시 목검 쪽으로 시선을 돌리고는 심사숙고하는 자세로 돌아가는 거였다.

"파블로 경, 단장님께서 찾으신다니까요!"

그래도 돌아오는 건 침묵뿐이었다.

못 들었는가 보다… 라 생각하고 싶었지만, 아까 겪었던 황당했던 경험이 이번에도 파블로인지 파리똥인지 하는 작자가 내 말을 싸악 무시하고 있다고 알려주었다. 그래 화가 난 나는 어디 이번에도 무시해 봐라 하는 심정으로 말투를 바꿨다.

"야 임마, 후작이 너 보잔다니까."

그 순간 흥미롭게 날 구경하던 이들은 물론이거니와 내 앞의 파리똥 작자도 순식간에 얼어붙어 버렸다. 그리고는 드디어 그 파리똥 작자가 나를 향해 잘 움직여지지 않는 돌덩이 움직이듯 힘겹게 목을 돌려 매섭게 쏘아보는 거였다.

"지금 뭐라고 했지?"

눈길만큼이나 살벌한 목소리였다. 그에 나는 찔끔해서 말투를 얼른 바꿔 대꾸했다.

"단장님께서 찾으십니다."

그러자 그가 다시 나에게서 시선을 홱 돌리며 차갑게 대꾸했다.

"내 수련이 끝나면 찾아가 뵙겠다."

그러면서 목검을 고쳐 쥐는 폼이 생각을 끝내고 다시 몸을 움직일 모양이었다.

그래 나는 그가 목검을 휘두르기 전에 얼른 질문을 던졌다.

"수련이 언제 끝나시는데요?"

그러자 전과는 달리 그는 즉시 대답해 줬다.

"나도 모르지."

그의 대답에 나는 머리가 뜨거워지는 걸 느낄 수 있었다. 그러니까 열받았단 소리였다. 그리고 그와 함께 후작이 나에게 던진 의미심장한 말의 진정한 의미를 깨달을 수 있었다.

‘아하, 하루 이틀 정도 누워 있을 정도는 괜찮다고 했지?’

후작은 이미 파리똥 백작이 이렇게 나올 걸 알고 은근슬쩍 방법을 제시해 준 거였다. 날 무시하면 완력을 써서라도 끌고 와도 괜찮다는……

본격적으로 발을 내디디며 목검을 휘두르기 시작하는 파리똥 백작의 뒤통수와 주위에서 들려오는 키득거림 소리를 들으며 나 또한 의미심장한 미소를 띠고 중얼거렸다.

“엔다이론!!”

평소라면 보통 늑대보다 약간 큰, 그러니까 내가 등에 올라탈 수 있을 정도의 크기로 나타나던 엔다이론이 내 의지를 받아 파리똥 백작을 고고하게 내려다볼 수 있을 정도의 크기가 되어 떡하니 그의 앞에 나타났다.

“헉!!”

그래도 실력있는 자라고, 자신이 진행할 진로에 갑자기 굵은 기둥만한 늑대 다리가 나타나자 그는 놀라 헛바람을 삼키면서도 재빨리 몸을 비틀어 굵은 다리에서 살짝 비껴갔다. 어차피 부딪혀 봤자 그대로 통과해 갔을 테지만 말이다.

정령들에게는 이 세계의 물리력은 통하지 않았다. 단지 검기, 혹은 마법 무구에만 타격을 받을 뿐이었다. 그래 봤자 죽는 일은 없고, 그 타격은 모두 정령사에게 돌아가며 정령들은 정령계로 소환된다.

“엔다이론.”

모든 이들의 경악 속에서 엔다이론은 내 부름을 듣고 경악 어린 표정으로 자신을 올려다본 채 움직일 생각을 못하고 있는 파리똥 백작을 향해 그 커다란 입을 쩌억 벌렸다. 비록 살아 있는 늑대들처럼 침이 흐르거나 뜨거운 김이 나오지는 않았지만, 무시무시한 광경임은 틀림없었다.

파리똥 백작은 엔다이론이 자신을 향해 입을 벌리고 다가오자 황급히 목검을 앞으로 치켜들며 뒤로 물러나려고 했다.

그러나 엔다이론이 어디 보통 늑대던가?

엔다이론의 힘에 의해 생겨난 가느다란 물줄기가 이미 파리똥 백작의 두 발목을 친친 감고 있었기에 파리똥 백작은 한 걸음도 물러나지 못하고 그대로 휘청거리며 뒤로 넘어가려고 했다. 그러나 그의 엉덩이가 땅과 키스를 하기 전 엔다이론의 커다란 입이 그의 상체를 물고 허공으로 들었기 때문에 다행히도 그럴 일은 없었다. 대신, 그는 엔다이론의 입속에 얼굴을 들이민 채 허공에 떠야 하는 신기한 경험을 하게 됐지만 말이다(엔다이론의 몸체는 반투명했기에, 그의 입속에 들어간다고 해도 주위를 볼 수 있었다).

그렇게 파리똥 백작이 상체는 엔다이론에게 물리고 하체는 밖으로 축 늘어진 채 물줄기에 발이 꽁꽁 묶여 발버둥도 못 치는 상태가 된 걸 만족스레 바라본 나는 몸을 돌렸다.

"가자."

그리고 앞장서서 걸어가자 파리똥 백작을 입에 문 엔다이론이 우아한 걸음으로 내 뒤를 따라왔다.

지나가는 모든 이들의 경악 어린 시선을 받으며 걸음도 당당하게 단장실에 도착하자 단장실 안에 있던 엘리노어 경의 입은 떠억 벌어졌고 후작은 책상을 치며 폭소를 터뜨렸다.

"푸하하하~"

그 앞에 엔다이론이 파리똥 백작을 뱉어놓고 사라지자 파리똥 백작이 기다렸다는 듯 나를 향해 살기를 줄기줄기 쏟으며 외쳤다.

"이이이익~ 감히 나에게 이런 짓을 하다니~!! 결투닷! 네놈에게 결투를 신청하겠어. 당장 공중인을 대라!"

그의 분노 어린 말에—절대 결투가 무서워서가 아니었다. 그 결투에 정령을 써도 되는지 몰라서 입을 못 열었을 뿐이다—아무 대답도 못하고 있는 날 대신해 후작이 나서줬다.

"미안하지만 파블로 경, 왕실 기사단 일원끼리의 결투는 금지된 걸로 아는데? 그리고 자네를 데리고 오라 한 건 나였으니 설사 결투를 신청한다 해도 나에게 해야 하는 것 아닌가?"

"헉… 아니, 그건……."

눈에는 여전히 웃음기가 남아 있기는 했지만, 그 너머에 고요히 가라앉아 있는 무언가를 눈치 못 챌 사람이 아니었던지, 파리똥 백작은 헛바람을 삼키며 입을 닫았다.

그가 입을 다물자 후작은 만족스러운 미소를 지으며 나에게 시선을 돌렸다.

"수고했어. 한바탕할 줄 알았는데, 생각보다 조용히 처리했는걸?"

'오, 이럴 줄 알았으면 몇 대 때려주고 데리고 올 걸 그랬나?'

백작의 말에 못내 아쉬움이 생겨 버린 나는 입맛을 쩝쩝 다시며 파리똥 백작을 바라보았다. 하지만 이미 버스는 지나간 뒤였으니 어떻게 할 수 없는 나는 아쉬움만 남긴 채 몸을 돌릴 수밖에 없었다.

그 뒤로 기사단 내에서는 알게 모르게 블랜차드 후작이 내 뒤를 봐주고 있다는 소문이 퍼져 버렸다. 그 덕분인지 그 파리똥 백작 뒤로 다른 이들을 호출하러 갈 때에는 군말없이 즉시 잘 따라와 주는 거였다. 뭐, 블랜차드 후작이 무서운 건지, 아니면 엔다이론의 커다란 입에 물려서 단장실로 가는 걸 꺼려하는 건지 모르겠지만 말이다.

어쩌다가 '날 건드리면 이 꼴이 될 것이다' 란 광고의 희생양이 된 파리똥 백작은 그 뒤로도 나만 보면 살벌한 눈빛을 보내며 이를 빠드득 갈았으나, 그에게는 정말 안타깝게도 나에게 직접 복수할 수 없었기에 이만 빠드득 갈고 있었다.

내가 기사였다면 일 년에 한 번 있는 대련을 복수의 기회로 삼았을 테지만, 그에게는 불행하게도 나는 기사가 아니었기에 대련에 참여하지 못하니 생각도 못할 터였다. 혹시라도 내가 로얄 기사가 되기 위한 테스트를 받는다면 대련이 행해지지만, 파리똥 백작이 로얄 기사가 아니기 때문에 내 상대를 할 수는 없었다.

그러나 기사단에 있는 사람들 모두는 내가 얼마 안 있어 로얄 기사 테스트를 받으리라 생각하고―아무래도 엔다이론보고 파리똥 백작을 물고 가게 한 것 때문에 그런 생각이 든 건지도……―있었기에 파리똥 백작은 현재 나와 한판 뜨기 위하여 로얄 기사가 되려 부단히 노력 중이었다.

그리고 로얄 기사들도 날 긴장한 채 주시하고 있었다.

지금 현재 로얄 기사인 이들은 모두 기사를 제일로 생각하고 있는 엘리트 기사들이었다.

그런데 혹시나 기사가 아닌 내가 그들 사이에 끼어든다면 그 자부심에 타격을 주는 것이고, 혹시나 나에 의해서 서열이 아래로 내려가게 된다면 같은 기사에 의해 서열이 밀려나는 것에 비해 더 큰 충격을 받을 터였다.

서열이 높은 기사들은 '설마 이 서열까지 올라오랴…' 하고 안심하고 있겠지만, 서열이 낮은 기사들은 '혹시…' 하는 생각을 떨칠 수가 없었는지 바짝 긴장하고 있었다.

덕분에 왕실 기사단에는 때 아닌 수련 열풍이 휩쓸고 있었다.

물론 전에도 그들은 자신을 단련하고, 서열을 높이기 위해 꾸준히 수련을 하고 있었지만, 그때는 일반 수련이었고, 지금은 특훈을 하고 있는 거였다.

그러한 이유로 왕실 기사단 쪽 내부 공기는 바짝 긴장되어 잘못하다간 스파크라도 튈 것 같았고, 그 영향이 왕실 기사단 산하 기관인 왕성 수호 기사단과 왕실 경비대에까지 미쳐서 괜한 사람들까지 얼어붙게 만들고 말았다.

"끄응……. 나원 참… 당분간은 로얄 기사단 테스트를 받을 생각이 없는데……."

아무리 할 일이 없어 빈둥빈둥 놀고 기사단 일에 별로 관심을 안 가지고 있는 나라도 숨 막힐 정도로 긴장된 공기를 못 알아챌 리 없었다. 게다가 그게 나로 인하여 생긴 현상이라는 걸 알고 나서는 괜히 민망하기도 하고, 죄없는 산하 기관들 사람들까지 바짝 얼어 있다는 게 미안하기도 했지만 뭘 어떻게 해야 할지 몰라 혼자 끙끙대기만 했다.

그러던 어느 날, 기사단 내를 시찰하기 위해 나선 후작의 뒤를 쫄랑쫄랑 따르던 내가 역시나 차가운 냉기류가 흐르는 기사단 분위기를 보고 한숨을 내쉬며 이러한 내 심정을 토로하자 후작이 웃었다.

"쿡쿡쿡, 뭐 좋잖아? 검을 든 자들이 너무 태평한 것도 안 좋은 거야. 항상 적당하게 긴장하고 있어야지."

"이건 그 적당히가 아닌 것 같은데요? 너무 심하다고요."

"괜찮아, 괜찮아. 아, 그래. 오늘 윈체스터 백작가에서 파티가 있다고 하던데, 갈 건가?"

화제를 바꾸려는 듯 던져진 후작의 질문에 나는 고개를 갸웃했다.

“윈체스터요? 글쎄요… 뭐, 아는 가문도 아니고…….”

처음에 내가 수도로 올라왔을 즈음에는 아직 내 이름이 알려지지 않은 탓에 다른 귀족가의 초대장 같은 건 날아오지 않았었다. 그러나 왕궁에서 있었던 파티 때 한바탕 소란을 일으키고, 후작의 추천으로 왕실 기사단에 입단하게 되자 나에게 호기심을 느꼈는지 슬그머니 여러 가문에서 초대장을 보내왔던 것이다.

이브스햄은 무척이나 반색하면서 나에게 괜찮은 집안의 초대장을 골라주며 초대에 참석할 것을 종용했지만, 아는 사람이기는커녕 얼굴조차 모르는 사람 집에 뭐 하러 간단 말인가? 그래서 대부분 무시하려고 했는데 내가 이럴 걸 미리 알아챘는지, 아니면 이브스햄이 뒤에서 뭔가 언질을 넣었는지 조엘 녀석이 자주 찾아와서 날 파티에 끌고 다니는 거였다.

웃기는 건, 내가 그렇게 끌려가는 대부분의 파티에는 평소 파티에 별 흥미를 나타내지 않는다는 블랜차드 후작까지 꼬옥 나타나서 조엘과 같이 내 곁에 머물러 있었기에 나는 엄청나게 사람들의 주목을 받았다.

귀찮지만 날 돌봐주기로 했으니 어쩔 수 없다나?

그러다가 파티 중간에 지겹다고 날 끌고 나가는 거였다. 뭐, 나 또한 여러 가지 문제로 골머리를 앓고 있었기에 그가 끌고 갈 때 순순히 응해주기는 하지만…….

문제는 그게 아니었다.

파티 때 다른 귀족들이 나와 친해지고 싶다고—솔직히 그들의 목적은 나라기보다는 내 옆에 있어주는 조엘과 블랜차드 후작이겠지만—인사를 하러 다가오는 것까지는 이해할 수 있었다.

젊은 녀석들이 현재 이 나라의 정치, 경제에 대해 논의하는 것도 들어줄 만했다.

내 골머리를 앓게 하는 건, 수줍은 척 나에게 다가와 은근히 눈빛을 빛내는 귀족가의 영.애.들이었다. 영애, 다른 말로 레이디, 숙녀, 한마디로 빵빵한 집안의 딸내미들.

'크어어어~'

그게 도대체 말이나 되는 건지…….

난 18년간 여자로 살아온 몸이었다. 그런데 그런 나에게 예쁘게 차려입은 여자들이 다가와 수줍은 척 말을 건네고 춤 신청하길 바라는 시선을 파악, 팍 쏟아오는 거였다.

그래도 거기까지는 참을 수 있었다. 그런 건 얼굴이 따끔거리기는 하지만 무시하면 되니까.

하.지.만. 가끔은 현기증이 난다면서 은근슬쩍 내 쪽으로 넘어지며 안기려고 하는 건 뭔지…….

'아아아… 생각하기도 싫어. 으아악……. 전율이 흘러어어~!'

후작 녀석이 쓸데없이 파티 이야기를 꺼내 파티에서 매번 겪는 그런 일들까지 떠오르자 나는 나도 모르게 몸을 부르르 떨었다. 그러자 이 후작 녀석이 내가 뭘 생각을 하는지 눈치 챈 듯 능글맞게 웃는 거였다.

"뭐야? 좋아서 그러는 거야?"

그래 나는 마음 놓고 후작에게 매서운 눈길을 팍팍 보내며 쏘아줬다.

"지금 몰라서 묻는 겁니까? 아아, 정말… 조엘만 아니라면 그런 파티 따위……."

내가 조엘에게 약한 건 정말 어쩔 수가 없는 일이었다. 처음 조엘을 만났을 때 녀석의 보살핌 덕에 그의 저택에서 무사히 보낼 수 있었고, 그의 후원 하에 마법이나 검술, 그리고 해럴드 집사의 교육을 받을 수 있었으니까 말이다.

게다가 그뿐이 아니라 내가 백작이 되어 여왕을 접견할 때 옆에 있어줬고, 우리 가문이 수도에서 자리 잡을 때도 확실히 그의 도움이 컸었다.

물론 후작의 도움도 있었긴 하지만, 지금까지는 조엘의 도움이 누구보다도 더 컸다.

그러니 그가 와서 파티 가자고 끌고 가면 단호하게 거절을 할 수가 없었다.

솔직히 그게 다 나를 위해서 신경 써주는 거라는 걸 뻔히 아는 데다, 이브스햄까지 철저하게 조엘의 편을 들어버리니…….

그래도 그나마 끝까지 남아 있지 않고 중간중간, 대충 예의에 어긋나지 않을 정도로 충분히 머문 뒤에 파티장을 떠나니 견딜 수 있는 거지만 말이다.

내 중얼거림에 후작이 묘한 표정을 지었다.

"흐음, 맥알파인 자작 말인가? 그에게는 무척 약하군."

"말씀드렸잖습니까? 맥알파인 자작에게 도움을 많이 받았다고……."

"그렇긴 하지만… 나는 도대체 그가 왜 잘해주는지 이해를 못하겠단 말이야."

"제가 재밌대요. 이런 애 처음 봤다나?"

"훗, 장난감 취급인 거냐?"

"아마 어느 정도는 그럴지도… 아아, 그나저나 그 윈체스터 백작 집

안은 어떤 집안이죠? 무시 못할 집안이라면 조엘이 분명히 와서 끌고
갈 텐데……."

윈체스터라면 어디서 들어본 이름이었다.

'내가 그렇다는 건 뭔가 한자리 잡고 있는 집안이라는 건데…….'

아무래도 나는 아직은 귀족 사회의 사교계라는 것에 익숙해지지 못
한 것 같아 한숨을 쉬고 있는데 후작이 어리둥절한 표정으로 날 바라
봤다.

"모르냐? 윈체스터 백작의 장남이 그 맥알파인 자작이랑 친하잖아.
맥알파인 자작과 웨스트모어랜드 자작, 그리고 윈체스터 백작가의 장
남이면 사교계에서 이름난 삼총사잖아."

"예? 어어어… 아아, 그……."

그제야 생각나는 게 있었다.

내가 아직 조엘의 시종으로 있었던 시절, 웨스트모어랜드 후작령에
서 행해질 몬스터 사냥에 따라갔을 때 조엘을 굉장히 반갑게 맞이했던
두 사람이 바로 조엘과 가장 친하다는 친구였다.

그러고 보니 그 당시에 녹스 국에 가서 미녀와 데이트하고 왔다고
놀림받았던 사람이 바로 볼레어 웨스트모어랜드 자작, 그러니까 웨스
트모어랜드 후작의 장남이자 최연소로 왕실 기사단에 입단하여 화제가
된 남자였다. 지금은 같은 기사단 일원으로 기사단 내에서 나와 인사
를 나누는 몇 안 되는 사람 중 한 명이다. 그게 그의 동생이 내 어깨를
괜히 찌른 것 덕분인지, 아니면 조엘 입김 덕분인지 모르겠지만 말이
다.

그 당시 웨스트모어랜드 자작은 녹스 국의 외교 사절 경호로 동행했
다가 돌아왔다고 했었다.

‘아, 그러고 보니 그때 녹스 국에 가고 싶다고 했던 사람이 윈체스터 백작가의 장남이었던가?’

내가 뭔가를 떠올린 듯하자 후작의 말이 이어졌다.

"흠, 웨스트모어랜드 자작은 오랜만에 친구를 보러 가겠군. 윈체스터 백작가의 장남이 외교 사절단에 끼어 녹스 국에 갔다 돌아온 기념으로 여는 파티라고 하니 말야."

"헤에……."

‘가고 싶어하더니만, 드디어 소원을 성취했군. 앗, 그런데… 윈체스터 백작가의 장남 이름이… 뭐였더라?’

내가 고개를 갸웃하는데 후작의 말이 들려왔다.

"웨스트모어랜드 자작은 이번에 동생이랑 같이 얼굴을 보이려나?"

볼레어의 동생이자 내 어깨를 찌른 장본인인 다니엘은 왕실 기사단 바로 산하에 있는 왕성 수호 기사단 소속이었다. 아직 만나보지는 못했지만, 왕실 기사단 후보 물망에 오를 정도로 유망주라는 소리를 들었다. 하기야, 뭐니 뭐니 해도 그들은 현 벨레니 국에서 첫 번째 기사로 손꼽히는 웨스트모어랜드 후작의 아들들이니 말이다.

현재 왕실 기사단 소속에서의 랭킹 1위는 블랜차드 후작이었지만, 벨레니 국 전체에서 공식적인 1위는 바로 웨스트모어랜드 후작이었다(내 생각에 비공식적으로는 블랜차드 후작일 것 같지만 말이다).

웨스트모어랜드 후작도 소드 마스터이고 블랜차드 후작 전, 전에 왕실 기사단장이었다. 그런데 지금은 처형된 여왕의 숙부가 권력을 휘두르던 시절 고지식한 웨스트모어랜드 후작이 숙부 편을 들지 않자 권력으로 찍어 눌러서 물러나게 했던 것이다. 그리하여 자신의 영지로 내려간 그는 맥알파인 공작의 후원 하에 자신의 영지 안에서 앞날을 대비하여 병력을 조금씩 조금씩 키우고 있다가 숙부파를 싹 쓸어버릴 때 큰 공을 세우기도 했다. 그래서 여왕은 그에게 다시 기사단장 자리를 맡게 하려고 했었는데, 그 후작이 얼마나 고지식한지 여왕이 힘들 때 주군을 곁에서 지키지 못했다나, 어쨌다나 하는 이유로 자신은 자격이 없다고 해서 블랜차드 후작에게 단장 자리가 돌아가게 된 거였다. 그래서 그는 정권에서 은퇴해서 후작령에서 머물고, 대신 장남과 차남이 왕실 기사단과 왕성 수호 기사단의 기사로 활동하고 있는 거였다.

"아아, 그렇다면 분명히 맥알파인 자작이 와서 데려가려고 하겠는걸요? 에휴… 다른 건 다 견딜 수 있어도 귀족 영애들의 시선을 받는 건 싫은데……."

"호오, 네가 은근히 인기있다는 건 아냐? 귀엽다고 귀부인들 사이에서도 이름이 오르내린다던데……."

후작의 말에 나는 소름이 쫘아악 돋았다.

"헉, 그 무슨 끔찍한 소리를……."

"쿡쿡쿡, 정 그게 싫다면 드레스를 입고 가면 어때? 나도 한 번 보고 싶은데… 이렇게 된 거 지금까지 남자인 걸 숨겨서 죄송하다고, 원래는 여자였다고 발표하는 거야."

내 정체를 모두 아는 후작이 할 수 있는 말이었다.

후작의 의견에 나는 솔깃했지만, 곧 떠오른 생각에 한숨을 내쉴 수밖에 없었다.

"오… 정말 그럴까… 싶지만, 안 돼요. 베지테크스 상회 녀석들은 내가 남자라 철썩같이 믿고 있다고요. 만약 내가 여자랍시고 드레스를 입고 나간다면 그쪽에서 내가 여장 남자 변태라고 소문을 낼 게 틀림없어요."

그것만은 절대 사양이었다.

“그으래? 그럼 어쩔 수 없네.”

“에휴… 이게 일이 어쩌다 이렇게 되었는지…….”

제
34
화

수놓았던

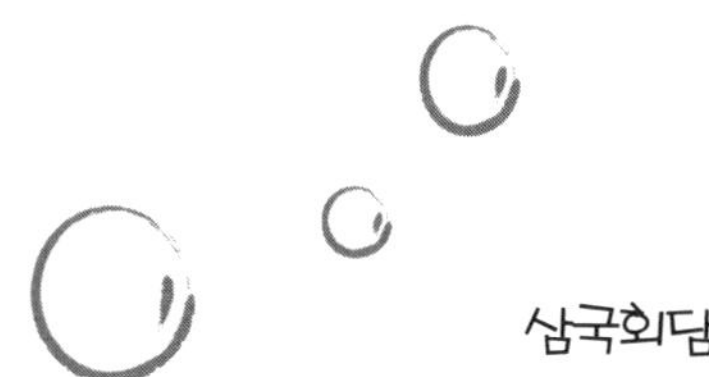

내 예상대로 퇴근해서 집에 돌아오니까 조엘이 보낸 전갈이 와 있었다. 그리고 그 앞서 이브스햄이 함박웃음을 지으며 기다리고 있었다.

"맥알파인 자작이 연락을 해왔더군요. 오늘 저녁에 윈체스터 백작 저택에서 있을 파티에 동행하자는데요? 준비는 다 되어 있습니다."

이브스햄은 전보다 혈색이 더욱더 좋아져 있었다.

그도 그럴 것이 수도에 처음 왔을 때 에르미아와 찬텔 경의 치료를 위해서 수도에 있는 최고위 신관을 만나기 위해 신전을 방문했을 때 그를 만나기는커녕 기약없는 청탁만 넣고 돌아서야 했었다. 그나마 고위 신관을 만나 에르미아와 찬텔 경의 상세를 살펴보게 한 것이 다행이라면 다행이랄까?

그때에는 백작이라고는 해도 중앙 쪽에는 알려지지 않은 수많은 지방 귀족 집안 중 하나였으니 힘 한 번 못 써보고 언제 올지 모를 신전

쪽의 연락이 오기를 이제나저제나 기다리고 있을 수밖에 없었다.

그랬던 것이 내가 블랜차드 후작을 만나고, 기사단에 입단한 뒤 때를 보아 맥알파인 공작가에 정식으로 인사차 방문한 후 블랜차드 후작과 맥알파인 공작가—정확히는 그의 아들 조엘—의 배경을 가지고 다시 신전을 방문하자 그 즉시 최고위 신관과의 면담 날짜와 시간을 잡아주는 거였다.

신을 받들고 만민을 평등하게 대한다고 하는 신전에서도 권력 핵심과 가까이 있다 보니 그런데 영향을 받는 건 어쩔 수가 없는 모양이었다.

어쨌든 그리하여 에르미아와 찬텔 경은 그 뒤 최고위 신관을 만났고 치료를 받게 되었다.

대신 명목상 신전을 위한 기부금, 실제로는 치료비인 어마어마한 비용을 대야 했지만, 이브스햄은 자신의 재산 절반을 내준다고 해도 감지덕지한 모양이었다.

최고위 신관의 능력은 정말 대단했다.

마치 고목나무 껍질 같아 스스로 드러내기를 거부하던 찬텔 경의 얼굴을 원래대로 돌려놓았으니 말이다.

거기다가 에르미아의 얼굴도 거의 예전대로 돌아왔다.

단지, 그녀의 경우는 외부에서 생긴 열기로 인해 화상을 입은 게 아니라 내부에서 발생된 열로 인한 거라서 약간 불그스름한 기색이 남는 건 어찌할 수가 없다고 했다. 그래도 진한 게 아니라서 언뜻 보면 얼굴이 약간 붉어진 것처럼 보일 뿐이라 크게 이상하지는 않았다.

그렇게 얼굴이 정상으로 돌아오자 에르미아는 본격적으로 내 보좌관으로 활동하기 시작했다. 파티에도 내 파트너로 참석하기도 하고,

백작가의 안주인 노릇도 하고, 수도의 여러 소문이나 정보를 모으기도
하면서 말이다.

이브스햄의 말에 알았다는 듯 고개를 끄덕이며 내 침실이 있는, 이
층으로 향하는 계단 쪽으로 발걸음을 옮기는데 위쪽에서 에르미아가
황급히 내려왔다.

"아앗, 죄송합니다, 백작님. 파티복을 준비하느라 미처 오신 줄 몰랐
어요."

무척 미안해하는 그녀의 표정에 나는 가볍게 미소를 지어 보였다.

"괜찮아요."

내 미소에 에르미아도 미소를 되돌리며 입을 열었다.

"오늘은 서두르셔야 할 거예요. 맥알파인 자작께서 좀 일찍 오신다
고 하셨거든요."

"그래요?"

오랜만에 친구를 만나게 될 테니 일찍 가려는 것도 이해가 갔다.

"준비는 다 해놨습니다."

집사의 말에 나는 다시 고개를 끄덕이고는 에르미아를 바라봤다.

"그럼 잠시 후에 준비를 끝내고 만나기로 하죠."

"네. 그럼 실례하겠습니다."

에르미아는 나에게 꾸벅 고개를 숙여 보이자마자 다시 황급히 계단
을 뛰어 올라갔다.

그 뒤를 이어 나도 천천히 계단을 올라가자 켈빈이 반색하며 맞았
다.

"기다리고 있었습니다, 백작님! 이게 오늘 입으실 파티복이에요."

그가 들어 보이는 건 하얀 실크 블라우스와 하얀 바지 위에 걸쳐 입

는 검붉은색의 화려한 겉옷이었다.

엄청 화려한 건 물론이요, 어찌 보면 약간 야시시해 보이는 스타일에 나는 난처한 표정을 지어 보였다.

"도대체 이 옷은 누가 고른 거야?"

"어? 마음에 안 드세요? 에르미아 아가씨와 제가 오전 시간을 투자해서 고른 건데……."

"마음에 안 든다기보다는… 끄응… 부담스럽군……."

"걱정 마세요. 무척 잘 어울리실 거예요."

무척 자신있게 장담하는 켈빈에게 뭘 믿고 자신하냐 묻고 싶을 정도였다.

하지만 그 질문을 채 입 밖으로 내밀기도 전에 나는 여기서 내 시중을 들어주는 또 다른 시종과 신이 난 켈빈의 재촉에 욕실로 향해야 했다.

"서두르셔야 합니다. 오늘 퇴근이 좀 늦으셔서 시간이 별로 없으십니다."

"어서요, 백작님. 씻으실 준비는 다 해놨어요."

그 둘의 재촉을 받으며 간단하게 씻고 나와 파티에 갈 채비를 하는데 다른 시종이 황급하게 침실 문을 두드렸다.

"백작님."

"들어와."

내 허락이 떨어지자 나이 지긋한 시종이 잽싼 몸놀림으로 들어와 다급하게 입을 열었다.

"맥알파인 자작님이 오셨습니다. 지금 집사님께서 마중하고 계세요."

“흠, 그래? 엠브로스 양은 준비를 끝내셨나?”

“아직… 좀 더 시간이 필요하실 것 같답니다.”

“그래? 그럼 차 한 잔 내드리라고 해. 곧 내려갈 테니.”

그 시종이 나간 뒤 황급히 머리를 단정하게 묶고 내려가자 조엘 녀석이 마치 자기네 집에 있는 것처럼 응접실 소파에 편안하게 앉아서 차를 홀짝이고 있다가 내 모습을 보고 손을 들어 보였다.

“여~ 오늘 무척 화려한걸?”

그 또한 빳빳하게 세워진 황갈색 재킷에 하얀 실크 타이를 매어 멋들어진 모습을 과시하고 있었으면서 말이다.

“남 말 하실 게 아니죠.”

조엘의 말을 가볍게 받아넘기며 다가가자 그 옆에 얌전히 앉아 있던 안젤라가 자리에서 일어나 미소를 보내왔다.

“안녕하세요, 해인.”

그녀는 내가 전에 시종이었다는 것을 전혀 개의치 않는 모양이었다. 아니, 오히려 내 부모님 이야기를 신분의 차이를 극복한 멋진 로맨스—사실 그건 내 외조부모님 이야기이고, 부모님은 전혀 아닌데 말이다—로 생각하고 있어 날 부러워하기까지 했다.

그녀는 2년 전의, 아직 어린애의 모습을 탈피하지 못한 소녀에서 한층 성숙해져 있었다.

검은 머리는 반쯤 우아하게 틀어 올리고 반은 부드럽게 흘러내리게 놔둔 데다 다홍색의 화려한 드레스를 차려입고 있었다.

“이야, 오늘도 아름답군요, 안젤라.”

그녀의 손을 들어 하얀 실크 장갑을 낀 손등에 살짝 입술을 대자 그녀가 답례로 무릎을 살짝 굽혔다.

"과찬의 말씀이세요."

그렇게 인사를 나눈 후 우리가 자리에 앉자—조엘은 계속 자리에 앉아 있었지만—대기하고 있던 시종이 내 몫의 찻잔을 내왔다.

"일찍 오실 줄 몰랐어요. 그렇지 않아도 오늘 다른 때보다 좀 늦게 퇴근했거든요."

내 사과의 말에 안젤라가 미소를 지었다.

"괜찮아요. 그냥 오빠가 서두른 건데요 뭐. 아무래도 오랜만에 친구를 만나려니 설레나 봐요."

"오랜만은 오랜만이지… 반년… 만인가? 작년 가을에 갔었으니……."

"그럴 거야. 가기 전에 잠깐 우리 집에 들렀었잖아. 녹스 국에 가서 많은 미녀들을 사귀고 온다고 호언장담했는데, 그렇게 됐을라나 몰라."

"아서라. 그런 호색한 녀석에게 관심을 가지면 안 돼. 내 친구 녀석이지만, 그놈은 너무 밝혀. 그 녀석 가까이 가지 않는 게 최고다."

조엘의 말에 안젤라가 까르르 웃었다.

"이 이야기를 스테판 오빠가 들으면 어쩌려고?"

"상관없어. 그 녀석은 자기가 바람둥이라는 걸 자랑으로 생각하니까."

"스테판 오빠는 여자들에게 인기도 많잖아. 해인, 혹시 스테판 오빠 알아요?"

"한 번 본 적이 있긴 한데… 몇 년 전이라 잘 기억이 안 나는군요. 오늘 보면 확실하게 알게 되겠지요."

"꽤 잘생겼어요. 그래서 학교 다닐 때 러브 레터도 많이 받았을걸요? 하기야, 스테판 오빠의 외모는 학교 다니기 전부터 유명했으니까요.”

그렇게 스테판 윈체스터를 도마 위에 올려놓고 셋이서 맛있게 씹는 동안 서둘러 준비를 끝낸 에르미아가 윗층에서 내려왔다.

부드럽게 웨이브를 넣은 갈색 머리칼이 그녀의 드러낸 어깨 위에서 찰랑거렸고, 녹색 드레스는 그녀의 녹색 눈과 그녀의 목에 걸린 에메랄드 목걸이와도 잘 어울려 빛을 발하고 있었다.

“죄송해요. 많이 기다리셨죠?”

그러자 내가 내려올 때는 일어날 생각도 안 하던 조엘이 자리에서 일어나 예의를 차렸다.

“아닙니다. 정말 아름다우시군요, 엠브로스 양.”

에르미아의 손을 살짝 잡아 그녀의 손등에 입술을 가져다 대자 에르미아가 부드럽게 웃었다.

“과찬이세요, 자작님.”

“자, 그럼 다들 모인 것 같으니까 출발하도록 하죠.”

조엘 남매는 맥알파인 공작가의 멋들어진 마차를, 나와 에르미아는 엠브로스 백작가의 마차를 타고 각각의 호위병을 데리고 출발했다.

조엘이 하도 서두른 덕분인지 우리가 윈체스터 백작가에 도착했을 때에는 손님들이 도착하기 전이었다.

아니, 딱 한 곳이 먼저 도착해 있긴 했다.

바로 웨스트모어랜드 자작 형제들로, 그들은 파티가 열리는 커다란 홀이 아니라 안락한 응접실에서 도수가 약한 알코올 음료를 대접받고 있었다.

우리 또한 그곳으로 안내를 받아 응접실로 들어가니 편안하게 앉아 있던 두 형제와 그들과 같이 있던 스테판 윈체스터가 자리에서 일어났다.

"어서 오십시오, 백작님. 그리고 아름다우신 두 분 레이디. 조엘, 오랜만이다."

스테판 윈체스터가 대표로 일일이 인사를 하자 그 뒤쪽에 있던 두 형제는 간단하게 고개를 숙이는 것으로 인사를 대신했다.

"야, 여기들 다 모여 있었구만. 스테판, 정말 오랜만이지?"

조엘을 바라보는 스테판의 얼굴이나, 스테판을 바라보는 조엘의 얼굴이나 둘 다 환하게 피어났다. 우리에게 의례적인 인사를 건넨 스테판이 친구에게 두 팔을 벌리자 조엘은 서슴없이 친구에게 다가가 따뜻한 포옹을 했다.

그사이 볼레어 웨스트모어랜드 자작이 동생을 데리고 나에게 가까이 다가왔다.

"다시 뵙는군요, 엠브로스 백작님."

그의 인사에 나는 마주 미소를 지으며 고개를 끄덕였다.

"여기서 뵐 거라 예상했습니다."

"이쪽은, 제 동생 다니엘 웨스트모어랜드입니다. 잘 아시겠지만서도……."

볼레어가 쓴웃음을 지으며 어색한 표정을 짓고 있는 동생을 돌아보았다.

어떻게 잊을 수가 있겠는가?

"오랜만이군요. 왕성 수호 기사단에 있다는 이야기는 들었는데……."

내가 먼저 미소를 띤 채 인사를 건네자 그가 안심한 표정으로 고개를 숙였다.

"전에는… 정말 죄송했습니다. 제가 크나큰 오해를 했지요."

"덕분에 경도 제 아버님께 죽을 뻔하지 않았습니까? 서로 피장파장이라 생각하고 있으니 크게 신경 쓰실 것 없습니다."

내 말에 그때 일이 생각났는지 다니엘이 숨을 들이켰다.

그러자 볼레어가 부드럽게 끼어들었다.

"허… 그때… 저는 정말 다니엘을 잃는 줄 알았습니다. 제 아버지의 분노를 직면하는 것보다 더 무서운 일이 있다는 걸 처음 알았다니까요."

그에 나도 쿡쿡 웃으면서 가볍게 그의 말을 받아줬다.

"웨스트모어랜드 후작님의 분노라… 상상만 해도 두렵군요. 하지만 그때 다니엘 웨스트모어랜드 경의 분노도 엄청 무서웠습니다."

내 말에 다니엘의 얼굴에 쓸쓸한 표정이 지나갔다. 그제야 나는 아차 싶어 내 혀라도 깨물고 싶은 심정이었지만 너무 늦어버렸다.

"아… 이런… 죄송합니다. 실언을 했군요."

그가 왜 분노했는지를 깜빡했던 것이다.

몇 년이 지났지만, 속으로 좋아하던 여성과 그렇게 이별하는 것은 아픈 상처로 남아 있을 텐데 말이다.

내 말에 다니엘이 고개를 들어 날 잠시 바라보더니 피식 웃었다.

"지금은 괜찮습니다. 아, 저를 다니엘이라 불러주시겠습니까?"

"그럼 저를 해인이라 불러주시죠."

귀족 세계에서는 이름을 부르게 하는 건 친해지고 싶다는 표시였다.

"대단한 정령사라면서요?"

다니엘과 내가 부드러운 미소를 교환하는데 스테판이 끼어들었다.

그러자 내가 미처 입을 열기도 전에 볼레어가 쿡쿡 웃으며 대답했다.

"쿡쿡쿡, 대단하지. 네가 기사단에서 있었던 일을 봐야 했는데… 키득키득……."

"뭐야, 파블로 백작 일을 말하는 거야?"

조엘의 말에 나는 눈을 둥그렇게 떴다.

"어라? 조엘이 그걸 어떻게 알아요?"

"어떻게 알기는요. 아마 귀족 사교계에 파다하게 퍼져 있을 겁니다. 그게 요즘 파블로 백작이 사교계에 얼굴을 안 내밀고 틀어박혀서 수련에 매진하는 이유일걸요?"

볼레어가 신이 나서 조엘 대신 입을 여는데 스테판이 슬그머니 끼어들었다.

"자자, 서서 이야기를 해도 좋겠지만, 어차피 조금 있다가는 진저리가 날 정도로 서 있어야 할 테니 우리 다 앉는 게 어떨까? 이 저택은 꽤 튼튼하게 만들어져서 천장 안 무너진다구."

그의 말에 우리는 그제야 계속 서서 이야기를 나누고 있었다는 것을 깨닫고 실소를 흘리며 자리를 잡고 앉았다. 그러자 기다리고 있었다는 듯 하녀들이 사람 수에 맞춰 음료를 내왔다.

"내가 돌아와서 들었던 제일 놀라운 소식은 블랜차드 후작이 누군가를 추천해서 왕실 기사단에 입단시켰다는 이야기였지."

스테판의 말을 볼레어가 웃으며 받았다.

"너뿐이겠냐? 기사단도 발칵 뒤집혀졌단다. 윗순위의 기사들, 특히 로얄 기사들이 심상치가 않았지. 단장님이 추천할 정도니 당장 로얄 기사 테스트를 받을 거라 생각했거든. 그래서 단장님의 보좌관으로 둔다고 했을 때 다시 한 번 놀랐지."

볼레어의 말에 스테판이 눈을 빛내며 나를 바라봤다.

"호오, 그 대단한 소문의 주인공이 백작님이란 말씀이죠?"

"아하하하… 그, 그게……."

그의 시선이 부담스러워 어색한 미소를 짓는데 조엘 녀석이 냉큼 끼어들었다.

"소문만 대단한 게 아니라 실력도 대단했지. 내가 왕실 기사단 쪽으로 생각해 보라고 권유하기는 했지만, 솔직히 될 확률이 높다고 생각하지는 않았거든. 그냥 밑져야 본전이라고 여겨서 권해본 건데, 블랜차드 후작님과 첫 대면을 한 그 순간 갑자기 기세 대결로 들어가는 거야. 허… 얼마나 대단하던지, 근처에서 보는 것만으로도 온몸에 소름이 쫘악 끼치더라니까."

"소름뿐이더냐? 나는 손이 덜덜 떨려서 검도 쥘 수 없을 것 같더라. 그때 파티에 참석하느라 검을 소지하고 있지 않아서 다행이었지."

"저도 그 장면을 잠깐 봤었습니다. 운 좋게 파티장 경비 근무를 서는 바람에 일이 생겼을 때 들어갈 수 있었죠. 정말 대단하더라구요. 저는 후작님의 시선을 정면으로 받는 것도 무척 긴장되던데 말입니다."

웨스트모어랜드 형제의 말이 이어지자 나는 손을 내저었다.

"아잇, 절 너무 띄워주시는 것 아닙니까? 여기 계신 여러분 또한 주목받고 있는 유망주들 아니었던가요?"

그러자 에르미아가 얼른 내 말에 맞장구를 쳤다.

"그러게 말이에요. 그리고 보니 윈체스터님께서는 이번에 외교관으로서의 실력을 유감없이 발휘하고 돌아오셨다 들었습니다만……."

"하하하, 과찬이십니다."

스테판이 예의있게 겸손의 미덕을 보이자 볼레어가 냉큼 끼어들었다.

"천만에. 그곳에서 네 바람기를 잘 다스려서 분노한 남편들의 결투 신청을 받아 외교 문제를 일으키지 않은 것만 해도 대단한 일을 한 거다. 그거 아냐? 네 아버지께서 널 보내시면서 얼마나 노심초사하셨는지."

"어허, 낭만을 모르는 자의 질투는 추한 거라네, 친구."

"낭마안? 낭만이 모두 바다 건너 저 세상으로 갔나 보군."

친우들 간의 장난기가 가득 든 투닥거림이 간간이 끼어드는 화기애애한 대화는 노크 소리에 의해 잠시 중단되었다.

"큰 도련님, 손님들이 도착하셨습니다."

시종의 말에 스테판은 아쉽다는 표정으로 자리에서 일어났다.

"자자, 슬슬 파티가 시작될 모양이니 이만 나가보자구."

"그러지. 아, 그런데 네 동생은 잘 있대냐?"

스테판의 말에 맞장구치며 몸을 일으키던 조엘이 막 생각났다는 듯 물었다.

윈체스터 백작가에는 두 명의 아들이 있었다.

장남은 스테판이었고, 차남은 오스턴 윈체스터라고 마법사 지망생인데 현재 마르타 국에 유학을 가 있다고 했다.

뭐, 이곳에도 마법을 가르쳐 주는 학교가 있기는 했지만, 마르타 국은 뭐니 뭐니 해도 최초의 대마법사인 메이크피스가 세운 마법사의 탑과 마법사 길드 총본부가 있는 곳이었으니 다른 국가의 마법사 지망생들이 많이 유학을 가기도 하는 곳이었다.

"내 동생? 몰라. 뭘 하는지 연락도 거의 없다. 저번에 연락 온 게 2년 전이었나? 혹시 마르타 국에 보낼 외교 사절이 있다면 꼬옥 끼어들어야겠어. 동생 녀석 면상을 못 본 지 몇 년인지도 모른다."

"훗훗, 무소식이 희소식이라잖아요. 돌아오면 대단한 마법사가 되어 있을지도 몰라요."

다니엘의 말에 스테판도 가벼이 웃어넘겼다.

"그러길 바라야지. 안 그러면 그동안 어머니 속 끓인 거에 대한 응징을 철저하게 내려줄 거다."

그렇게 도란도란 이야기를 나누면서 홀로 들어가니, 이미 십여 명쯤 되는 사람들이 홀 안에서 삼삼오오 무리를 이루고 있었다.

우리는 그들 틈에 끼어드는 대신 파티장 입구에서 주인 노릇 하느라 사람들을 맞이하는 윈체스터 백작 부부에게 다가갔다.

원래 여기에 도착하자마자 인사를 나누었어야 하는데 그 부부가 친구들끼리 놀라고 배려를 해준 탓인지 모습을 보이지 않아 미처 인사를 나누지 못했던 것이다.

"안녕하셨습니까, 백작님, 백작 부인."

"오랜만에 뵙습니다, 두 분."

"아, 어서들 오너라."

"여전히 멋지구나, 조엘. 안젤라도 아름답고. 호호호, 그래 요즘 안젤라에게 귀족 청년들의 청혼이 줄을 잇는다며?"

"아이, 아니에요."

아들의 친구라서 그런지 부부는 격식없이 조엘 남매를 따뜻하게 맞아주었다.

그들이 인사를 끝내기를 기다렸다가 나도 에르미아와 함께 앞으로 나섰다.

"초대해 주셔서 감사합니다, 윈체스터 백작님, 백작 부인."

"와줘서 고맙네, 엠브로스 백작. 어서 와요, 엠브로스 양."

“즐거운 시간이 되길 바라요.”

“감사합니다, 두 분.”

스테판과 조엘이 친구인 것을 보면 알 수 있듯이 윈체스터 백작은 맥알파인 공작파 사람이었다. 아마 오늘 이 파티에 초대된 대부분의 사람들이 맥알파인 공작과 친한 사람들일 터였다.

그렇게 둘에게 인사를 나누고 안쪽으로 들어가자 역시나 그곳에 있던 사람들이 친근하게 인사를 건네왔다.

속속들이 도착한 사람들이 계속 홀 안으로 들어오고, 준비하고 있던 악단이 부드러운 음악을 연주하며 본격적으로 시종들이 음료를 들고 서빙을 시작하자 분위기가 마구 무르익었다.

대충 나이 많은 사람들에게 인사를 건네고 다시 조엘 남매와 스테판, 그리고 볼레어 형제와 한 무리를 이룬 채 이야기를 나누고 있는데 슬그머니 젊은 청년들이 다가와 대화에 끼어들었다.

처음에 조엘이나 이브스햄에게 끌려 파티장에 참석할 때에는 조엘이나 이브스햄이 잡아놓지 않으면, 이렇게 다른 사람들이 다가와 무리가 커질 경우 슬그머니 기회를 봐서 빠져나가기 십상이었는데, 이제는 나도 얼굴이 많이 팔려서 그런지 나에게도 이야기를 걸어오는 사람들이 있어 그러기가 쉽지 않았다.

잠시 후에 맥알파인 공작 부부가 와서 인사를 나눌 즈음 블랜차드 후작이 도착했다.

“아, 단장님이 오셨군.”

그 특유의 자신감에 찬 오만한 표정과 태도로 뭇사람들의 시선을 받으며 당당하게 걸어 들어오는 후작의 모습에 나는 속으로 안도의 한숨을 내쉬었다.

후작이 워낙 사교성이 별로 없어서 사람들이 인사나 혹은 특별한 볼일이 없는 한 그 주위에 대화를 하느라 붙어 있는 경우가 별로 없었기 때문이다. 그래 그의 곁에 붙어 있기만 하면 의례적인 대화에 신경 쓸 필요가 적었다.

나는 에르미아가 안젤라와 찰싹 붙어 귀족 영애들 무리 틈에 끼어 있는 것을 눈으로 확인하고는 맥알파인 공작 부부에게 양해를 구하고 후작에게 걸음을 옮겼다.

이미 파티장에 있던, 기사로 활동하고 있는 청년들이 인사를 하기 위하여 그의 주위에 몰려들어 있었다.

어차피 인사만 하면 물러날 거였지만……

그들이 인사하고 옆으로 비켜주기를 바라며 천천히 다가가는데 예의상 고개를 끄덕여 인사를 받아주며 주위를 휙 둘러보던 후작과 눈이 딱 마주쳤다.

"여어, 일찍 왔는걸?"

그가 먼저 웃으며 말을 걸자 주위에서 웅성웅성거리는 소리가 들려왔다. 하기야, 후작이 먼저 말을 걸어오는 경우가 극히 드무니 사람들이 놀라는 게 당연할지도. 이러니 내가 후작의 편애를 받고 있다는 소리를 들을 수밖에.

"오셨습니까?"

가까이 다가가서 꾸벅 고개를 숙이자 그가 내 주위를 살펴봤다.

"혼자 왔냐?"

"설마요. 좀 전에 이브스햄도 도착했고, 에르미아는 저쪽에 있어요. 조엘은 저기서 다른 사람들에게 잡혀 있고요."

내가 눈짓으로 사방 여기저기를 가리키며 말하자 후작이 쿡 웃었다.

"그래, 일행을 저렇게 뺏겨 버렸으니 내가 그리워졌겠군?"

"곁에 있으면 편하다는 건 인정하죠. 어째 말 걸어오는 사람이 적거든요. 거기다가 중간에 빠져나가기도 편하고."

"쿡쿡쿡… 부인은 못하겠군."

볼레어와 다니엘이 스테판과 같이 와서 인사를 건네는 바람에 우리 둘의 대화가 잠시 중단되었다. 하지만 스테판은 곧 다른 사람들에게 인사를 하느라 또 바삐 움직여야 했고, 볼레어와 다니엘 형제에게는 다른 청년들이 들러붙어 버렸다.

"오늘 우리 집에서 잘래? 오랜만에 네 아버지 좀 보자."

"그럴까요? 에르미아에게 갈 때 옷을 보내라고 하면 되니까. 저도 요즘 아버지 얼굴 못 본 지 꽤 되었거든요. 이프리트 아저씨도……."

"후후후, 재미있을 거야."

저쪽에서 무리의 가운데에 있던 조엘이 나와 후작의 모습을 보고 다가오려고 했다. 그런데 하필 그때 옆에서 누가 그에게 말을 거는 바람에 그의 발걸음이 멈춰지고 말았다. 그러자 그가 아쉬운 미소를 지으며 멀리서 고개만 숙여 보이는 것으로 인사를 대신하고 자신에게 말을 건 사람에게 주의를 돌렸다.

그 모습을 보며 후작이 다시 쿡쿡 웃었다.

"저래서 인기인은 피곤하다니까."

"인기인 나름이죠. 사실 리건도 인기인 아닌감요?"

리건은 블랜차드 후작의 이름으로 그가 사적인 자리에 있을 때 이름을 부르라고 허락해 줘서 마음대로 부르는 거다. 물론, 기사단에 있을 때는 절대로 그러지 못하지만.

"훗, 나는 인기가 있는 게 아니야. 추종자가 많은 거지. 인기와는 엄연히 다른 거라고."

"어련하실려구요."

다시 저쪽에 있는 조엘과 눈이 마주쳤다. 그래 피식 웃으며 손을 흔들어줬더니 그가 익살맞게 처량한 웃음을 지어 보이는 거였다.

그런데 내 옆에 있는 리건을 보더니 그 웃음이 씁쓸하게 바뀌는 것 같은데… 내 착각이려나?

"쿡쿡, 불쌍한 맥알파인 자작……."

"엥?"

"아니… 후후후……."

영문을 모를 리건의 반응에 고개를 갸웃하는 와중, 손님들이 다 모였는지 주인인 윈체스터 백작이 와준 손님들에게 자신의 아들을 인사시킨 후 파티의 시작을 알렸다.

그와 함께 흥겨운 춤곡이 시작되었기에 나는 리건과 잠시 헤어져 에르미아와 한 곡, 안젤라와 한 곡, 그리고 맥알파인 공작 부인과 한 곡을 추고 다른 귀족가의 영애들에게 붙잡히기 전에 잽싸게 그의 옆으로 다시 돌아왔다.

"내가 네 피난처냐?"

"잘 아시면서 뭘 묻습니까? 언제 빠져나갈 거예요?"

"흐음… 글쎄… 봐서……."

리건이 말을 흐렸지만, 그가 거의 파티 끝까지 남아 있는 경우는 여왕이 참석했을 때—것도 여왕이 나가면 그 즉시 파티장을 빠져나갔지만…—뿐이라는 걸 아는 나는 고개만 끄덕이고는 그의 옆 자리를 지켰다.

그러자 윈체스터 백작 부인과 한 곡 춘 조엘이 슬쩍 우리 곁으로 다가오는 게 보였다.

"인사가 늦었습니다, 블랜차드 후작님."

예의 바르게 꾸벅 인사하는 조엘에게 리건이 다른 사람들과는 다르게 씨익 웃어주며 대꾸했다.

"뭐, 자네 상황이 어땠는지 이해하니 괜찮네."

"해인이를 좋게 봐주시더군요. 그와 친한 저로서는 무척 감사한 마음뿐입니다."

조엘의 말에 리건이 다시 씨익 웃었다.

"뭐, 자네가 감사해할 것 없네. 내가 원해서 하는 일이니까."

"그렇다 해도 감사한 건 감사한 일이죠."

"그런가? 그런데 꼬옥 말하는 폼이… 누가 보면 자네를 해인이 보호자로 생각하겠군."

"친구는 서로 돌봐주는 거 아니겠습니까? 상사와는 다른 관계죠."

"훗… 그런가? 친구라……."

'으음… 왠지…….'

어째 리건과 조엘 사이의 분위기가 경직된 것 같았다.

뭐, 리건은 여전히 여유만만하게 조엘을 내려다보는 듯한 시선이었는데, 조엘에게는 그게 영 마음에 안 든 모양이었다.

"뭐, 자네와의 대화는 즐거웠네. 새로운 걸 알았군."

"제 부족한 생각이 후작님께 새로운 걸 알려 드렸다면 영광이죠."

"그렇게 말해 주니 고맙군. 나는 이만 가봐야겠군. 약속이 있어서 말야……."

"그러십니까? 아쉽군요. 나중에 다시 뵐 수 있기를 바랍니다."

리건에게 작별 인사를 건넨 조엘은 나를 향해 리건에게 작별 인사를 안 하느냐는 듯한 시선으로 바라봤다.

초창기 때에는 리건을 따라 파티 중간중간에 슬그머니 빠져나갔던 나였지만, 요 근래 에르미아와 같이 파티에 참석하면서부터는 후작과 가는 대신 에르미아와 조금 더 있다가 가곤 했기에, 에르미아와 같이 온 걸 아는 조엘로서는 당연한 시선이었다.

하지만 참 공교롭게도 그때 리건도 나를 빤히 바라보고 있는 거였다.

빨리 조엘에게 작별 인사를 하라는 메시지를 가득 담고서.

이미 리건과 그의 집에 가기로 약속을 한 상황인데다, 에르미아에게는 아까 같이 한 곡 추면서 이야기를 끝낸 상황이라 나는 조엘에게 작별 인사를 하려고 했다.

그런데… 왠지 조엘의 분위기가 차마 작별 인사를 못하게 만드는 거였다.

그래 내가 우물쭈물하자 리건이 재촉했다.

"안 갈 거야?"

조엘이 의아하다는 듯 눈썹을 치켜 올리자 나는 난처한 표정으로 입을 열었다. 고래 싸움에 등 터지는 새우의 심정이 이런 것일까나?

"에… 사실 블랜차드 후작님 집에 가기로 해서……."

그런데 타이밍이 정말 좋게도 내가 채 작별 인사를 끝내기도 전에 한 시종이 우리에게 다가왔다.

"후작님, 급히 찾으시는 기사 분이 계십니다."

"날? 알았다. 잠시만 기다려."

나에게 기다리라고 말해 놓고 시종의 뒤를 따라 리건이 사라지자 조엘이 묘한 시선으로 날 바라봤다.

"호오, 블랜차드 후작네 집에 가기로 했다고?"

왠지 그의 말을 듣고 있자니 어째 내가 엄청 잘못을 한 것만 같은 기분이 들었다.

"에… 그게… 어쩌다 보니……."

내 대답이 시원치 않자 조엘이 의심스런 표정으로 낮게 물었다.

"그 사람네 집에 자주 가?"

"에… 가끔요."

"얼마나 가끔?"

"글쎄요… 일정하지는 않은데… 지금까지 네 번 갔나?"

고개를 갸웃하며 기억을 더듬는데 조엘의 눈썹이 꿈틀거렸다.

"…노만이 너 기다리는 눈치던데……."

저번에 조엘네 집에 방문했을 때 노만은 내가 백작이 되었다니까 그런가 부다… 하는 시큰둥한 표정으로 고개를 끄덕이더니 딱 하나만 묻는 거였다.

"그래, 그래서 이제 마법은 계속 배울 거냐, 말 거냐? 뭐, 안 배운다고 해도 내가 뭐라고 할 수는 없겠지만……."

그래서 가끔 찾아와서 배우겠다고 대답해 버렸었다.

"앗… 스승님도 뵈어야 하는데……."

조엘의 말은 더 이어지지 못했다. 리건이 모습을 감추니까 주위에 있던 사람들이 슬그머니 다가와 조엘을 둘러쌌던 것이다. 그래 사적인 대화를 잠시 접고 그들과 대화를 하는데 시종을 따라갔던 리건이 다시 돌아왔다.

"해인아, 가자. 왕실에서 호출이다."

그 말만 던지고 몸을 돌려 걸어가는 그의 모습에 나는 조엘에게 작별 인사를 하는 둥 마는 둥 하고 사람들 사이를 비집고 나가 그의 뒤를 좇아가야 했다.

"에엣… 아, 자작님, 그럼 다음에… 저, 저기… 실례하겠습니다."

파티장 밖에서 리건을 기다리고 있던 사람은 왕실 경비대 제복을 입고 있었다. 그는 날 보자 고개를 숙여 보이더니 밖에 대기시키고 있던 마차로 우리를 안내했다.

그런데 우리가 막 마차에 올라 출발할 즈음, 누군가가 급하게 말을 달려 안으로 들어오더니 떨어질 듯이 뛰어내려 안으로 들어가는 거였다.

"저 사람도 누굴 부르러 가는 걸까요?"

출발하는 마차 창으로 사라지는 그 사람의 등을 보며 중얼거리자 리건이 시큰둥하게 대꾸했다.

"모르지."

"아, 그런데 단장님을 호출한 건데 왜 나까지 끌고 가는 거예요?"

"넌 내 보좌관이잖아."

아주 당연하다는 듯이 말을 했지만, 보좌관이라고 해도 말뿐, 업무에 관한 건 조르디 엘리노어 경이 다 맡아서 하고 있으니 데리고 간다면 엘리노어 경을 데리고 가야 했다.

"혹시, 엘리노어 경에게도 연락했어요?"

"연락할 거 있나? 그 녀석은 기숙사에서 사는 걸 뭐."

왕성 내에는 밤에 야간 근무를 하거나, 아니면 집이 멀어서 출퇴근하기가 어려운 기사들을 위해 기숙사를 운영하고 있었다.

볼레어 형제도 거기서 숙식하고 있었다.

원래 수도에 웨스트모어랜드 후작 저택이 따로 있었지만, 후작이 자신의 영지로 내려간 데다가 두 형제 모두 독신이라 저택을 필요로 하지 않았기에 있었던 저택을 처분했던 것이다.

어차피 기숙사라고 해서 몇 시에 기상해야 하고, 몇 시까지 들어와 잠을 자야 하는 등의 학교 기숙사 같은 엄한 규칙이 있는 게 아니라 마치 여관같이 자유롭고, 그쪽 담당의 시종들까지 딸려 있어서 기사들의 불편을 최소화해 주고 있다 들었다.

"필요하면 왕성에 도착해서 불러오면 돼. 아직 늦은 시각이 아니니 자지 않고 있겠지."

"그런데 갑자기 웬 호출이에요? 이런 일이 가끔 있나요?"

"요 근래에는 없었지. 몇 년 전이라면 몰라도 요즘에는 계속 평화로 웠으니까. 이번 호출도 위급 상황이라기보다는 급한 중요한 일이 생긴 걸 거다."

'그렇다면 내가 더 더욱이나 필요없는 거 아닌가?'

속으로야 그렇게 생각했지만, 내가 알고 있는 걸 그가 모를 리가 없을 텐데도 데리고 가는 걸 보면 뭔가 이유가 있나 보다 싶어 그냥 입 다물고 있었다.

우리를 데리러 온 병사가 무척이나 재촉을 했는지 마부는 성도 내를 쌩쌩 달려—마침 밤이 다 된 시각이라 거리에 사람들이 없어 속도를 내는 데 하등 어려움이 없었다—평소보다 엄청 빠른 시간 내에 왕성에 도착할 수 있었다.

"단장님."

그리고 입구에는 엘리노어 경이 기다리고 있다가 반색을 하며 맞았다. 물론, 뒤에 있던 나에게는 찌릿한 눈길을 한번 던지고는 외면해 버렸지만 말이다.

"무슨 일이지?"

"저도 자세한 건 모르겠습니다만, 마법사 길드 쪽에서 뭔가 요청을 한 모양입니다. 보고를 받으신 폐하께서 당장 단장님을 비롯해서 몇몇 분들을 왕성으로 부르라 하셨거든요. 도착하시는 즉시 백합 회의실로 모시라 하셨습니다."

"백합 회의실? 흐음……."

왕성 내에는 그 커다란 규모에 알맞게 여러 개의 회의실이 존재했고, 각 회의실마다 이름이 붙어 있었다. 그 회의장들의 이름이 모두 꽃 이름이라는 게 우연인지 모르겠지만, 어쨌든 '백합'이라는 이름을 달고 있는 그 회의실에는 들어가는 두 짝의 하얀 문에 큰 백합이 정교하게 새겨져 있었다.

안에 들어가니 옅은 회색 빛의 커다란 타원형의 탁자가 가운데 놓여 있었고, 그 주위에는 탁자보다 약간 더 진한 회색의 편안해 보이는 의자가 10여 개 정도 놓여 있었다.

방 안에서 감지되는 마나의 기운으로 보아하니 아마 이곳에서 오고 가는 모든 대화가 바깥으로 절대 새어 나가지 못하게 마법 결계를 펼쳐 놓은 모양이었다.

회의실 안에서는 두 남자가 종이 뭉치를 든 채 막 들어서는 후작을 반가이 맞았다.

"어서 오십시오, 후작님. 파티장에서 곧장 오셨나 보군요."

두 남자 중 나이 많은 쪽인 중년 남자가 웃으며 인사하자 리건이 정중하게 답례를 했다.

"파티장에서 전갈을 받아 말입니다."

"아, 이런… 즐거운 시간을 방해한 것이 아니길 바랍니다."

"괜찮습니다. 막 빠져나가려던 참이었으니까요. 그런데 무슨 일입니까, 아키볼트 백작?"

"잠시만 기다려 주시겠습니까? 아직 오실 분들이 다 오지 않으셔서 말입니다. 아, 차 한잔 드릴까요?"

"그래 주면 고맙겠소."

멋진 은발 머리를 가진 아키볼트 백작이 자신의 옆에 있던 젊은 남자에게 손짓하자 젊은 남자가 회의실 구석에 마련된, 차를 탈 수 있게끔 준비된 탁자로 다가가 리건의 차를 준비하기 시작했다.

그동안 리건은 탁자 주위에 놓인 의자 중 가까운 것을 끌어당겨 편안하게 앉았다. 물론 나와 엘리노어 경은 그의 뒤에 자리를 잡고 서 있어야 했지만 말이다.

"자, 우선 이걸 봐주시겠습니까? 후작님을 늦은 시각에 오시게끔 한 이유를 대략 적어놓은 것입니다."

리건이 아키볼트 백작이 넘겨주는 종이 뭉치를 덤덤한 표정으로 받아 탁자에 펼쳐 놓자 나와 엘리노어 경의 시선이 은근히 그쪽으로 쏠렸다.

리건이 굳이 감추려 하지도 않았고, 아키볼트 백작이 보좌관들을 내쫓지 않는 걸 보아하니 국가 기밀 정도의 사항은 아니었던 모양이다.

"호오… 던전이라……."

"마법사 길드에서 정식으로 요청 온 게 꽤 오랜만의 일 아닙니까? 그것도 던전에 대한 일 때문이니… 아마 다른 국가 측에서도 은근히 기대를 하고 있으리라 여겨집니다."

"그렇겠군."

약간 흥분한 기색의 아키볼트 백작의 말에 리건이 시큰둥하니 긍정하는데 회의실 문이 벌컥 열리며 일단의 무리들이 우르르 몰려들어왔다.

"아키볼트 백작, 도대체 무슨 일인가?"

씩씩하게 걸어 들어와 다짜고짜 묻는 이는 랭포드 후작이었다.

그의 옆에는 랭포드 자작이 따라 들어오고 있었고, 그 뒤로 맥알파인 공작과 조엘이 모습을 드러냈다.

"어서 오십시오."

아키볼트 백작이 그 둘을 향해 정중히 인사를 하자 리건도 연장자를 대하는 예의로 자리에서 일어나 고개를 숙여 보였다.

"오셨습니까?"

"흠."

"여기서 다시 만나게 되는군, 블랜차드 후작."

리건의 인사에 가볍게 고개만 끄덕여 예의만 차리는 랭포드 후작에 비해 맥알파인 공작은 사람 좋은 미소로 인사를 건네왔다.

"자자, 다들 앉으시지요. 이런 늦은 시각에 오시게 해서 죄송합니다만, 그만큼 흥미있는 일이라서요. 가이, 공작님과 후작님의 차도 부탁하마."

한쪽에서 리건의 차를 준비하고 있던 젊은 남정네의 이름이 가이였던 모양이다.

그가 리건 앞에 차를 내려놓고 다른 사람들의 차를 준비하러 옆으로 자리를 비킨 사이 아키볼트 백작은 자리를 잡고 앉은 랭포드 후작과 맥알파인 공작 앞에 리건에게 준 것과 같아 보이는 종이들을 내밀었다.

"자자, 이것 좀 보시겠습니까?"

"이게 늦은 시각에 우리를 오게 한 이유인가?"

맥알파인 공작이 종이를 받아 자신의 앞에 펼쳐 놓으며 묻자 아키볼트 백작이 씨익 웃으며 고개를 끄덕였다.

"물론입니다. 참 흥미있지 않습니까? 마법사 길드에서 최근에 발견된 던전에 조사단을 파견하는 데 정식으로 협조를 요청하다니 말입니다."

"흐음… 그 던전의 존재를 벌써 다른 나라에 들켰다는 거겠지."

랭포드 후작 또한 진지한 눈길로 종이 위에 써진 내용을 훑어보며 말을 던졌다.

그들이 말하는 내용이 도통 무슨 내용인지 모르겠지만, 분위기가 분위기인지라 나는 물을 생각도 못한 채 가만히 듣고만 있었다. 필요하다면 나중에 리건이나 조엘에게 물어보면 설명해 줄 테니 말이다.

"아마도 그럴 겁니다. 마법사 길드에서 온 내용에 따르면 마르타 국과 녹스 국에도 정식으로 요청을 했기에 자세한 이야기는 삼국이 모인 뒤에 한다고 하더군요."

아키볼트 백작의 말에 리건이 살짝 눈살을 찌푸렸다.

"그렇다면, 이 저녁에 우리를 모을 필요가 없지 않소? 자세한 내용도 모르는 데다가 삼국이 모여 협상을 하는 거라면 외교부 쪽 담당이고 말이오. 던전을 발견했다는 건 분명 대단한 일이긴 하지만, 그냥 내일 통보해도 되었을 텐데……."

리건의 항의에 아키볼트 백작이 예상하고 있었던 듯 곧바로 대답했다.

"다른 경우였다면 그렇게 했을 겁니다만… 이번에는 좀 독특한 상황이라서 말입니다. 우선 길드 쪽에서는 최대한 빨리 조사팀을 파견하려고 하기 때문에 삼국회담도 빨리 모았으면… 하는 바람이라……."

하지만 그러한 그의 설명은 랭포드 후작의 시큰둥한 말에 끊겼다.

"그쪽이야 던전 하나 발견하면 빨리빨리 조사하고 싶어 근질거리는 사람들 아니오? 새삼스러울 것도 없지."

"아, 물론 후작님 말씀이 옳습니다. 그런데… 이번에 던전이 발견된 장소가 새클턴 국에 있는 그 유명한 새클턴 정글 안에 있다는군요."

아키볼트 백작의 말에 탁자에 앉은 세 남자의 인상이 단박에 찡그려졌다.

"흐음… 그래서 삼국에 요청을 한 거로군."

"쳇, 약삭빠른 노친네들 같으니라구……."

맥알파인 공작과 랭포드 후작의 말에 이어 리건이 진지한 어조로 입을 열었다.

"그래서… 랭포드 후작님과 날 부른 것이었군. 우리 쪽의 협조를 얻어야 하니까."

리건의 말에 아키볼트 백작이 반가운 표정으로 고개를 끄덕였다.

"그렇습니다. 삼국과 협상하는 거야 저희 쪽 담당이지만 이번에 장소가 장소이니만큼 아무래도 그 협상 자리에 저희 쪽 사람 말고도 기사단 측 사람이나 국방부 측 사람이 같이 참석했으면… 합니다. 이번 삼국회담에서 길드 측에 지원해 줄 기사나 병사들 숫자도 나올 게 뻔하고, 다른 때 같으면 회담 전에 미리 두 후작님과 의논해서 대충 윤곽을 잡아가겠지만, 이번에는 어찌 될지 몰라서 말이지요. 혹시나, 다른 국가에서 협조를 포기할지도 모르는 일이고 말입니다."

"글쎄… 과연 그럴까? 그 악명 높은 새클턴의 정글에다가 던전을 만들 정도라면 모르긴 몰라도 대단한 자가 만든 게 뻔할 텐데……. 그렇다면 그만큼 대단한 것들이 숨겨져 있을 거라 여겨질 것 같은데……."

랭포드 후작의 말에 이어 맥알파인 공작의 질문이 던져졌다.

"폐하께도 말씀드렸겠지? 폐하께서는 뭐라고 하시던가?"

"위험한 장소인데다 던전에 뭐가 있는지는 흥미없지만, 만약 그곳에 위험한 물건이 있고 그것이 다른 나라에 넘어가게 될지도 모른다면 그것만은 확실하게 확인을 해야 하지 않겠냐고 하시더군요. 이왕이면 막아내면 더 좋고 말이지요."

아키볼트 백작의 말에 리건이 고개를 끄덕였다.

"그렇군. 던전에서 뭘 얻느냐보다는 다른 나라에 뭐가 넘어가느냐가 문제겠지."

"그렇다는 건 우리는 마법사 길드에 협조를 해야 한다는 소리겠군. 아마 다른 나라도 마찬가지가 아닐까?"

"그래서 마법사 길드 녀석들이 음흉하다는 거야. 차라리 그쪽으로 전부 넘어갔으면 좋았을 텐데……."

맥알파인 공작의 뒤를 이어 랭포드 후작이 투덜거리자 맥알파인 공작이 고개를 저었다.

"아니야. 그쪽으로도 뭐가 넘어갈지는 알아두는 편이 좋아. 마법사 길드는 가끔가다 미치광이 마법사가 나타나 난리를 칠 위험 요소가 높은 곳 아닌가?"

"그래 봤자 일차적인 방어는 마법사 길드고, 이차적인 방어는 마르타 국에서 할 텐데 뭐. 우리 타자는 그 다음이니 조금은 여유가 있는 거 아닌가? 쳇… 도대체 어느 나라에게 던전이 있다는 걸 들킨 거지? 아, 혹시 새클턴 국인가? 에잉……."

랭포드 후작의 투덜거림에 리건이 진지한 목소리로 말했다.

"아마… 다른 나라에 들키지 않았어도 협조를 요청했을 듯합니다.

새클턴의 정글은 그만큼 위험한 곳 아닙니까? 모험가들과 용병을 불러 모아봤자 각국에서 제공할 만큼 대단하지는 못할 테니까요."

"그럴듯하군. 그럼 백작, 회담의 장소와 날짜는?"

"사흘 뒤입니다. 장소는 길드 측에서 제공한다는군요. 내일 저녁이나 최소한 모레 아침에는 각 국가의 수도에 있는 마법사 길드 지부에 통고를 하면 그쪽에서 마법진으로 알아서 보내준답니다."

"흠… 그럼 우리들을 불러 모은 이유가, 각각 우리 측에서 회담에 참여시킬 인재를 뽑아달라는 거지?"

"그렇습니다. 그리고 대충 길드에 협조할 테두리도 정하고 말입니다. 이번에 길드 측에 보낼 기사는 어떻게 하실 건지요? 국방부 장관님과 기사단장님의 생각을 들어보고 싶습니다."

왕실 기사단의 첫 번째 목적이 왕과 그의 가까운 친족들을 지키는 것이고, 둘째로는 왕성과 수도를 지키는 것이지만 평화로운 이때에 엘리트 중의 엘리트들을 몽땅 그 일에 투입시키는 건 인력 낭비였다.

그래서 왕과 그의 가족을 지키는 건 왕실 기사단과 왕성 수호 기사단이 반씩 섞여서 하고, 왕성을 경계하는 것도 왕실 기사단 기사의 지휘를 받는 왕성 수호 기사단과 왕실 경비대의 몫이었다.

그리고 대부분의 왕실 기사단, 특히 그중 로얄 기사단은 이렇게 국내, 혹은 국외에서 벌어지는 위험한 일에 투입되었던 것이다.

그러는 게 인력을 적절하게 잘 사용하는 것 아니겠는가?

실력도 실력이거니와 왕실 기사단이라는 건 어디 내놔도 대표자로서 꿀릴 게 없는 지위에 있다는 확실한 증표였으니 말이다.

그러나 국방부 또한 이러한 트러블이 그들의 일이기도 했으니, 이런 일이 있을 때마다 항상 국방부와 왕실 기사단 측의 치열한 공방이 벌어졌다. 중요해서 공을 세울 일에는 서로 해결하려고 할 터였고, 공도 변변찮으면서 귀찮은 일은 서로 상대에게 떠넘기려고 하는 그런 다툼 말이다.

그래도 양측에는 서로의 장점과 단점이 있기는 했다.

국방부는 많은 수의 인력을 동원할 수 있으나, 그들이 모두 엘리트가 아니란 점이었고, 기사단은 엘리트들만 골라서 내보낼 수 있으니 동원할 수 있는 인원이 소수라는 점이었다. 양이냐 질이냐의 차이일까나?

아키볼트 백작은 그걸 잘 알고 있을 테니 지금 조심스레 두 후작을 살펴보는 거였다.

사실 이런 일은 랭포드 후작에게 먼저 말하거나 아님 리건에게 먼저 말했다면 나중에 듣는 사람이 기분 나쁠 테니 확실하게 둘 다 불러놓고 터놓고 이야기하는 게 좋을 듯했다. 그 자리에서 열심히 눈치를 보게 되더라도 말이다.

하지만… 그 새클턴 정글이라는 곳이 엄청 위험한 곳이라면 엘리트 중의 엘리트인 기사단 측이 주도하는 게 낫지 않을까 싶었다.

물론, 정글이 위험한 건 환경이 위험한 거였으니 실력보다는 정글을 잘 아는 사람이 더 필요하겠지만서도 말이다.

두 후작 또한 서로를 살피면서 섣불리 뭐라 입을 여는 사람이 없어 회의실은 잠시 적막이 감돌았다.

그 적막을 깨뜨린 건 맥알파인 공작이었다.

"기사뿐만 아니라 마법사도 필요하겠지?"

맥알파인 공작의 말에 아키볼트 백작이 고개를 끄덕였다.

"물론입니다. 마법사 길드의 마법사들뿐만 아니라 각국에서도 보낼 것입니다. 우리 나라에서도 왕실 마법사들의 협조를 얻을 생각입니다."

"위험한 곳인데 왕실 마법사들이 선뜻 가려 하겠소?"

맥알파인 공작의 걱정스러운 말에 아키볼트가 피식 웃었다.

"마법사들이 어떤 자들인지 잊으셨습니까? 던전의 위험을 제일 잘 알면서도 '마법'이라는 유혹에 넘어가 물불을 안 가리는 그들이지요. 이번에 발견된 던전이 새클턴 정글에 있다고 하면 대단한 물건이 있나 보다 싶어 제일 먼저 우르르 달려들 겁니다."

"하긴… 아, 그러고 보니 랭포드 후작, 후작 산하에도 뛰어난 마법사들이 많다고 알고 있는데 이번에 그들도 참여시킬 생각이오?"

맥알파인 공작의 말에 랭포드 후작이 미간에 깊은 주름을 만들며 대꾸했다.

"글쎄요… 블랜차드 후작과 이야기도 안 된 상황에서 뭐라 말씀드리기가……."

그러자 리건이 싱긋 웃으며 시원하게 대꾸했다.

"그 건은 좋을 대로 하십시오. 저희 왕실 기사단에는 마법사가 한 사람도 없어서 전적으로 왕실 마법사 측이나 후작님 측에 의지해야 할 판이니까요."

"하긴, 그렇겠군요. 왕실 기사단에는 아직 전속 마법사가 없지요?"

"으허허험……."

리건의 말에 아키볼트 백작이 맞장구를 치자 랭포드 후작의 미간 주름이 더 더욱 깊어졌다.

"그러고 보니… 이번 던전은 새클턴의 정글이니… 기사단의 능력은 별로 필요가 없을 듯합니다. 후작님께서 전담하시는 게 어떠실지요?"

"험험, 그건 우리 또한 마찬가지 아닌가? 정글이라니… 허허, 이거
참……."

랭포드 후작이 못마땅하다는 투로 내뱉을 때 아키볼트 백작이 조심
스레 끼어들었다.

"제 생각으로는… 이번 일은 중요하다고 생각합니다. 앞서 말씀드
린 대로 그런 위험한 곳에 던전을 만들 실력자라면 뭐가 있다고 해도
이상하지 않을 테니까요. 그러니 누군가는 꼭 가서 그곳에 무엇이 있
는지, 그리고 그 물건들은 누구의 손에 들어갈지 확인할 필요가 있다고
생각합니다."

그러자 랭포드 후작이 여전히 인상을 딱딱하게 굳힌 채로 투덜거렸
다.

"다 아는 걸 또 말할 필요가 있나?"

"아, 죄송합니다, 후작님. 전 단지 이번 일이 중요하다는 걸 말씀드
리고 싶어서… 험험, 어쨌든 제 의견으로는 이번 일이 무척 위험한 일
이자 중요한 일인 것이 확실한 만큼 어떤 상황에서도 충분히 살아 돌
아올 수 있는 실력자를 보내야 한다고 생각합니다."

아키볼트의 말에 오랜만에 랭포드 후작의 표정이 밝아졌다.

"옳은 말이야. 삼국에서 지원할 테고, 마법사 길드에서 따로 용병들
과 모험가들을 고용한다고 하니 많은 인원은 필요없겠지. 한 사람이라
도 살아 돌아올 수 있다면 그걸로 충분해. 안 그런가, 블랜차드 후작?"

랭포드 후작의 말에 리건이 피식 웃었다.

"요컨대… 소수 정예가 필요하단 말씀이십니까?"

"바로 그거네. 그게 내가 하고 싶은 말이야. 그리고 소수 정예 하면
바로 왕실 기사단 아닌가? 그러니 이번 일은 그쪽에서 전담하는 게 어

떨까… 싶은데?"

엄청 중요한 일이라면서 서로 상대방 측에 떠넘기려고 하는 그들의 태도를 보아하니 아무래도 이번 일이 엄청 어렵기는 어려운 모양이었다. 다른 때 같았으면 중요한 일은 서로 떠맡으려고 했을 텐데 말이다.

왕실 기사단에 이번 일을 전적으로 떠넘기려는 의도가 다분한 랭포드 후작의 말에 리건은 여유있게 씨익 웃어 보였다.

"후작님께서 양보해 주신다면야 제가 기꺼이 맡도록 하죠. 후작님의 인정을 받게 되다니 이거 참 영광인걸요? 하기야, 어떠한 위험 속에서도 살아 돌아올 수 있는 실.력.자.가 필요한 곳에는 역시 우리 왕실 기사단이 나서야겠지요. 사실 이번에 지원해 줄 사람들 중 짐덩어리가 끼어들어 가는 건 아닌지 은근히 걱정했답니다. 제 휘하의 엘리트들이 그러한 짐.덩.어.리.들까지 챙기느라 골머리를 앓는 건 아닌가… 하고요. 그러한 제 걱정을 알아서 덜어주시다니, 역시 후작님은 현명하신 분이시군요. 다시 한 번 감탄했습니다."

요컨대, 너희 국방부 쪽에는 새클턴 정글에 들어가서 살아 돌아올 만큼 유능한 인재가 없지? 란 말을 은근히 빙빙 돌리는 척하면서, 완전히 노골적으로 드러내며 국방부를 깔아뭉개자 랭포드 후작의 얼굴이 점점 딱딱하게 변했다.

아무래도 국방부 측의 소중한 인재를 잃지 않기 위해 우리 측에 완전히 떠넘기려고 한 듯한데 덕분에 자존심이 퍽퍽 깨지고 있으니 속이 온전치는 못할 것이다.

그렇다고 이제 와서 나서지는 못하고 뭐 씹은 표정으로 속만 부글부글 끓이는데, 맥알파인 공작이 나섰다.

"이번 일은 왕실 기사단이 전담하는 건 그리 좋지 못하다고 보네.

물론, 왕실 기사단 일원들의 능력이야 누구나가 인정하는 사실이네만, 검술이 뛰어난 것 하나만 가지고 장담할 수 없는 곳이 바로 새클턴 국의 정글 아닌가? 기사도 필요하겠으나, 그 못지않게 다른 능력자 또한 절실하게 필요할 것이야. 마법사야 마법사 길드나 왕실 마법사 측에서 제공하겠지만, 그 외의 능력자, 즉 실력이 높은 정령술사나 마검사, 혹은 정령검사들은 대부분 국방부 측에 있지 않은가? 랭포드 후작, 이번 일은 국방부에서도 적극적으로 나서줘야 할 것이오."

그러자 아키볼트 백작이 찬동하고 나섰다.

"예, 저도 같은 생각입니다. 랭포드 후작님, 국방부에서도 도와주십시오."

아키볼트 백작까지 간절하게 말하자 랭포드 후작은 못 이기는 척 고개를 끄덕였다.

"크허허험, 뭐, 두 분이 그렇게 말씀하신다면야… 생각해 보도록 하죠."

랭포드 후작의 허락에 아키볼트 백작의 시선이 리건에게로 향했다.

"물론, 왕실 기사단 측에서도 도와주시길 바랍니다. 이런 일에 왕실 기사단 측이 빠진다는 건 말도 안 되니까요."

"그러겠소. 뭐, 나는 처음부터 지원자를 보내려고 했었으니까… 단지… 내 휘하의 녀석들 성격이 좀 괴팍해서 짐덩어리는 어떻게 되든 거들떠보지 않을 텐데… 그게 문제겠군."

끝까지 랭포드 후작을 살살 약 올리는 리건이었다.

그에 아키볼트 백작이 난처한 표정으로 뭐라고 말하려 했지만, 그보다도 먼저 랭포드 후작이 입을 열었다.

"흥, 누가 짐덩어리가 될지, 아니면 몬스터의 먹잇감이 될지 그건 두고 봐야 하지 않나?"

"물론입니다, 랭포드 후작님."

그에 리건이 참 얄밉게 웃으며 고개를 끄덕이는데, 내가 당하는 게 아니라서 그렇지, 당하는 입장에서는 속에서 화산이 안 터지면 다행일 것 같았다.

"자, 그러면… 시간을 충분히 드리지 못해 죄송합니다만, 내일 오전까지 몇 명을 보내주실 수 있을지 알려주시겠습니까? 이왕이면 그들의 분야가 무엇인지까지 말씀해 주시면 감사하겠습니다. 그리고 회담에 같이 갈 사람도요."

그렇게 아키볼트 백작이 긴급 회의를 마무리하자 맥알파인 공작이 고개를 끄덕이며 선뜻 자리에서 일어섰다.

"그나마 나는 좀 나은 편이군. 우리 쪽에서 투입할 인원은 없으니까. 두 후작, 잘 좀 부탁하고… 아키볼트 백작은 나중에 보고서나 올려주게."

"알겠습니다, 재상 각하."

아키볼트 백작의 인사에 고개를 끄덕임으로 답례한 공작이 자리를 뜨자 조엘 또한 얼른 백작에게 목례하고 공작의 뒤를 따라나섰다. 그리고 그 다음으로 랭포드 후작이 리건을 한번 째려보고 나서 자리를 뜨자, 마지막으로 리건이 아키볼트 백작에게 인사를 하고 그곳을 나왔다.

그러자 궁금증을 잔뜩 가지고 있던 나는 이때다 하고 질문을 꺼내려 했다.

"궁금한 게 있는데……."

"아아, 잠깐만… 여기서 이야기하지 말고 내 집무실로 가자."

하지만 미처 꺼내기도 전에 리건이 제지하는 바람에 엘리노어 경의 비웃음을 한번 받고 리건의 집무실에 도착할 때까지 입을 꼬옥 다물고 있어야 했다.

그곳에 도착할 때까지 리건은 아마도 누굴 보낼지 고민고민하고 있었던 듯 집무실에 도착하자마자 집무실 한 켠에 잘 자리 잡고 있는 서류철을 뒤지기 시작했다.

그러면서 나에게 말을 던지는, 한 번에 두 가지 일을 처리하는 능력을 발휘하는 거였다.

"그래, 궁금한 게 뭐냐?"

"새클턴 국의 정글이 어떤 곳인데 살아 돌아오느니 마느니 심각하게 이야기하는 거예요?"

내가 질문을 입 밖으로 내자마자 엘리노어 경이 기다리고 있었다는 듯 리건을 제치고 나에게 대답을 해줬다.

"아니, 그걸 지금 정말 몰라서 물으시는 겁니까? 새클턴 정글은 유명한 곳 아닙니까? 어느 누구도 정글 전체를 탐험하기는커녕 가로지르는 것도 불가능하다는 밀림. 덕분에 그 안에 어떤 생물이 사는지, 인간이나 유사 인종이 사는지의 유무도 모르며, 어떤 질병이 기다리고 있는지, 지리는 어떻게 되는지 아무도 모른다고 하죠. 정글 중심부에 무엇이 있는지 궁금하게 여긴 수많은 모험가들이 도전을 했지만, 대부분이 깊숙이 들어가기 전에 되돌아오거나, 아니면 들어가서 영영 돌아오지 않았다는군요."

"오… 엄청 위험한 곳이군요."

내 말에 리건이 부연 설명을 덧붙였다.

"그곳은 새클턴 국의 1/4을 차지하고 있을 정도로 규모 또한 어마어마하지. 한쪽으로는 호바트 해를 접하고 다른 한쪽으로는 아메리 국 국경을 접하고 있어."

"그런 곳에 던전이 있다고요? 헤에, 그런데 거기 있는 걸 사람들이 잘도 찾아냈군요."

"개중에는 가끔 맛이 갔으면서도 운이 엄청 좋은 사람들이 있기 마련이니까. 아니면 실력이 엄청나거나… 덕분에 나만 귀찮게 되었다 이거지."

그렇게 투덜대던 리건은 서류함에서 몇몇 개의 서류를 뽑아내 책상 위로 던지며 심각한 눈으로 그걸 바라보았다.

그런 그를 바라보며 나는 다시 입을 열었다.

"몇 명 보낼 건데요? 아, 로얄 기사를 보낼 건가요?"

"글쎄… 이번에는 너무 여러 가지를 생각해야 해서… 정글 안으로 보낸다는 건 대략 10명을 보내놓으면 7, 8명은 돌아오지 못할 거라는 걸 염두에 둬야 하지. 그러니 돌아올 확률이 높은 실력이 있는 자이면서, 만에 하나를 대비해 죽더라도 뒤탈이 크지 않은 녀석들을 골라야 하지."

"엥?"

선뜻 그의 말을 이해 못한 내가 어리둥절한 표정을 짓자 리건이 다시 설명했다.

"그러니까 까놓고 말해서, 빽은 없으면서 실력이 높은 녀석들을 골라야 한단 이야기야. 뒷배경이 든든한 녀석들을 보냈다가 잘못되면 골치 아파지니까. 하긴, 내가 보내려고 해도 그쪽에서 안 보내려고 갖은 압력을 다 쓰겠지만……."

"저런… 빽없는 것도 서럽네… 아니, 그럼 다른 위험한 임무는 어떻게 맡긴대요?"

"보통은… 아무리 위험한 임무라고 해도 빽의 유무에 상관없이 평등하게 능력대로 일을 맡기는데… 이번에는 그걸 초월하는 곳이라… 사실, 실력의 높낮이에 상관없이 어떤 변수에 의해 목숨을 잃을지 모르는 곳이거든."

"헤에… 그럼 단장님이 가시면 되겠네요. 딱이잖아요, 살아 돌아올 확률 100%!"

내가 농담조로 말하며 웃자 엘리노어 경이 정색하며 바락 화를 냈다.

"그런 무엄한!!"

하지만 엘리노어 경의 말을 자르며 리건이 끼어들었다.

"흐음… 그럴까? 사실 내가 단장 직을 맡은 후로 지금까지 휴가 한 번 없이 일만 했는데 말야. 잠시 머리 식힐 겸 갔다 올까?"

"단장님! 지금이 농담하실 때입니까? 절대로 안 됩니다!!"

리건의 말에 엘리노어 경이 정색을 하며 바락 대들었지만, 리건은 한 귀로 흘려들으며 날 바라보았다.

"해인아, 넌 어때?"

"내가 뭘요?"

"네가 갈래?"

"말도 안 됩니다!!"

웬만한 일에는 이성을 잃지 않던 첼릿이 무척 흥분해서 앉은 자리에서 벌떡 일어나며 소리를 높였지만, 대충 예상했던 일이라 나는 놀라는 대신 빙그레 웃으며 입을 열었다.

"자자, 진정하고 앉아요, 첼릿."

"지금 진정하게 됐습니까? 블랜차드 후작님은 정말 너무하시는군요. 그래서 어떻게 하셨습니까? 당연히 거절하셨겠지요?"

"아하하하… 그게 말이죠……."

이성을 잃을 정도로 흥분하는 첼릿을 보자니 덥석 '그럴까요?' 라고 대답했다는 걸 알면 당장이라도 날 잡아 흔들거나 리건에게 쳐들어갈 것만 같았다.

하지만 얼버무리려는 내 대답에 뭘 눈치 챈 것인지 첼릿은 가늘게 뜬 눈으로 날 바라보며 물었다.

"설마… 그러마… 하고 대답하신 건 아니겠지요?"

"아하하하… 그게, 그러니까……."

다시 얼버무리려는 내 말에 첼릿의 얼굴이 심각하게 굳어졌다.

"…가겠다고 하셨습니까?"

"아니, 뭐……."

"말도 안 됩니다. 지금 당장 제가 블랜차드 후작님께 가서……."

그냥 뇌뒀다가는 정말 리건네 저택으로 쳐들어갈 것처럼 첼릿이 흥분한 채 몸을 돌리자 나는 급히 일어나 그의 팔을 붙잡았다.

"첼릿, 진정하라니까요."

그러나 첼릿은 진정하는 대신 나를 돌아보며 분노를 표출했다.

"해인님도 너무하십니다. 그곳이 어떤 곳인지 제대로 알지도 못하시면서 상사가 가라 했다고 덥석 가겠다고 하신답니까? 잠시 보류라도 하셨어야죠!"

"자자, 첼릿… 결정된 건 아무것도 없어요. 블랜차드 후작이 말한 건 반은 농담이었으니까. 우선은 삼국 대표와 마법사 길드에서 회담이 끝난 뒤에 결정될 거라니까요.”

“어차피 회담 내용은 몇몇을 보낸다는 걸 테고, 왕실 기사단에서도 최소한 두세 명은 보낼 것 아닙니까? 그럼 분명히 후작님은 그 인원에 해인님을 넣을 생각을 할 겁니다.”

그의 말은 맞을 거였다. 내가 집으로 돌아오기 전까지 리건은 누구를 보낼지 무척 고심하는 듯했으니까.

리건 자신처럼 보내도 살아서 돌아올 확률이 100%에 가까운 사람이라면 많은 보너스라도 약속하면서 맘 편하게 보내겠지만, 이번에는 10명이 가서 2, 3명이 돌아오면 성공이라는 곳으로 보내려니 고심하는 건 당연할 터였다. 기사단 내에 리건이 괘씸하게 여기고 있는 사람이 있다면 아무 고민 없이 쓰윽 보내겠지만 말이다.

하지만 나라면… 리건만큼 살아서 돌아올 확률이 높을 거였다.

비록 정글이란 곳에 한 번도 가본 적이 없고, 여기 정글은 지구에 있는 정글과는 차원이 다른 것 같지만서도, 내게는 든든한 빽이 네 분이나 있으니 말이다.

이 세상 어디든 갈 수 있는 분들이자 어디에 있던지 아무 탈 없이 돌아올 수 있는 분들이었으니, 리건도 정령왕들을 생각하고 나에게 마음 편하게 그런 제의를 했을 터였다. 나 또한 쉽게 받아들일 수 있었고 말이다.

그러나 정령왕들의 존재를 모르는 첼릿은 당황하는 게 당연했다. 특히나, 날 무척이나 아껴주는 그라면 말이다.

그걸 알고 있는 나는 그에게 미안한 미소를 지어 보이며 소파로 이끌었다.

“첼릿, 블랜차드 후작이 나에게 그런 말을 한 건 내가 충분히 살아서 돌아올 수 있다고 생각했기 때문이라고요. 나 또한 그렇게 생각하고요."

첼릿은 크게 한번 심호흡하는 것으로 마음을 가라앉혔는지 내가 이끄는 대로 순순히 소파에 앉았다. 하지만 얼굴은 여전히 근심으로 인해 딱딱했다.

"블랜차드 후작님을 위해 애써 변명해 주실 필요 없습니다. 아니, 해인님이 그렇게 말씀하실 수 있는 건 그곳이 어떤 곳인지 절대 알지 못하기 때문입니다. 그곳은… 저조차도 살아서 돌아올 수 있다고 장담을 못하는 곳이란 말입니다."

"그 정도예요? 헤에, 첼릿은 그곳을 잘 아나 보죠?"

"사실… 가본 적은 없습니다만, 그만큼 위험하다고 들었습니다."

약간 자신없이 말하는 첼릿의 모습에 나는 부드럽게 웃었다.

"그게 뭐예요? 솔직히 첼릿도 그곳에 대해 잘 모르잖아요. 그러면서 잘 아는 것처럼 말하기는……."

내가 약간 어이없다는 식으로 말하자 첼릿이 눈을 부라렸다.

"지금까지 그곳을 횡단한 이는 물론이거니와 그곳에 무엇이 있는지 잘 아는 이가 없다는 것만 봐도 얼마나 위험한 곳인지 알 수 있습니다."

"괜찮아요. 내 곁에는 그곳에 대해 잘 아는 이가 있거든요."

그랬다.

그리고 그러한 사실은 내가 리건의 제의를 좀 더 진지하게 고려하는 데 영향을 미치기도 했다.

"예? 아… 아, 하지만 그건 전설일 뿐……."

눈치를 챘지만 선뜻 못 믿는 표정의 첼릿에게 환하게 미소 지으며 나는 고개를 끄덕였다.

"사실이에요. 듀비의 고향이 바로 거기죠. 아, 그리고 보니 이 이야기를 듀비에게도 해주고 싶은데 듀비 좀 불러와 줄래요? 흐음… 그리고 이브스햄에게도……."

내 부탁에 한숨을 쉬며 몸을 일으키던 첼릿이 잠깐 멈칫했다.

"그럼… 아직 전 백작님께는 말하지 않은 겁니까?"

"아직은요. 첼릿에게 제일 먼저 말해 주는 거예요."

거기다가 지금은 너무 늦은 시각이라—리건을 왕성에 두고 나만 돌아왔는데 다른 사람은 다 잠들어 있었고, 집사와 첼릿만이 깨어 있었던 것이다. 아, 듀비는 수련 중이고 말이다—이브스햄에게는 내일 말해 줄 생각이었다.

"그렇다면… 전 백작님께는 확실하게 결정된 다음에 말씀하시는 게 어떠십니까? 그게… 가실 확률이 높다 해도 말입니다."

첼릿의 말에 나는 의아한 표정을 지어 보였지만, 순순히 고개를 끄덕였다.

"그렇게 하도록 하죠. 하지만 듀비에게는 말해도 괜찮겠죠?"

"물론입니다. 그러나 듀비 씨에게도 비밀 엄수를 당부해 주십시오."

"듀비가 그런 걸 떠들고 다니지도 않을 테지만… 그러도록 하지요 뭐."

"감사합니다."

첼릿이 고개를 숙이고 밖으로 나가자 나는 씁쓸한 미소를 지으며 소파에 등을 깊숙하게 기댔다.

첼릿이 그렇게 말하는 건 이브스햄이 백작 자리를 자신의 딸에게 물려주려는 생각을 품을까 봐 걱정했기 때문일 터였다. 그건 리건의 제안을 곰곰이 생각하면서 내가 제일 걱정한 것이기도 했다.

지금은 내가 우리 가문을 키우는 데 크게 도움이 되는 데다가 이브스햄 또한 자신의 잘못으로 전에 품고 있던 생각을 완전히 포기한 것처럼 보이기는 하지만, 이제는 딸도 거의 예전 모습을 되찾았으니 혹시 모르는 일이었다.

게다가 이번에는 그가 날 어떻게 하려고 계획한 게 아니라 내 스스로 사지에 들어간다고 말하는 거니까 혹여나 거기서 영영 돌아오지 못하게 되길 내심 바라게 되는 건 아닐까 하고 말이다.

하지만 다시 생각해 보니 내가 그런 걸 가지고 뭘 그렇게 고민하나… 싶은 게 내 자신이 약간 어이가 없었다. 어차피 백작이라는 작위에 미련 같은 건 없는데 말이다.

물론, 백작님 백작님 하며 떠받들어 주는 건 기분 좋지만, 처음부터 내가 백작이 되고 싶었던 것도 아니고, 지금 다시 백작 자리에서 물러나게 된다고 해도 이 자리를 지키려고 갖은 애를 쓸 것 같지는 않았다. 뭐, 조금은 아쉬운 감이 있겠지만서도…

아무래도, 내가 계급이 없는 사회에서 높은 자리 때문에 서러움 같은 걸 당하는 일 없이 살다 보니 이런 데에 크게 욕심을 갖지 않은 듯했다.

거기다가 어차피 살아서 돌아올 게 뻔한데 그런 걱정을 뭐 하러 사서 하나 싶었다.

이브스햄이 정말 그럴 건지 안 그럴 건지 확실치도 않은 데다, 그 일은 아주 나중의 일이니까.

만약, 나중에 돌아와서 이브스햄이 자신의 딸과 함께 가문을 자신있게 차지하고 있다면 어머니 초상화나 가지고 순순히 물러나 주리라 생각했다.

'아, 괜찮다면 할아버지 초상화도 부탁할까 봐. 역대 백작 초상화가 필요하다면 똑같은 거 하나 더 그리라고 하고 말야.'

그렇게 태평하게 이브스햄에 대한 생각을 정리해 버린 나는 곧 이어 고향으로 갈지도 모른다는 소식에 기뻐할 듀비를 기대했다.

그러나 듀비는 이러한 내 기대를 산산이 부서뜨렸다.

"그렇습니까?"

아무렇지도 않은 어조로 대답하는 듀비의 모습에 나는 황당함을 감출 수가 없었다.

자신이 태어나고 200여 년 동안 생활해 온 곳으로 돌아간다는데 남 이야기 듣는 것처럼 저 무덤덤한 표정이라니…

아니, 무덤덤하지는 않았다.

못마땅하다는 듯이 인상을 약간 찌푸리고 있었으니까.

거참, 아무리 안면 한 번 없는 남의 이야기라고 해도 고향으로 돌아갈지도 모른다는 이야기를 들으면 '어머, 잘됐네' 하면서 기분 좋게 생각해 주는 게 당연한 거 아닌가?

하물며 자신의 이야기임에야.

듀비가 고향을 전혀 그리워하지 않았다면 모를까, 예전 북 드워프의 마을에 갈 때를 생각하면 그건 절대로 아니었다. 게다가 수련할 때 연무장이 아닌 될 수 있는 한 커다란 나무들이 빼곡한 곳만 찾는 걸 보면 내색을 안 하기는 했지만 고향을 그리워하는 게 틀림없었다.

'쳇, 지금은 저렇게 무덤덤해하고 있지만, 아마 내색을 안 하는 것뿐 속으로는 무척 좋아하고 있을 거야. 워낙 나에게 부담되는 걸 싫어하니까.'

나는 그가 기뻐하는 모습을 보지 못한 아쉬움을 그렇게 혼자 납득하고 있었는데, 그 다음에 이어진 듀비의 말은 이러한 내 납득을 완전히 짜부시켜 버렸다.

"그럼… 새클턴 정글에 언제 출발하시는 겁니까?"

"확실한 건 삼 국 대표단의 회담이 끝나봐야 알겠지만, 늦어도 며칠 안에는 출발하라고 할 듯해요."

"그래도 최소한 서너 달은 걸릴지도 모릅니다. 삼 국의 보조도 보조 겠지만, 정글에 같이 데리고 갈 모험가들이나 안내자들을 모집하려면 아무래도 시간이 많이 걸릴 테니까요."

"그렇겠군요. 뭐, 그거야 내가 고민할 일이 아니니까… 나야 늦게 가든 빨리 가든 별 상관은 없지만요."

첼릿의 말에 내가 고개를 끄덕이며 긍정하자 듀비가 조심스레 입을 열었다.

"안내자… 를 따로 데리고 갈 겁니까?"

"아무래도 그렇게 해야겠죠? 정글 전체를 아는 사람은 없더라도 조 금이라도 아는 사람들은 있을 테니까요. 깊숙이 들어가지 않는 선에서 정글에서 몬스터를 사냥하거나, 아니면 약재를 구하는 사람들도 있다 고 들었어요. 그런 사람들을 고용하는 걸 테죠."

내 대답에 듀비가 고개를 끄덕이더니 조용히 입을 열었다.

"그렇다면… 제가 동행하지 않아도 될 듯하군요."

"예에?"

듀비의 말에 나와 첼릿은 너무 놀라 그를 바라보았다.

"아니, 그게 무슨 말씀이세요? 동행하지 않겠다니요?"

"당신만큼 정글을 잘 아는 분이 또 어디 있다고 같이 가지 않겠다는 겁니까?"

아무래도 첼릿이 놀란 이유는 나와는 다른 것 같지만 말이다.

그러나 듀비는 우리의 놀람에는 상관하지 않고 나를 바라보며 진지하게 요청했다.

"오래 걸린다면… 저는 상회로 잠시 돌아가 있었으면 하는데요, 그래도 괜찮을까요?"

그의 요청에 나는 너무 놀란 나머지 제대로 말이 안 나올 지경이었다.

"아, 아니… 그, 그러니까… 괜찮고 안 괜찮고를 떠나서, 같이 안 갈 거예요?"

"제 도움이 꼭 필요하시다면 같이 가겠습니다만, 그렇지 않은 거라면 별로 가고 싶지 않습니다. 죄송합니다."

"어… 어어… 으으음……."

너무나 당혹스러웠던 나는 그 뒤에 듀비가 더 이상 할 말이 없으면 나가보겠다고 말할 때에도 어떻게 고개를 끄덕였는지 기억이 안 날 정도였다.

내가 제정신을 차렸을 때에는 듀비는 사라지고 나 못지않게 당황한 첼릿이 날 바라보고 있었다.

"듀비 씨의 고향이… 그곳이라고 하지 않으셨습니까?"

"그랬죠… 으음… 좋아할 줄 알았는데, 이건 반대로 가기 싫어하는 것 같죠?"

"글쎄요… 무척 난처해하는 것 같더군요."

내 질문에 자신없이 대답하는 첼릿의 모습에 나는 다시금 한숨을 내쉬었다.

"가기 싫어서 내 요청이 난처했나 보죠."

쓸쓸하게 중얼거리는 내 말에 첼릿이 위로의 말을 건넸다.

"고향에 돌아가기 싫어하는 사람이 어디 있겠습니까? 아마, 무슨 연유가 있나 봅니다. 고향에 가고 싶어도 가지 못하는……."

"아… 그럴지도 모르겠네요."

첼릿의 말이 그럴듯하게 들려 나는 혹시 내가 괜한 짓을 한 게 아닌가… 은근히 걱정이 되었다.

"이거… 내가 실수한 걸까요?"

내가 불안하게 묻자 첼릿이 싱긋 웃었다.

"걱정하지 마십시오. 설마 듀비 씨가 해인님의 마음을 헤아리지 못하겠습니까? 아마도 듀비 씨를 위해서 해인님이 그곳을 가기로 결정했다는 걸 눈치 채고 마음속으로는 고마워하고 있을 겁니다."

"하아… 그랬으면 좋겠는데요……."

문득 레이언과 크리스가 그리워졌다. 그들이라면 이런 상황에서 뭔가 적절한 조언을 해줄 수 있었을 텐데 말이다.

물론 그렇다고 첼릿이 전혀 도움이 안 된다는 건 아니지만, 아무래도 듀비에 대한 일이다 보니 이종족에 대한 지식은 물론이요, 그들과 교류한 경험이 풍부한 레이언과 크리스가 떠오르는 건 어쩔 수가 없었다.

첼릿도 하프 엘프이기는 했지만 인간 세상에서 태어났고, 어렸을 때 내 어머니에 의해 백작가로 들어와서 지금까지 인간처럼 살았으니 이종족에 대한 지식은 레이언과 크리스보다 못할 테니 말이다.

'그들보다 나이는 많지만… 아, 그러고 보니 상회 쪽에서 연락 안 오나? 레이언과 크리스에게 첼릿을 정식으로 소개해 주고픈데…….'

시간이 너무 늦었으니 이제 잠자리에 들라는 첼릿의 권유에 나는 순순히 자리에서 일어났다.

날이 밝으면 출근도 해야 하고 하고 싶은 이야기도 다 했으니 계속 서재에 있을 필요가 없었던 것이다.

'슬슬 상회 측에서 연락이 올 때가 된 것 같은데 말이야. 그냥 내가 먼저 연락할까? 아아… 새클턴 국에서 던전이 발견된 걸 알까? 그 정보가 상회에 도움이 되려나? 어차피 국가 기밀도 아니니 말해 준다고 해서 잘못될 건 없겠지?'

내 시중을 들어주는 켈빈이 잠들어 있었기에 나는 혼자 잠옷으로 갈아입고 침대 속으로 기어들어 갔다.

그런데 너무 늦게까지 안 자고 있는 바람에 졸린 시간이 지나 버린데다가 듀비 일 때문에 마음이 심란했던 터라, 생각이 꼬리에 꼬리를 물고 떠올라서 계속 뒤척거리게 될 뿐 잠이 오질 않았다.

'끄으웅… 이러다 밤새겠네… 출근해 거기서 조는 거 아냐?'

속으로 투덜거리며 이리 뒤척 저리 뒤척 하다가 결국 잠 못 들자 내 자신에게 스스로 슬립 마법을 걸어볼까, 아니면 그냥 밤샐까 진지하게 고민하고 있는데 갑자기 허공에 있는 정령들의 재잘거림이 뚝 멈췄다는 걸 깨달았다.

평소 생활할 때 정령들의 모습이나 그들의 재잘거림이 안 보이는 척, 안 들리는 척 무시하면서 지내지만 그래도 여전히 잘 보이고 잘 들리고 있었다. 특하나 지금처럼 주위에 아무도 없이 나 혼자 있는 밤일 때는 더 더욱이나.

다른 때는 그들의 재잘거림을 자장가 삼아 잠이 들었는데, 오늘은 잠이 안 오다 보니 그들의 재잘거림이 오히려 잠을 못 자게 하는 방해 요소로 느껴져 조용히 시켜볼까 잠깐 고려해 보기도 했었다.

그런데 내가 아무런 행동도 하지 않았는데도 불구하고 그들의 재잘거림이 뚝 멈추자 나는 의아해져서 허공으로 시선을 돌렸다.

그들이 이렇게 대화를 중단하는 경우는 딱 두 가지였다.

그들이 무시 못하는 대단한 존재가 나타났거나, 아니면 그들의 흥미를 끄는 어떤 일이 생긴 경우가 바로 그것인데, 지금은 그들에게 긴장감이 흐르지 않고 마치 무슨 일이 일어나기를 기대하는 듯 눈을 반짝이며 있는 걸 보니 후자인 모양이었다.

그리고 그럴 때는 잠시의 침묵 후에 마치 둑이 터져 물이 갑자기 쏟아지는 것처럼 그들의 말이 마구 터져 나오기 마련이었다.

과연 내 예상대로 금방 여기저기서 소란스러운 속삭임이 들려왔다.

그런데 가만히 그들의 속삭임을 듣고 있자니 내가 그냥 무시할 수 없는 내용들이었다.

[까하, 이리로 오는 거야?]

[어디? 어디쯤 왔어?]

[어느 방으로 들어갈까?]

[아앗, 이쪽으로 온다. 거의 다 왔어.]

[여길 지나갈까?]

[까아~ 여기로 왔어.]

실프인지 운디네인지 헷갈리는 누군가의 목소리가 끝나자마자 나는 내 방 창문 쪽에서 달칵 하는 소리가 나는 걸 들을 수 있었다.

평소라면 못 듣고 지나갈 정도로 작은 소리였지만, 지금은 정령들의 소리를 들으려고 청각에 집중한 상황이라 들을 수 있었다. 게다가 때마침 정령들이 다시 침묵을 지켰고 말이다.

[아앗, 열었다.]

[여기로 들어오려나 봐.]

[까아~ 웬일이라니~]

[여긴 이미 다른 사람이 있는데…….]

[자고 있나?]

[안 자는 거 같은데? 아, 지금은 자나?]

[깨워볼까나?]

[네가 어떻게 깨워? 우리의 존재를 알아차리지도 못할 텐데…….]

하급이나 중급 정령들은 내 존재에 대해 잘 알지 못했다.

단지 정령과 계약한 정령술사라고만 생각할 뿐이라서 내가 그들을 똑바로 보고 말을 걸면 엄청 놀라워했다.

그러다가 아버지를 비롯한 정령왕들이 나타나면 더욱더 놀라워했지만…….

이 세상에 퍼져 있는 정령들이 워낙 많다 보니 그들에게 일일이 내 존재를 인식시키는 것 또한 어려운 일이라 나는 웬만해서는 그들을 못 보는 척, 그들의 대화도 못 듣는 척, 보통 사람처럼 행세하고 다녔다.

특별한 일일 경우는 빼고 말이다.

그래서 지금 현재 내 침실에 있는 정령들 또한 나를 보통 사람들 중 하나로 여기고 있었다.

정령들의 재잘거림을 뚫고 창문이 천천히 열리는 기척이 느껴지더니 곧 이어 누군가가 내 방으로 들어섰다.

[와아앗, 들어왔어, 들어왔어~!!]

[까아~ 어떻게 해…….]

'왜 너희들이 더 난리냐?'

나는 속으로 피식 웃으면서 정령들의 재잘거림에 계속 주의를 기울였다.

그러면서 다른 한편으로는 내 침실에 침입한 간 큰 인물이 누구인지, 또 그를 어떻게 할지 궁리하기 시작했다.

[도둑일까?]

[그럴지도 몰라.]

[아앗, 이쪽으로 온다.]

[오옷, 침대로 다가가고 있어.]

[도둑이 왜 침대로 다가가지?]

[도둑이 아닌가 봐.]

[그럼 누구야?]

[아, 나 저 녀석 본 적이 있어.]

[나도, 나도. 저 녀석… 여기 사는데…….]

[으응, 그런 것 같아. 밖에 있는 실프들이 저 녀석 여기서 사는 녀석 이래.]

[그럼 왜 들어왔지?]

[침대에 있는 인간에게 볼일이 있나 봐.]

내 침실에 침입한 누군가가 이 저택에 사는 인물이라는 소리에 놀랐지만, 그가 침대로 다가온다는 소리에 더 놀랐다.

바닥에 푹신한 양탄자가 깔려서 그런지, 아니면 침입자가 발소리를 안 나게 조심하고 있어서 그런지 발걸음 소리는 조금도 들리지 않았지만, 정령들의 눈은 틀리지 않았을 거였다.

그래 자리를 박차고 일어나고 싶었지만, 어떻게 할지 볼 요량으로 나는 자는 척 눈을 감고 숨소리도 고르게 했다.

그러면서 엔다이론을 모습을 숨기게 한 채 불러놓고 그가 어떻게 나

올지 기다렸다.

정령들의 재잘거림은 엔다이론이 나타난 뒤로 뚝 끊겨 버렸다.

사람들의 눈에는 안 보이지만, 같은 정령들의 눈에는 엔다이론이 뚜렷하게 보였기 때문이다.

그런데… 한참을 기다려도 아무런 일도 일어나지 않는 거였다.

눈을 감고 있는 데다가, 엔다이론 때문에 정령들의 대화도 뚝 끊겨 상황을 파악하지 못하자 나는 왠지 모르게 조바심이 생기기 시작했다.

'괜히 엔다이론을 불렀나? 급할 때 부를 걸 그랬나 봐. 그렇다고 지금 돌려보내기도 그렇구… 에라……'

나는 잠결에 그러는 척 괜히 한번 뒤척여 엎드려서는 엔다이론에게 속삭였다.

[엔다이론, 내 방에 침입한 자가 뭘 하고 있지?]

그러자 정말 뜻밖의 소리가 들려왔다.

[침대 곁에 조용히 서서 해인님을 바라보고 있는데요?]

[뭐, 뭐?]

엔다이론의 말이 머리에 인식되자 나는 너무 놀라서 벌떡 일어날 뻔했다.

간신히 그러는 것은 막았지만, 움찔하는 것은 어쩔 수가 없었다.

그래 이번에도 꿈을 꾸다가 그런 것처럼 일부러 '끄응…' 하는 신음을 내고는 다시 뒤척여 바로 누웠지만, 고개는 침입자 쪽으로 돌릴 수가 없어 그 반대 편을 고수했다.

그러자 잠시 후에 조용한 한숨 소리가 들려오더니 그자가 침대에 앉은 듯 침대 한쪽이 푹 꺼지는 게 느껴졌다.

[엔다이론, 엔다이로온~ 지금 어떻게 됐어?]

내 다급한 외침에 엔다이론이 재빠르게 대꾸했다.

[그자가 해인님 옆에 앉았습니다. 아, 지금 손을 뻗는데요.]

[소, 손? 어디로?]

하지만 나는 엔다이론이 대답하기 전에 그자의 손이 어디로 뻗었는지 알 수 있었다. 내 머리에 부드러운 손길이 느껴졌던 것이다.

[으아아아~ 도대체 누구야?]

대답을 기대한 건 아니었지만, 내 질문에 엔다이론은 친절하게 대답해 줬다.

[듀비라는 이름을 가진 블루 엘프군요.]

[듀, 듀비?]

엔다이론의 대답에 내가 놀라 움찔했는데, 마침 그때 듀비가 내 이마를 덮은 머리를 부드럽게 귀 뒤로 쓸어 넘겨주던 때라 듀비는 자신의 손길 때문에 그런 줄 알고 황급히 손을 치웠다.

[도대체 듀비가 왜······.]

[얼굴이 굳어 있군요. 무슨 걱정거리라도 있는 듯이 말입니다.]

엔다이론의 말에 나는 떠오르는 것이 있었다.

'에구··· 혹시 아까 고향에 가자는 이야기를 해서 그런가······.'

[아, 저자가 슬그머니 손을 뻗는군요.]

내가 잠시 동안 움직이지 않고 계속 숨을 고르게 내쉬며 자는 척을 하자 듀비가 안심한 모양이다.

머리카락에 다시 그의 손길이 느껴졌다.

조심스럽고 부드러운···

기분이 좋아져서 나도 모르게 표정이 풀어졌는지, 듀비의 손길이 좀 더 대담해졌다.

머리카락 쪽에서만 움직이던 손길이 얼굴 쪽으로 넘어와 이마와 뺨을 부드럽게 쓸어 내렸던 것이다.

다시금 한숨 소리가 들리고는 그의 낮고 조용한 목소리가 들려왔다.

"고향이라……."

그의 목소리에는 그리움과 슬픔이 짙게 담겨 있었기에, 그 한마디에 내 가슴이 뭉클해질 지경이었다.

'아니, 그러면서 왜 안 간다고 하는 거야? 사람 헷갈리게… 새클턴 정글에 가면 기회를 봐서 돌려보내 줄 수 있을 텐데…….'

이해할 수 없는 듀비의 행동에 나는 당장이라도 자리에서 벌떡 일어나 그의 어깨를 잡고 해골이 덜그럭댈 때까지 흔들어서라도 대답을 듣고 싶었지만, 지금까지 자는 척한 것도 있고 해서 잠자코 있었다.

평소에는 잘 드러내지 않는 그의 심정을 들을 수 있는 기회인 것도 같았기 때문이다. 평소라면 이렇게 감정이 가득한 음성으로 말하지는 않을 테니까 말이다.

내 예상이 맞은 듯 듀비의 손길이 다시 머리카락 쪽에서 느껴지더니 다시금 한숨 소리가 들려왔다.

"만약… 간다면… 그곳에 남아야 할지도……. 지금은… 조금만 더 당신 곁에 있었으면… 이러한 내 감정이… 어떤 것인지 확실하게 알 때까지만이라도……."

낮게 띄엄띄엄 속삭이는 듀비의 말이 완전히 끊어지자 나는 그에게 들키지 않도록 아주 천천히 한숨을 내뱉었다.

내가 그의 마음을 몰라도 너무 몰랐던 모양이었다. 듀비가 여기서 좀 더 있고 싶어할 수도 있는데 말이다.

어차피 고향이 지금 당장 어디 딴 세상으로 이사를 갈 것도 아니니 조금 더 다른 환경을 구경하다가 돌아가도 될 터였다.

그런데 나는 이 한숨을 다 내뱉기도 전에 멈추고 말았다.

듀비가 천천히 몸을 수그려 내 이마에 자신의 입술을 가져다 댔던 것이다.

'헉스…….'

따뜻한 입술이 이마에서 멀어지자 갑자기 머리가 추워지는 것만 같았다.

생각 같아서는 시트를 머리 위로 올려 추위를 타는 머리를 감싸고 싶었지만, 그럴 수가 없었다.

다행히도 듀비는 곧바로 침대에서 일어나 멀어져 가느라 딱딱하게 굳은 날 눈치 못 챘을 것이다.

[그가 가고 있는데요.]

엔다이론의 목소리에 나는 침을 한번 꿀꺽 삼키고 물었다.

[…완전히 갔어?]

[아직… 잠시만요. 창문을 넘어가는군요. 흠, 창문을 완전히 닫고 밑으로 내려갔습니다.]

엔다이론의 말이 끝나고도 한참을 침대에 웅크리고 있던 나는 벌떡 일어나 엔다이론을 침대 위로 불러 올려 그의 목덜미에 붉어진 얼굴을 파묻었다.

"우갸갸갸… 우와, 우와, 우와아……. 도대체 뭐가 어떻게 된 거지?"

결국, 그날 늦게까지 잠을 자지 못하고 엔다이론을 끌어안고 생각하다 하다 지쳐 새벽녘 즈음 나도 모르게 잠이 언뜻 들었는가 싶었는데,

채 깊이 잠에 빠져들기도 전에 지난밤 푹 자서 쌩쌩한 켈빈이 활기 찬 발걸음으로 들어와 평소의 쾌활한 어조로 나를 깨웠다.

"백작니이임~ 이제 일어나셔야 해요."

"끄으응……."

켈빈이 창문에 드리워진 두터운 커튼을 열어젖히자 밝은 햇살이 쏟아져 들어와 잠을 못 자 피곤한 내 얼굴을 사정없이 찔러댔다.

평소라면 기분 좋게 느꼈을 햇살이건만, 잠을 못 자 반쯤은 정신이 나간 오늘 아침에는 따갑고 귀찮게만 느껴질 뿐이었다.

커다란 베개에 얼굴을 파묻고 시트를 뒤집어씌웠지만, 켈빈이 얼른 다가와 시트를 젖혔다.

"일어나셔야 해요. 출근하셔야지요."

"으으윽……."

오늘 하루 결근하면 어떨까… 싶은 유혹이 너무 강렬했다. 어차피 가봤자 할 일도 별로 없어서 한가할 텐데 말이다.

오늘 하루 결근한다고 해도 일에 크게 지장있는 것도 아니고, 아마 엘리노어 경은 환영할지도 몰랐다.

그러나 엄격한 대한민국의 군인을 아버지로 모시고 18년간 자란 덕에 몸에 배인 범생이 기질이 엄청 달콤한 결근의 유혹을 사정없이 물리쳐 버렸다.

요즘 부모님들은 자식이 감기가 심하거나 아플 경우에는 쉽게 조퇴나 아니면 결석을 시켜주시지만, 한국에 계신 내 아버지께는 어림도 없는 일이었다.

팔다리가 몽땅 부러져 앉아 있기는커녕 몸을 일으키지도 못하거나, 너무 아파서 정신을 잃을 정도가 아니라면 학교에 결석하는 건 꿈도 못 꿀 일이었다.

그런 아버지 밑에서 자란 덕분에 나도 몸을 운신하기도 힘들지 않는 이상 직장에 나가는 건 당연한 거라 여기고 있었기에 켈빈의 '출근' 이란 말에 나는 자동적으로 몸을 일으켜 어기적거리며 넓은 침대를 빠져 나갔다.

너무 머리가 몽롱해서 투덜거릴 수 있는 정신조차 없었다.

얼마나 졸렸던지 켈빈이 준비해 놓은 세숫물이 있는 곳까지 가는 몇 걸음 동안에도 몇 번이나 잠이 들었다가 깨기를 반복할 정도였다.

거기다가 켈빈이 준비해 놓은 따뜻한 세숫물은 호시탐탐 날 지배하려 노리고 있는 잠의 활동을 더욱더 부채질해 버렸다.

"으으윽… 안 되겠어. 운디네, 이 물 좀 아주 차가운 걸로 바꿔줘."

보통 때 웬만하면 정령들에게 부탁하는 대신 켈빈에게―켈빈도 그러는 걸 바랐기에―시중을 들게 했지만, 오늘은 켈빈에게 찬물을 가져오라고 했다간 그가 나갔다 오는 동안 잠들 거 같았기에 운디네를 불렀던 것이다.

세숫대야에 운디네가 모습을 드러낸다 싶더니만 김을 모락모락 피워 올리던 물이 살얼음이라도 언 것처럼 엄청나게 차가워졌다.

그 물에다 얼굴을 푹 담그고 정신을 차리려고 했는데, 이놈의 잠의 위력이 얼마나 강했던지 그 차가움을 이겨 버린 덕에 그만 거기서 잠들어 버렸다.

어차피 물속에서 숨을 쉴 수 있기에 숨이 차서 살려고 정신이 번쩍 들 일도 없었던 것이다.

얼굴이 차가워진 것을 빼면 잠이 날 지배하는 데 방해할 만할 요소가 없었기에 세숫대야에 얼굴을 박고 잠이 들었던 나는 잠시 후에 켈빈이 기겁해서 날 들어 올릴 때까지 그러고 있었다.

"우아아악~ 백작님, 정신 차리세요!!"

켈빈의 놀란 고함 소리에 밖에서 대기하고 있던 듀비가 허겁지겁 들어왔고, 얼굴이 온통 젖은 채 엄청 차가웠던 물 때문에 핏기를 잃어버린 내 얼굴을 보고 익사하기 일보 직전인 줄 착각하고 정신을 못 차리고 있는 내 뺨을 인정사정없이 때려 버렸다.

짜악, 짜아악~

"정신 차려요, 해인!"

덕분에 정신이 다시 들기는 했다.

제대로 눈을 못 뜨자 다시 때리려고 손을 치켜드는 듀비 덕분에 더욱더 빨리 몸을 일으킬 수 있었고 말이다.

"허걱, 나 괜찮아요, 듀비."

"정말 괜찮은 겁니까?"

의심스럽다는 듀비의 시선에 나는 얼얼한 양 뺨을 부여잡고 울상을 지었다.

"단지 졸려서 잠깐 졸았던 것뿐이라고요."

그러자 여차하면 다시 뺨을 때릴 것 같던 듀비의 기세가 누그러들었다.

"그럼 얼굴은 왜 그렇게 젖은 겁니까?"

"그, 그게……."

차마 세숫물에 얼굴을 담그고 자고 있었단 말을 할 수가 없어 더듬거리는데 켈빈이 냉큼 끼어들었다.

"큰일 날 뻔하셨어요. 하마터면 세숫물에 익사하실 뻔했다니까요."

그러자 다시 의심스러운 듀비의 시선이 나를 향했다.

"정말… 괜찮은 겁니까?"

"괜찮아요. 정말 괜찮다니까요."

정말 억울했다.

다른 건 몰라도 내가 익사할 확률은 제로였던 것이다.

하지만 그걸 이들에게 이해시키기는 어려운 터라 나는 아무렇지도 않은 듯 행동함으로써 그들을 안심시킬 수밖에 없었다.

그래도 듀비는 안심이 안 되는지 밖에서 기다리는 대신 아예 침실 안에서 내 행동을 주시하다가 내가 조느라 비틀거리면 와서 부축하며 물었다.

"정말 괜찮은 겁니까?"

"…후아아암……. 괜찮아요, 괜찮아. 단지… 졸린 것… 후아아암… 으윽… 뿐이라니까요."

그러한 작은 해프닝 덕에 잠을 못 자고 듀비를 어떻게 대해야 할지 몰라 고민고민하던 나는 당황하지 않고 평소대로 대할 수 있었다.

하긴, 조느라고 아무 생각이 없었긴 하지만 말이다.

그래 그날 왕성에 도착할 때까지 괜찮냐는 말을 수백 번도 더 들은 것 같았지만 짜증이 일어나지 않았다.

평소에는 절대 거르지 않던―자느라 못 먹은 건 제외하고―아침도 못 먹고, 말 타고 출근도 못할 것 같아서 마차를 타고 자면서 출근한 덕에 다른 기사들의 비웃음을 당했지만, 정신이 없었기에 아무런 생각이 없었다.

"어떻게 되신 겁니까? 얼굴이 말이 아니시군요."

휘청거리는 걸음으로 겨우겨우 리건의 집무실에 도착하자 쌩쌩한 얼굴로 일을 하고 있던 엘리노어 경이 그 꽃처럼 예쁜 얼굴에 차가운 비웃음을 담고 예의 바르게 물어왔다.

"아아, 잠을 못 잤어요."

집무실에 있던 소파에 쓰러지듯 드러누우며 대꾸하자 엘리노어가 이해한다는 표정으로 고개를 끄덕였다.

"하긴… 그럴 만도 하군요. 악명 높은 새클턴 정글에 가시게 되었으니까요."

그는 내가 가는 걸로 완전히 결정된 것처럼 말했다.

하긴, 거의 결정된 거나 마찬가지지만…….

날 안 좋게 보기는 했지만, 그래도 살아 돌아오는 게 거의 불가능하다는 곳으로 가게 되는 걸 좋아할 만큼 날 싫어하는 건 아니었던지 그의 차가운 얼굴에 약간의 안됐다는 기색이 언뜻 비쳤다.

물론, 졸려서 제정신이 아니었던 내가 제대로 본 건지는 모르겠지만.

"에구에구, 미안하지만 단장님이 오실 때 깨워주실래요? 너무 졸려서……."

나는 그 이야기만 겨우 하고 곧바로 소파에 얼굴을 파묻었다.

하지만 나는 얼마 지나지 않아 어깨를 흔드는 손길에 고개를 들어야 했다.

"왜 그래? 어디 아파?"

엘리노어 경처럼 쌩쌩한 리건이 의아한 표정으로 날 내려다보고 있었다.

"끄응… 졸려서요… 나 잠깐만 자면 안 될까요?"

그러자 그가 황당하다는 표정으로 헛웃음을 흘렸다.

"졸리면 그냥 집에서 자지 뭐 하러 출근했나?"

"아으으… 성실을 철칙으로 삼으시는 아버지 때문에……."

잠결에 정직한 대답을 한 나는 리건의 어이없다는 목소리에 정신이
들었다.

"네… 아버지가 성실하다고?"

"에… 뭐… 가끔은……."

그렇게 얼버무린 나는 다시 헤롱거리며 소파 쿠션들 사이로 고개를
파묻었다. 그러자 리건이 한숨을 내쉬며 어깨를 다시 흔들었다.

"해인아, 졸리면 집으로 가."

"갈 정신이 없을 거 같아요오… 여기서 좀 자면 안 돼요?"

"나도 그렇게 해주고 싶지만, 오늘은 부단장하고 몇몇 로얄 기사들
하고 의논할 일이 좀 있어서 그들이 수시로 들락날락할 건데? 아마 네
가 불편할 거다."

"끄으응……."

리건의 말이 맞았기에 나는 힘겹게 휘청거리며 소파에서 몸을 일으
켰다.

이럴 줄 알았으면 그냥 결근할걸, 걸, 걸… 속으로 중얼거리며 말이
다.

내가 불안하게 휘청거리자 리건이 한 손으로 날 잡아주면서 엘리노
어 경을 불렀다.

"엘리노어 경, 엠브로스 백작을 집에까지 데려다 주겠나?"

"네."

엄청 못마땅한 기색이었지만, 리건의 말을 거역 못하는 그가 순순히
대답하자 나는 손을 내저었다.

"괜찮습니다. 저 혼자 갈 수 있습니다. 그럼, 내일 뵙죠."

정신을 차린 척 몸을 똑바로 세운 나는 리건과 엘리노어 경에게 인사를 하고 대답을 듣는 둥 마는 둥 그곳을 빠져나왔다. 그리고는 정신을 차리려고 고개를 흔들며 왕실 출입문 쪽으로 발걸음을 옮기는 대신 왕성 뒤쪽 정원으로 향했다.

그곳에는 여왕만을 위한 넓은 정원이 있었다.

그녀의 산책 코스였기에 그곳을 지키는 왕실 경비대와 왕성 수호 기사단이 정원 울타리 쪽에 띄엄띄엄 있을 뿐 안쪽에는 정원사나 있을까, 인적이 거의 없는 편이었다.

딱히 사람들의 출입을 금하는 건 아니었지만, 누가 경비대가 두 눈을 부릅뜨고 지키는 데다가 여왕이 가끔 조용히 산책을 즐기는 곳에 수시로 들락날락거리겠는가?

나처럼 피치 못할 사정으로 인적이 없는 곳을 찾는 자가 아니라면 말이다.

원래는 나도 이곳에 여왕이 좋아하는 정원이 있다는 것만 알았지 직접 와본 건 처음이었다.

이곳을 찾은 이유는 단지 사람들 눈에 뜨이지 않고 엔다이론을 불러타 집으로 돌아가기 위해서였다.

그렇지 않으면 사람을 저택으로 보내 날 데리러 오게 하던가, 아니면 왕실 기사단 마굿간에서 말을 빌려서 타고 가는 수밖에 없었기 때문이다.

저택에서 날 데리러 올 때까지 왕실 기사단용 휴게실에서 잘 수도 있었지만 수시로 기사들이 왔다 갔다, 시끌시끌하는 곳에서 자고 싶지 않았고, 이렇게 정신없는 상황에서 말이나 제대로 탈 수 있을지 의문스러웠기에 제일 안전하게 엔다이론을 부르는 거였다.

엔디미온이라면 내가 자든 말든 사람들 눈에 뜨이지 않게 나를 안전히 내 방 침실로 데려다 놓을 것이 확실했기 때문이었다.

'이렇게 일찍 돌아갈 줄 알았다면 아까 마차를 돌려보내지 말걸……'

후회는 아무리 빨라도 늦는 법이라고 했던가?

나는 다시 한 번 고개를 흔들어 살금살금 침입하는 잠을 쫓아버리고 병사들의 시선을 피해 정원으로 살며시 숨어들어 갔다.

그들의 기강이 무너진 건 아니었지만, 사실 사람들이 들어갈 엄두도 안 내는 곳이었으니 아무래도 경계가 다른 곳처럼 철두철미하지 않았기에 나 정도도 몰래 숨어들어 갈 수 있었던 것이다.

어쩌면 평소에 간 큰 시종이나 시녀들도 편안히 쉬기 위해 종종 애용할지도 몰랐다.

어느 정도 깊숙하게 들어와 병사들의 거리를 대충 가늠해 보고 이 정도면 불러도 되겠다고 생각하는데 그 순간 내 눈에 널따란 인공 호수가 들어왔다.

맑은 물이 잔잔하게 출렁이는 꽤나 넓은 호수 주변에는 따뜻한 봄을 반기듯 이제 제법 파릇파릇하게 새순과 새싹이 많이 돋아 있었고, 재빠른 몇몇 녀석들은 꽃봉오리까지 보이고 있었다.

'하, 이제 완연한 봄이로구나.'

졸려서 눈도 제대로 못 뜨는 와중에도 그 생각을 한번 한 나는 잠에 시달리며 엔디미온을 불러서 올라타고 집으로 가려고 했다.

그러나 그 순간 다시 호수가 눈에 들어오자 나는 생각을 바꿨다.

'그렇군. 집에만 좋은 침대가 있는 건 아니잖아?

나는 반쯤 감긴 눈으로 주위에 아무도 없다는 걸 다시 한 번 확인

하고는 엔다이론을 타고 집으로 향하는 대신 호수 속으로 풍덩 뛰어
들었다.

봄이 따뜻하다고는 해도 수영을 하기에는 물이 차가운 계절이었지
만, 엔다이론이 나를 보호해 주는 덕분인지 기분 좋은 시원함은 느꼈지
만 춥지는 않았다.

호수 깊이 가라앉아 엔다이론의 털 속에 머리를 파묻고는 휘둥그레
날 바라보는 운디네들의 시선을 느끼며 나는 기분 좋게 눈을 감았다.

'아아, 물속에 들어와 보는 건 정말 오랜만이구나.'

제
35
화

어어어……?〉

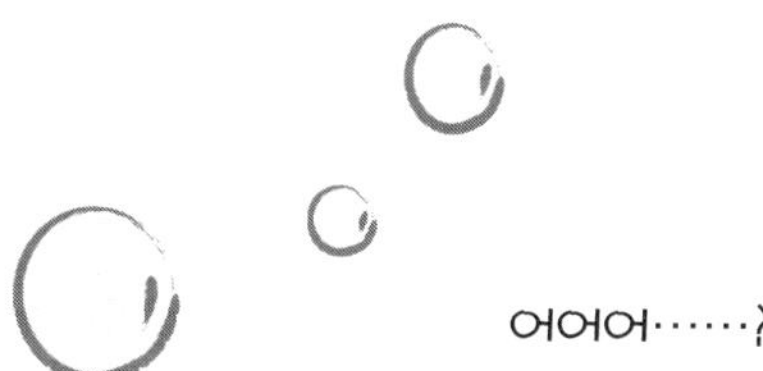

기분 좋은 잠자리 속(?)에서 달콤한 잠을 맛나게 즐기던 날 깨운 건 하루 삼시 세끼 꼬박꼬박 챙기려 드는 성실한 위장이었다.

꼬르르륵~

얼마나 요동을 쳐대는지 그 끈질긴 잠조차 위장의 요동에는 한발 양보를 해서 물러나는 바람에 나는 정말 뜨기 싫었지만 어쩔 수 없이 눈꺼풀을 들어 올렸다.

슬그머니 호수 위로 올라와 얼굴만 수면 위로 내밀고 해를 가늠해 보니 대충 정오가 가까워진 듯했다.

[쳇… 이거 대충 세 시간 잤나?]

시각을 계산해 보며 투덜거리자 이에 반항하듯 위가 다시 한 번 요동 쳤다.

꾸르르륵~

이 녀석이 이렇게 요동을 치는 것도 이해가 가는 것이, 출근 전에 너무 조는 바람에 우유 한 잔도 못 마시고 빈속으로 출근했던 것이다.

그때까지는 잠이 배고픔을 꺾어놓고 있었는데, 점심때라는 지원군에 의해 힘을 얻은 배고픔이 졸음에게 역전승해 버린 모양이었다.

꼬르르륵~

마치 그렇다는 듯 다시 한 번 아우성치는 위 덕분에 나는 쏘옥 들어간 것만 같은 배를 움켜쥐고 엔다이론 위에 올라탔다.

[배고파… 졸립고 배고프다. 여기에 추위까지 탄다면 완전 거지 중의 상거지겠군.]

집에 가려고 허공에 떠오르기 전, 다시 한 번 주위에 아무도 없나 살펴보기 위하여 고개를 이리저리 돌리는 순간, 나는 호숫가에 서 있던 시녀 차림의 여자와 눈이 따악 마주쳐 버렸다.

'이, 이런……'

새파랗게 질려 굳어버린 그녀의 얼굴을 본 순간 큰일 났다… 란 생각이 제일 먼저 들었고, 그 다음 그 생각은 현실로 나타났다.

"까아아악~"

찢어지는 듯한 비명에 머리만 물 위에 내놓은 채로 나는 굳어버렸고, 그 시녀의 비명 덕에 주위가 소란스러워졌다.

"뭐, 뭐야?"

"폐하를 보호하라!!"

"주위를 훑어봐!"

'헉… 크, 큰일이다……'

하필이면 그 시녀는 여왕을 모시는 시녀인데다가, 현재 여왕을 모시고 호숫가로 산책을 나왔다가 머리만 올라온 날 떠억 발견한 것이었다.

이대로 호수 속으로 가라앉아 버릴까… 생각도 해봤지만, 호숫물이 너무나 맑아 바닥까지 다 보일 지경이었으니 숨을래야 숨을 수도 없었다.

그래서 나는 멀쭘히 호수 위로 올라와 시녀가 가리키는 날 노려보는 기사들에게 어색하게 웃어 보였다.

다행히라고 해야 할지, 여왕을 호위하는 기사들은 모두 같은 왕실 기사단 소속이거나, 아니면 그 산하 기관인 왕성 수호 기사단 소속이라서 모두들 한 번씩은 본 얼굴들이었다.

'아… 쪽팔려…….'

그들 또한 내 얼굴을 아는 터라 황당하다는 표정으로 날 바라보고 있었다.

"엠브로스 백작, 도대체 지금 뭐 하는 건가?"

그들 중 왕실 기사단의 기사가―나는 순위에 속하지 않았기 때문에 기사단 내에서도 위치가 어정쩡한데다, 전에 순위 17위의 파리똥 백작과의 사건 이후로 대략 순위 20위 이상의 기사이거나 나 못지않은 작위를 가진 자만이 마음 놓고 나에게 하대했다―그래도 아는 사이라고 나에게 말을 걸어왔다.

"아… 그게 말이죠……."

차마 자고 있었다는 말이 안 나와 우물쭈물하는데, 시녀의 소동으로 인하여 호위 기사들에게 둘러싸여 있던 여왕이 날 보고 있는 걸 발견했다.

시선이 마주쳤는데 호수 가운데에 계속 뻘쭘하게 서 있을 수는 없어 나는 슬금슬금 호숫가로 다가가 뭍에 올라선 뒤 그녀에게 정중하게 허리를 숙여 보였다.

“폐하를 뵙습니다.”

“엠브로스 백작, 도대체 이게 무슨 소동이란 말이오?”

그녀가 날 보고는 별일 아니라 생각했는지 안도한 표정으로 물었지만, 그녀의 주위를 감싼 기사들은 여전히 긴장을 풀지 않은 채 오른손은 검 손잡이에, 왼손은 검집 위에 올려놓은 상태로 날 주시하고 있었다.

“송구하옵니다, 폐하.”

“도대체 여기서 뭘 하고 있었던 거요?”

“아니, 그게 저…….”

여왕의 질문에 대답을 못하고 버벅거리자 앞으로 나섰던 왕실 기사단의 기사가 냉큼 닦달했다.

“어서 대답하지 못하겠나?”

내가 대답을 못하니까 수상하게 여긴 모양이었던지, 기사들의 눈초리가 의심스럽다는 듯이 변했다.

그래 나는 에라 모르겠다는 심정으로 입을 열었다.

“죄송합니다. 좀 피곤해서 자고 있었습니다.”

그러자 날 닦달했던 기사가 기가 막히다는 표정으로 날 바라보며 다시 다그쳤다.

“그게 말이 된다고 생각하는가? 혹 풀숲에 있었다면 그런대로 믿을 수 있었겠지만, 호수 속에서 자고 있었다니! 변명을 하려면 좀 그럴듯한 걸로 하지 그러나? 어떻게 사람이 물속에서 잠을 잘 수 있단 말인가?”

그래 나는 아주 태연한 표정으로 대답했다.

“저는 가능한데요.”

“뭐, 뭣?”

내 대답에 그 기사는 입을 떠억 벌린 채 할 말을 잃어버렸다.

그런데 그때…

꼬르르륵…….

눈치없는 위장이 뭐 하고 있냐고 다시 한 번 아우성을 쳐버렸다.

그 소리가 얼마나 컸던지 여왕보다도 더 뒤쪽에 있던 시녀들에게까지 들렸던 모양이었다. 긴장한 얼굴로 상황을 주시하던 그녀들이 입을 가린 채 고개를 숙이고 킥킥거리는데, 얼마나 무안했던지 얼굴이 뜨거워져 버렸다.

하지만 단점이 있으면 장점도 있는 법인지 그 덕분에 긴장감이 감돌았던 분위기가 풀려 버렸다.

“호호호, 백작, 아직 식사를 하지 못한 모양이구려.”

여왕 또한 웃음기 어린 음성으로 입을 열자 나는 고개를 푹 숙일 수밖에 없었다.

“송구스럽습니다.”

“그러고 보니 백작은 뛰어난 정령사라고 했지 않았소? 그렇다면 물 속에서도 숨을 쉬는 게 가능한가 보오?”

“아, 예. 물의 정령과 계약을 맺으면 가능합니다.”

“후훗, 그랬구려. 그래서 이 호수가 침대처럼 편안하게 느껴진 게요? 하나, 잠은 다음부터 침대에서 자도록 하시오.”

여왕이 이 소동을 그냥 무마시키려는 기색이 보이자 날 다그치던 기사가 매섭게 노려보며 마지막으로 한마디 했다.

“다음부터는 이런 일이 없었으면 좋겠소, 백작.”

“죄송합니다. 주의하도록 하죠.”

나는 무사히 넘어가게 되었다는 생각에 속으로 안도의 한숨을 내쉬며 고개를 끄덕였다.

"그럼, 이만 물러가겠습니다. 산책을 방해해 정말 죄송스럽습니다, 폐하."

"아니오. 덕분에 재미있는 걸 알게 되었구려. 나중에 다시 봅시다, 백작."

"예. 그럼 이만……."

나는 여왕의 다정한 인사에 다시 한 번 고개를 숙여 보이고는 대기하고 있던 엔다이론의 등에 올라 허공으로 떠올랐다.

어느 정도 정신을 차린 터라 식사를 하기 위해 집으로까지 갈 필요 없이 기사단 식당에서 제공되는 식사를 해도 괜찮았지만, 사실 먹고 또 잘 생각이었기에 일부러 집으로 향한 거였다.

게다가 리건에게 집으로 가도 좋다는 허락까지 받아놓은 상태였으니 먹고 여기서 뒹굴대는 것보다는 집에서 편히 있는 게 더 좋지 않겠는가?

내 저택의 높은 담은 그냥 훌쩍 뛰어넘어 저택의 멋들어진 정문에 내려서서 당당히 문을 열고 들어가자 지나가던 하녀들이 놀란 표정으로 황급히 고개를 숙이는 게 보였다. 그런 그녀들의 시선을 뒤로한 채 빠른 걸음으로 식당 안에 들어서는데, 운이 좋은 건지 나보다도 먼저 와서 자리를 차지하고 앉아 푸짐한 식사를 즐기는 존재들이 있었다.

둘 모두 내가 잘 아는 자들이었다.

한 명은 내가 들어서는 기척을 느끼고 고개를 들다 나를 확인하고는 자리에서 일어났는데 다른 한 명은 누가 들어오든 말든 상관없이 식사에 계속 열중했다.

"일찍 오셨군요. 어떻게 되신 겁니까?"

자리에서 일어난 자는 듀비었다.

나는 그에게 미소를 지은 채 빠른 걸음으로 커다란 식탁으로 다가가 그 위에 올려진 달콤하게 보이는 빵을 덥석 집어 한 입 크게 베어 물며 대꾸했다.

"피곤해서요. 오늘 조퇴한다고 했어요. 그런데 이 녀석은 어떻게 된 거예요?"

질문은 듀비에게 했지만, 시선은 내 옆에 천연덕스럽게 앉아서 자신의 눈앞에 있는 스테이크에 정신을 집중하는 잭슨에게로 향한 채 그의 뺨을 손가락으로 콕 찔렀다.

"야, 내가 왔는데 쳐다보지도 않냐? 앙? 그게 그렇게 맛있어?"

내가 그렇게 말했는데도 불구하고 잭슨은 먹느라고 바빠 날 쳐다보지도 않은 채 건성으로 대꾸했다.

"말시키지 마라. 바쁘시다."

그러다가 목이 막혔는지 캑캑거리며 가슴을 두들기고는 우유를 원샷하는 잭슨을 어이없이 바라보는데 듀비가 설명해 줬다.

"방금 전에 도착했습니다. 오자마자 식사하기를 원하더군요. 아마 아침을 못 먹은 듯싶습니다."

"그래요? 뭐, 덕분에 나도 오자마자 식사를 할 수 있게 되었네요. 나도 아침을 못 먹어서 배가 고팠거든요. 아, 듀비도 마저 드세요."

내가 자리를 하나 차지하고 앉으며 식당 구석에서 대기하고 있던 시종에게 내 몫의 음식을 가져오도록 지시했다.

"아침뿐만이 아니야."

내가 잭슨의 옆 자리에 앉자 잭슨은 불만에 찬 표정으로 투덜댔다.

그 와중에서도 손은 부지런히 입으로 음식물을 나르고 있었고 말이다.

"식사를 제대로 한 지가 언제인지도 기억이 안 나."

"급했나 보네? 무슨 일인데?"

"네가 출발하기 전에 도착해야 했거든."

"출발? 어라? 내가 곧 출장을 갈지도 모른다는 건 어떻게 알았어?"

막 구운 듯 따끈따끈한 빵에 버터와 땅콩 잼을 듬뿍 바르던 나는 의아한 듯 잭슨을 바라보았다. 내가 곧 출장을 가게 될지도 모른다는 건 듀비와 첼릿만 알고 있었고, 그것도 확률이 높다는 거였지 확실하게 정해진 게 아니었다. 게다가 출장 갈 일도 국가 기밀은 아니지만, 아직까지는 비밀로 취급되고 있는 터라 기사단 내에서도 몇몇 사람들만 알고 있는 일이었다.

"다 먹고 나서 설명해 줄게. 잠시만 기다려."

"흐음……."

어차피 상회에서 나에게 급한 볼일이 있어 이렇게 잭슨을 급파한 걸 터였다. 그러니 잠시 후면 자연스레 모든 상황을 잭슨이 설명해 줄 터, 성급히 재촉할 필요는 없다고 생각된 나는 의아함을 접고 시종이 막 가지고 온 김이 모락모락 나는 수프로 관심을 돌렸다.

잠시 후 내가 일찍 돌아왔다는 소식을 전해 들은 듯한 이브스햄과 그의 딸인 에르가 황급히 식당으로 달려왔기에 내가 점심을 끝낼 즈음에는 네 명 모두가 다 같이 식사를 끝마치고 있었다.

원래 예정은 식사를 끝내고 달콤한 낮잠을 즐기는 거였지만, 나만큼이나 피로해 보이는 잭슨이 조용히 면담할 것을 요청한 데다 나 또한 그가 온 이유가 궁금했기에 다른 이들은 모두 물리친 채 듀비와 잭슨을 데리고 내 서재로 향했다.

“그래, 도대체 무슨 일인데 급하게 온 거야? 너 며칠 동안 식사를 제대로 하기는커녕 제대로 쉬지도 못하고 또 달려온 거 맞지?”

아까는 그가 음식을 먹는 데 바빴기에 그냥 피곤하나 보다… 라고만 생각했는데, 서재의 푹신한 소파에 드러눕다시피 하는 잭슨의 얼굴을 찬찬히 살펴보니 피곤 정도가 아니었다.

얼굴 밑에는 검은 그늘이 졌고, 예전의 윤이 자르르 흐르고 티 하나 없는 피부는 윤기를 잃고 푸석푸석해진 데다가 눈이 퀭했다.

누가 보면 일주일쯤 잠 한숨 못 자고 야근 근무를 한 사람처럼 보일 정도였다.

“말도 마. 언제 네가 출발할지 모르는 일이라 시간 맞추려고 고생했다. 후아아암~ 도대체 내가 이 무슨 고생이냐? 예전에는 이렇게 급하게 뛰어다닐 일이 없었는데… 에구구, 삭신이야.”

입이 찢어져라 하품하고 덕분에 흘러나온 눈물을 닦으며 잭슨은 챙겨 들고 온 꾀죄죄한 가방에서 낯익은 상자를 꺼냈다.

“자, 나는 잘 테니까 자세한 이야기는 회장님께 들어라. 나도 사실 네가 출발하기 전에 도착해야 한다는 것만 알지 잘은 몰라.”

그가 꺼내서 자신의 앞 탁자 위에 올려놓은 것은 마법의 통신 구슬이 들어 있는 상자였다.

“나원…….”

잭슨은 자신이 할 일은 다 했다는 듯 내가 구슬을 꺼내기도 전에 다시 소파에 드러누워 눈을 감았기에 뭐라 말은 못하고 부러운 시선으로 바라보며 입맛을 쩝쩝 다셨다.

‘쳇, 좋겠다.’

하지만 피곤함으로 치면 잭슨이 나보다도 몇 배는 더 피곤할 것이

뻔했기에 나는 잭슨을 깨우는 대신 마법 통신 구슬에 집중했다.

예전에 한 번 사용해 본 적이 있었기에 작동시키는 건 어렵지 않았다.

'그러고 보니 잭슨이 통신 구슬을 나에게 배달하는 게 이번이 두 번째네. 후후후, 이러다가 아예 통신 구슬 배달 전용이 되는 건 아닐까나?'

아무래도 잭슨은 상회에 있는 이들 중 엠브로스 가문 사람들에게 얼굴을 익힌 두 인물 중 한 명이다 보니—다른 한 명은 듀비—나에게 연락하려 할 때 그가 움직이는 건 당연한 걸지도 몰랐다.

구슬이 작동되고 베지테크스 상회 본부라고 말하는 낯선 목소리가 들리기에 상회 내에서 가지고 있는 내 직함을 말한 뒤 레이언과 크리스를 불러달라고 했다.

[이야, 다행히 네가 출발하기 전에 잭슨이 도착했나 보네.]

레이언은 여전히 쾌활한 목소리로 인사를 했다.

"다행히라고 할 것도 없어. 내가 출장 가는 것도 아직 확실하게 결정난 것도 아니란 말야. 그런데 내가 출장 갈 거라는 건 어떻게 알았어?"

[뭐야? 출장 가는 게 결정나지도 않았다고? 어, 그럼 넌 아직 모르는 건가?]

당혹감이 배어 있는 레이언의 목소리에 나는 시큰둥하니 대꾸했다.

"뭘 몰라?"

그러자 이번에는 예의 침착한 크리스의 목소리가 들려왔다.

[우리가 연락한 건 다름이 아니라, 이번에 새클턴 국에 있는 악명이 자자한 정글에서 새로운 던전이 발견되었다는 정보를 입수했기 때문이

야. 우리는 너희 국가에서도 알고 그곳에 사람들을 보낼 준비를 할 거라고 생각했는데… 우리가 너무 앞서 나간 건가?]

크리스의 설명에 나는 역시란 생각에 고개를 끄덕이며 입을 열었다.

"호, 그 정보를 너희도 알고 있었단 말이야? 우와, 여기보다 속도가 빠르잖아? 이쪽에는 어제저녁에 도착한 듯한데……."

[그래? 우리는 늦은 줄 알고 잭슨을 엄청 재촉했었는데. 잭슨만 불쌍하게 됐군.]

웃음기 어린 레이언의 말에 나도 같이 피식 웃었다.

"그렇지 않아도 나에게 이 구슬 넘겨주자마자 소파에 드러누웠다. 엄청 피곤했나 봐. 그런데 무슨 일이야? 설마, 상회에서도 이번에 발견되었다는 던전에 관심이 있는 거야? 상회에서도 던전 발굴 같은 걸 하나?"

그럴 가능성이 낮은 건 아니라고 생각하며 물었다.

사실, 위험도가 높긴 했지만 발굴에 성공하여 뭔가 괜찮은 걸 건지기라도 한다면 이익을 많이 낼 수 있는 일이었으니 말이다.

하지만 곧바로 들려온 크리스는 이런 내 예상을 부인했다.

[아니야. 우리는 그런 곳에 별로 관심 없어. 뭐, 상회에 소속된 마법사들이라면 혹할지 모르겠지만, 상회가 지향하는 쪽은 그 분야가 아니니까.]

"그럼?"

설마 그 정보가 사실인지 아닌지 나에게 확인하려는 건가 싶었지만, 그것 때문에 잭슨을 닦달해 여기까지 달려오게 할 필요가 있을 것 같지는 않았다. 그게 뭐 상회의 운명을 좌지우지할 정보도 아닌 것 같으니 말이다.

[사실은, 북 드워프 마을에서 요청이 들어왔어. 새클턴 정글에 탐사대를 파견할 때 혹시 마을 드워프를 끼워줄 수 있겠냐고.]

"에? 드워프들도 던전에 관심을 가지나?"

그런 데는 마법사나 학자들, 아니면 그곳에 있을지 모르는 보물을 노리는 사람들뿐일 거라고 생각했는데 말이다.

'하긴, 드워프들이 그곳에 있는 보물들을 노릴 수도 있겠군.'

나름대로 납득하고 고개를 끄덕이는데 크리스의 말이 계속 들려왔다.

[이번에 던전을 발견한 모험가들 틈에 북 드워프 마을의 드워프도 끼어 있었던 모양이야. 그런데 그 드워프의 말로는 그 던전을 드워프가 만든 것 같다고 하더라고. 던전 주위에 쳐진 결계 때문에 자세하게 살펴보지는 못했지만… 그래서 다시 한 번 자세하게 살펴보고 싶은데 도와줄 수 없겠냐고 상회에 물어왔어.]

"헤에……."

북 드워프들은 다른 종족과는 교류가 거의 없이—상회가 유일하다고 할 수 있다. 뭐, 아주 가아아끔은 특별한 손님들이 찾아오기는 한다지만… 그건 아주 가아아아끔 일이고—고립되다시피 살아가지만, 견문을 넓히거나 아니면 작품 구상을 위해 마을을 떠나 여행하는 드워프들이 종종 있다고 들었다.

상회와 교류를 시작한 후부터 인간 세상을 둘러보고 싶은 경우에는 상회 측의 도움을 받기도 한다더니만, 아마 상회 측의 도움으로 여행자들 틈에 끼었다가 운 좋게 새클턴 정글에서 던전을 발견한 모양이었다.

[웬만한 데라면 그냥 우리 측에서 모험가들을 소개시켜 주는 선에서 끝냈겠지만, 새클턴 정글에 있다니까 웬만한 곳이 아니게 되더라고.

그쯤에서 아마 이 정보가 마법사 길드 쪽에서 삼 국으로 들어갔을 거고 그러면 삼 국에서 탐색대를 파견하지 않을까 여긴 거지. 벨레니 국에서 파견될 인물들 중에는 네가 들어갈 확률이 높고 말야.]

중앙대륙에 있는 삼 국, 그러니까 마르타 국, 녹스 국, 벨레니 국은 국경을 맞대고 있는 덕분에 여러 가지 협정 조약을 맺고 있는데 그중 '마법사 길드 협력 조약'이라는 것이 있었다.

이것은 겉으로는 삼 국이 각 나라의 마법의 부흥 발전을 위하여 마법사 길드와 긴밀한 협력 체계를 구축한다는 내용을 담고 있는데, 사실은 마법사 길드 본부가 있는 마르타 국에서 마법사 길드를 자기들의 나라에 흡수할까 봐 염려한 녹스 국과 벨레니 국이 마찬가지의 이유로 걱정하는 마법사 길드와 손을 잡고 마르타 국을 견제하기 위해 만들어진 거였다.

그로써 벨레니 국과 녹스 국은 마법사 길드가 마르타 국에 복속되는 걸 막을 수 있어서 좋았고, 마법사 길드도 계속 국가와는 상관없이 독립된 단체로써 활동할 수 있어서 좋았다.

마르타 국에만 안 좋았지만 말이다.

그래서 체결된 조약에는 마법사 길드에서 정한, 엄청 위험하지만 탐험해 볼 가치가 높은 던전을 발굴할 때 삼 국에 도움을 요청할 수 있다는 조항이 있었다.

이건 삼 국 중 하나나 아니면 그 외 국가에서 던전이 발견될 경우, 그 국가에서만 혼자 독식하는 걸 방지하고―외교적 압박이나 회유 등을 통해서―같이 공유하자, 뭐 이런 취지에서 만들어진 거였다.

이에 대항해서 다른 대륙에 있는 나라들도 협력 체계를 구축하고 있었지만, 그라함 대륙에서 강대국이라고는 전부 중앙대륙이나 남대륙에 있는 국가들이었으니(서대륙은 전쟁이 끝난 지 얼마 안 된 혼란기, 북대륙은 원래 강한 힘을 가지고 있지 못하는 국가) 북대륙의 국가 중 하나인 새클턴 국에 중앙대륙의 세 나라가 발굴하러 간다는 건 어려울 게 없었다.

단지 문제라면 남대륙의 라센 국과 왈그린 국이었다.

국력도 비등한 그들이 참여하겠다고 하면 막을 명분이 없었던 터라, 삼 국은 그들에게 정보가 가기 전 잽싸게 탐험대를 출발시키려 했던 것이다.

혹여 나중에 알게 되어 참여한다고 해도 먼저 가서 뭔가라도 발견한 뒤에 그들이 도착한다면 삼 국이 먼저 발견한 것에 대한 권한이 없었으니 말이다.

그래서 아키볼트 백작이 전갈을 받자마자 나라의 삼대기둥을 부르는 한편 삼국회담에 보낼 자들을 물색하는 등의 부산을 떨었던 것이다.

남대륙과 중앙대륙과도 협약이 있기는 했지만, 그 협약 중에 던전이 발견되었다는 걸 알려줘야 하는 의무는 없었던 것이다.

그런데 우습게도 나는 이러한 일련의 설명들을 크리스에게 듣고 알게 되었다. 놀라움에 입을 떠억 벌린 채 말이다.

"히야, 나야 원래 정치 세계에 관심없는 데다, 이제 중앙에 진출한 지 얼마 안 되었으니 몰랐다고 하지만, 너는 도대체 그런 걸 어떻게 알고 있었냐?"

[쯧쯧, 내가 상회를 운영한 경력이 얼마인데 아직까지도 이러한 걸 모르겠냐? 모름지기 상회 운영에 정보는 당연한 거야. 게다가 우리 상회 같은 경우 더 더욱 그렇지. 가끔 구출한 노예들을 데리고 피신할 때가 있거든. 타국으로 피신할 경우 나라 간 조약에 대해 빠삭해야 하는

건 필수 아니겠어? 혹시 죄인 체포 협력 조약이라도 맺고 있는 나라에 갔다가는 국경 넘느라 고생한 게 말짱 도루묵이 되니까 말야.]

"오오, 그렇군. 존경스러워."

레이언 같으면 내가 이런 말을 할 경우 잘난 척을 했을 텐데, 크리스는 좋아하는 기색 하나 없이 본론으로 들어갔다.

[다시 본론으로 돌아와서, 여행자들 틈에 있었던 드워프의 말에 의하면 그 모험가들이 자신들의 능력으로는 탐험하기 불가능하니까 그냥 마법사 길드에 신고하고 약간의 포상금이나 받을 거라고 하더라구. 그래서 혹 너에게 도움을 받을 수 있을까 싶어 급히 연락한 거지. 가능해?]

"단언은 못하겠지만, 가능하지 않을까 싶어. 그런데 내가 거기 가게 될 건 어떻게 알았어? 안 가면 어쩌려구?"

[네가 갈 확률이 높잖아. 네 가문은 아직 세력을 크게 키우지 못한 데다가 너는 실력이 높은 정령사니까. 너처럼 위험한 데 보내기 쉬운 케이스가 네 나라에 과연 몇 명이나 있을까?]

"그, 그냐? 쩝……."

위험한 데 보내기 쉬운 케이스라니, 알고는 있었지만 크리스에게 직설적으로 들으니 허탈했다.

[어쨌든 내 예상으로는 넌 분명히 마법사 길드 지원자들 중에 끼어들 거야. 아직 결정이 안 났다면 이삼 일 내로 나겠지. 출발을 앞두고 있다면 중간에서 합류시키려고 했는데, 며칠 여유가 있는 것 같으니 램버트를 너에게 보내마. 그래도 되겠지?]

"램버트?"

[던전을 발견한 북 드워프 말이야.]

“아아, 뭐 이쪽으로 보내는 건 상관없는데, 던전을 발견한 모험가들
틈에 끼어 있었다면 따로 내 도움을 받을 필요가 없었을 텐데. 길 안내
를 위해서 던전을 발견한 모험가들도 데리고 갈 거라고 들었거든.”

[물론 그렇겠지. 그런데 램버트가 정글을 나오자마자 그 모험가들과
헤어져서 마을로 돌아가 우리 측에 연락한 거거든. 마법사 길드에서
데리고 가려는 건 램버트가 빠진 나머지 모험가들이겠지. 사실 그쪽도
이종족을 데리고 가는 것보다는 같은 사람을 데리고 가는 게 더 편할
테고. 거기다가 램버트가 앞으로 나서는 건 별로 안 좋아하거든.]

“그래? 그럼 그 드워프는 어디 있는데?”

[마르타 국에. 우리에게 연락을 하고 엔더비 산맥을 따라 쭈욱 내려
와 마르타 국에 보낸 상회 사람과 벌써 접촉을 해서 벨레니 국 쪽으로
출발했다더군.]

“그랬구나. 어, 그러면 여기에 도착하는 데 꽤 걸리지 않을까?”

[그건 괜찮아. 공간 이동시킬 거거든. 이럴 때는 우리가 엘프랑 거래
한다는 게 좋단 말이야. 높은 클래스의 마법 스크롤을 쉽게 쉽게 쓸 수
있으니까. 아마 며칠 안에 너희 나라에 도착할 거라고 봐.]

이번에는 레이언이 끼어들어서 대답했다. 그동안 크리스 옆에서 입
다물고 가만히 있는 게 심심했나 보다.

“그렇구나. 알았어. 드워프 한 명이 찾아올 거라고 이야기를 해놓도
록 하지.”

[그래. 그럼 출발이 결정되거나 램버트가 도착하면 다시 연락해
줘.]

“그러도록 할게. 그럼 나중에 봐.”

밀러드는 잠을 쫓아내는 한편 레이언과 크리스의 말에 집중하느라

정신없었던 나는 그들과의 통신을 끊자마자 해방감을 느끼며 그대로 뒤로 쓰러졌다.

"해인님?"

놀란 듀비가 다가오자 나는 그를 붙잡고 절실하게 속삭였다.

"듀비… 나 이제 좀 잘게요. 천재지변이 일어나지 않는 한 깨우지 말라고 해주세요."

그날로부터 이틀이 지난 날 아침, 평소처럼 출근해서 하루 일과를 보내고 있는 나를 리건이 가만히 불렀다.

"해인아."

엘리노어 경을 물리치고 단둘이 마주한 상황에서 아주 심각한 표정으로 말했으면 좋았으련만, 그는 태연한 얼굴로 용건을 말했다.

"새클턴 국에 같이 좀 가자."

악명이 높다는 곳에 가는 것을 마치 옆집에 놀러 가자는 것처럼 말하는 거였다. 물론, 그는 충분히 그렇게 말할 수 있는 존재이긴 했지만 말이다.

어차피 크리스도 내가 갈 거라 확신하고 있었고, 그전에 리건과의 대화를 통해 예상하고 있었던 나는 태연하게 고개를 끄덕이려고 했지만, 대신 리건의 말에 고개를 갸웃했다.

"'같이' 요?"

"그래, '같이'."

"누구랑 '같이' 요?"

"나."

"헤에, 같이 가려구요?"

"그래, 오랜만에 놀러 가볼 생각이다."

'노, 놀러……'

아무리 리건이 보통 존재가 아니라는 건 알고 있었지만, 그가 그렇게 말하니까 그 악명 높다는 새클턴 국이 마치 성 밖의 숲처럼 느껴졌다.

그래 속으로 그렇게 여겨도 되나 황당해하던 나는 곧 떠오른 생각에 황급히 입을 열었다.

"아, 물어볼 게 있는데……."

"뭔데?"

"이번에 갈 때 나 혼자 가야 해요? 내가 누구 좀 데리고 가면 안 될까요?"

"데리고 갈 사람이 있나 보지? 누굴 데려가든 그건 너 마음대로 해도 좋아. 뭐, 다른 사람들도 시종 겸 호위를 한둘씩은 데리고 갈 테니까. 지나치게 많이 데리고 가지만 않으면 돼."

"다행이네요. 그런데 기사단에서는 누구누구 가요?"

"너하고 나하고 또 한 사람."

"세 명?"

"기사단에서만. 국방부에서는 몇 명을 차출하는지 아직 몰라. 외교부 쪽에서 공문이 오길 최소한 로얄 기사 1명이 포함된 3명 이상을 차출해 달라고 부탁했으니까."

보통 최소한 3명 이상이라고 하면 조금 더 보태줘서 네다섯 명쯤 보내주는 게 아니었던가? 그런데 최소한 3명이라고 했다고 딱 3명만 보낸다는 리건의 말에 기가 막혀서 바라봤지만, 리건은 왜 그러느냐는 듯한 표정이었다.

“그, 그래서 딱 3명입니까?”

“어차피 따라가서 상황만 파악해서 보고만 하면 되니까 많이 갈 필요도 없잖아? 3명도 많은 거지.”

“그, 그렇군요.”

아, 저 오만함이란…….

그런데 웃기게도 다른 사람 같으면 눈살이 찌푸려졌을 모습이 리건에게는 너무나 당연하게 느껴졌다. 그가 드래곤이라서 그런지 모르겠지만—뭐, 드래곤이라고 해봤자 리건밖에 모르지만—리건에게서는 그가 말하는 모든 걸 당연하게 여기게 만드는 분위기랄까? 하여간 말로 표현하기 힘든 그런 기운이 풍겨 나왔다.

“그래, 언제 출발합니까?”

“모레 아침에 집합이야. 데리고 갈 자가 있다면 내일까지는 준비를 시켜두는 게 좋겠지. 육체적인 준비든 마음의 준비든 말이야. 그런데 말이야…….”

‘마음의 준비’라는 단어에 마치 성 밖에 있는 가까운 숲으로 놀러 가는 것처럼 가볍게 생각하던 머리가 약간 차가워지는 기분이었다.

거기에 리건이 말꼬리를 늘리자 나는 자연스레 그의 뒷말에 집중했다.

“한 가지 확실하게 해둘 것이 있어. 네가 누구를 데리고 가든 상관은 않겠다만, 혹시 그곳에 가서 그가 위험에 처할 경우 넌 네 힘으로 그를 도와야 할 거야.”

그에 약간 긴장하고 그의 뒷말에 집중하던 나는 어이가 없어서 피식 웃음을 흘렸다.

“그거야 당연한 거 아닌가요? 같이 가는 일행인데 안 돕는 게 이상

한 거잖아요.”

“그건 그렇지. 그런데 만약 네 힘으로도 그를 돕는 게 어려울 경우 나에게 도움을 요청하지는 말아라. 이게 내가 하고 싶은 말이야.”

“예?”

긴장을 풀어서 그런가, 나는 선뜻 그의 뜻을 이해할 수가 없었다.

그러자 리건이 평소 태연한 표정이 아닌, 단호한 눈빛으로 나를 똑바로 바라보았다.

“물론, 일행이 위험에 처했는데 가만히 있겠다는 소리는 아니다. 그러나 내가 그들을 돕는 건 벨레니 국의 왕실 기사단 서열 제1위인 기사의 능력 안에서야.”

거기서 잠깐 말을 끊은 리건은 내 표정을 힐끔 보더니 다시 말을 이었다.

“혹여, 어떤 변수가 발생해서 네가 네 능력으로도 벗어나지 못할 위험에 처한다면—설마 그럴 리가 없다고 여겨지고, 그렇다 해도 네 정령왕이 나설 테니 내가 개입할 여지가 있을까마는—드래곤으로서의 내 능력으로 널 도울 것이다. 그러나 드래곤으로서의 내 도움을 받을 수 있는 건 너뿐이라는 거야. 무슨 말인지 알겠어?”

“아……”

리건의 말에 나는 속으로 움찔했다.

물론 일부러 어떠한 위험이 닥치면 드래곤인 그의 힘을 빌려야겠다고 생각한 적은 없었지만, 은연중에 ‘그가 도와주겠거니…’ 하는 생각을 가지고 있었던 것이다.

리건은 이러한 내 생각을 꿰뚫고 있었던 모양이다.

전에 리건이 자신은 유희 중이니 드래곤이라는 걸 알리지 말라고 신신당부를 했었어도, 그와 나만 있을 때에는 거리낌없이 드래곤인 걸 숨기지 않아서 별 생각이 없었다. 그렇다고 그가 안 도와준다고 해서 드래곤인 걸 밝히겠다고 협박할 생각은 없지만 말이다.

움찔한 내 표정을 한번 힐끔 본 리건이 피식 웃으며 말을 이었다.

"뭐, 네 능력으로 돕지 못할 일이 있을까 싶지만 만에 하나의 경우가 있으니 말해 두는 것뿐이다."

"아, 네."

왠지 공과 사는 철저하게 구분해야 한다는 말을 듣는 듯한 기분이었다.

아무리 그렇다고 해도, 단순한 놀이라고 생각되었던 드래곤의 유희라는 걸 내가 잘못 인식하고 있었던 모양이다. 동료가 죽을지도 모르는 위험에 처해 있는데도 나서지 않는다니… 아니면, 드래곤은 인간 한둘이 죽는 걸 아무렇지도 않게 생각하는 걸까?

물론, 나 또한 한국에서 살 때 뉴스에서 '오늘은 교통 사고로 몇 명이 죽고 몇 명이 다쳤으며…' 라는 식의 이야기가 나올 때 혀를 찰 뿐 별 생각 없기는 했지만, 한마디라도 이야기를 나눈 사람, 아니, 말 한마디 나누지 않은 사이라고 해도 눈앞에서 죽을지도 모르는 위험에 처해 있다면 태연하지 못할 거였다.

내가 직접 돕지는 못한다 하더라도 발이라도 동동 굴러주며 '어떻게, 어떻게…' 를 연발하거나 다른 이들에게 도움이라도 청할 터였다.

그런데 리건의 말은 이런 것과는 완전히 차원이 다른 거였으니, 역시 종족이 달라서 사고방식 또한 엄청나게 다른 건가 보다.

그런 생각을 하면서 그날 저녁, 평소와 다름없이 퇴근을 해서 집에 돌아오니 조엘에게서 온, 만나길 원한다는 전언이 날 기다리고 있었다.

평소 조엘이 나에게 신경을 써주고 있다는 것을 알고 있는 데다가, 전에 파티에서 자주 안 온다고 투덜댄다던 노만 스승 말을 조엘에게서 전해 들은 이후 시간 있을 때마다 자주 공작가를 찾아가고는 했었다. 휴일이면 간단한 티타임을 가지자는 초대를 받아 에르와 동행하여 간 적도 많았기에 조엘이 급히 와달라는 전갈을 보냈어도 나는 크게 의아함없이 옷만 갈아입은 채 조엘네 집으로 향했다.

어차피 오늘이나 내일쯤 공작가를 방문하여 공작 부부를 비롯하여 조엘과 노만에게 새클턴 국으로 가게 되었다고 전하고 인사를 하려던 차였다.

물론, 재상이라는 공작의 직위를 생각해 볼 때 내가 그곳에 가는 탐사대에 파견된다는 정보를 접하는 건 어려운 일이 아닐 테지만, 그래도 아직은 익숙하지 못한 사회에서 친분이 있는 어른에게는 직접 뵙고 알려 드리는 게 도리일 듯했다.

게다가 어차피 노만에게도 들러야 했고 말이다.

그래 조엘의 전갈을 받았을 때 내심 잘됐다 싶어 이왕 전갈을 받아 가는 김에 인사까지 다 하려고 했던 것이다.

그런 이유로 저녁도 먹기 전에 따라나서겠다는 첼릿을 집에 있게 한 채─조엘이나 노만과 이야기할 때는 첼릿에게 자리를 비켜달라고 해야 할 것 같아서 아예 혼자 가기로 한 것이다─공작가에 갔더니만, 공작에게 인사도 하기 전에 날 기다리고 있었던 듯한 조엘에게 붙들려서 그의 방으로 향했다.

평소의 여유만만한 웃음은 어디로 보냈는지 차갑게 굳은 표정으로 나를 자신의 개인 서재 겸 사무실로 밀어 넣은 조엘은 감정 섞인 손짓으로 거칠게 문을 쾅 닫더니만 그 문에 기대어 팔짱을 끼고는 눈을 감고 숨을 골랐다.

뭔 일인지 모르겠지만 어지간히 감정이 들끓어 그걸 가라앉히기 위해 애쓰는 듯했기에 나는 그를 방해하는 대신 권하지도 않은 소파에 마음대로 앉아서 태평하게 여기서 저녁을 먹고 갈까 고민하면서 조엘의 모습을 바라보았다.

그러한 고민이 그래도 내 저택에 듀비와 잭슨도 있는데 아무래도 거기서 먹어야 하지 않을까 하고 가닥이 잡혀갈 무렵, 조엘이 눈을 번쩍 떴다.

열려진 그의 눈에서 나오는 눈빛이 너무 매서워서 나는 순간적으로 찔끔하며 아무래도 여기서 저녁을 권유하면 예의상 먹구 가야 하나 보다… 라고 생각하는데, 조엘이 여전히 무서운 눈빛으로 성큼성큼 나에게 다가와 내 맞은편 소파에 털썩 주저앉으며 입을 열었다.

"도대체 무슨 생각을 하는 거야?"

밑도 끝도 없이 무슨 생각이냐고 하면 내가 뭐라고 대답하겠는가?

"무슨 생각이라니요?"

어리둥절한 얼굴로 바라보니 조엘의 눈썹이 꿈틀거렸다.

"이번 일 말이다. 새클턴 정글에는 왜 가겠다고 한 거냐?"

조엘이 그걸 벌써 알고 있다는 사실이 놀라웠지만, 나는 내색 안 하고 시큰둥하니 대꾸했다.

"단장님이 가라고 하시는데 제가 뭐라고 합니까?"

"가기 싫으면 거절할 수도 있었어."

조엘의 단호한 말이 틀린 것이 아니었기에 나는 괜히 천장을 바라보며 그의 시선을 피했다.

"왜 그랬어? 네가 거절했으면 받아들여졌을 거야. 혹시, 아무 생각

없이 '예' 한 건 아니겠지? 새클턴 정글이 어떤 곳인지 알기나 해?"

조엘의 목소리에는 분노 말고도 나에 대한 걱정이 가득 들어 있었기에 나는 시선을 그에게로 돌려 웃어 보였다.

"뭐, 조엘 말고도 그곳에 관해 역설하는 누군가 덕분에 귀 따갑게 들었어요. 하지만 괜찮을 테니 걱정하지 마요."

나의 태평한 말에 조엘의 눈썹이 못마땅하다는 듯 치켜 올라갔다.

"그곳으로 가는 게 단순히 옆 나라에 가는 건 줄 알아? 지금이라도 늦지 않았어. 내일 당장, 아니, 지금이라도 당장 블랜차드 후작에게 가서 안 가겠다고 말씀드려. 너 혼자 가기 어렵다면 내가 같이 가줄게."

"벌써 간다고 말했는데 어떻게 그래요?"

내 난처하다는 말에 조엘이 오해한 모양이었다.

"지금 목숨이 달려 있건만, 자존심이나 명예를 따질 때야? 그곳에서는 여기처럼 내가 널 보살필 수 없단 말이다!"

조엘이 화가 더 났는지 버럭 소리를 질러 깜짝 놀랐다.

"조엘, 난 정말 괜찮아요. 내 몸 하나는 충분히 지킬 수 있는 데다 블랜차드 후작님도 같이 가시잖아요."

다급하게 나온 내 말에 흥분한 조엘의 몸이 딱 굳어버렸다.

"…뭐? 그가?"

내가 가는 걸 알고 있기에 리건이 가는 것도 알고 있는 줄 알았는데, 조엘의 반응을 보니 그게 아니었던 모양이다.

"에… 몰랐… 어요?"

그래 그의 눈치를 조심스레 살피며 묻는데, 조엘이 이를 빠드득 갈았다.

“블랜차드 후작……..”

씹어 내뱉듯 중얼거리는 조엘의 시선이 날 향했다.

“그가 가는 이유가, 너를 보호하기 위해서냐?”

잠시 휴식을 취할 겸, 소풍 가는 식으로 가는 거라고 알고 있었지만, 그걸 곧이곧대로 말할 수 없었던 터라 나는 난처한 표정으로 얼버무렸다.

“그, 글쎄요… 저는 잘…….”

하지만 허망하게도 내가 이렇게 애써 얼버무리는 말을 제대로 듣지도 않은 채 조엘은 자리에서 벌떡 일어나 걸음을 옮기기 시작했다.

이건 종종 깊은 생각에 잠겼을 때 자주 나오는 그의 버릇이었다.

이번에도 역시 소파 주변을 왔다리 갔다리 하면서 그는 중얼거리기 시작했다.

“하지만… 너를 보호하기 위해서라면 차라리 안 보내는 게 낫다고 봐. 네 뒤에는 내가 있는 데다 그의 능력이라면 다른 이들이 반발한다 해도 얼마든지 무시해 버릴 수 있으니까… 그렇다면…….”

거기서 갑자기 발걸음을 멈춘 조엘이 날 뚫어져라 바라보았다.

“설마… 해인이 너, 블랜차드 후작이 간다고 하니까 좇아가는 거냐?”

그에 조엘의 모습을 눈으로 좇고 있던 나는 실소를 흘렸다.

“그럴 리가 없잖아요? 내가 후작님이 간다는 이야기를 들은 건 내가 간다고 결정된 후라고요. 거기다가 내가 왜 후작님이 간다고 좇아가요?”

내 말에 조엘은 나를 물끄러미 바라보더니 성큼성큼 다가와 내 팔을 붙들었다.

"그럼 잘됐군. 가지 마. 네가 그렇게 위험한 곳에 가도록 놔둘 수는 없어."

"조엘, 저는 괜찮을 거예요. 거기다가 저도 여기서는 별 할 일이 없어서 약간은 지루했는걸요. 게다가 이번 일을 무사히 끝낸다면 경험이 좀 생겨서 다른 임무도 맡을 수 있을 거예요."

내 변명조에 조엘의 얼굴엔 황당함이 떠올랐다.

"넌 지루하다고 거길 가냐?"

물론 나도 내 변명이 너무 빈약하다는 걸 알고 있었지만, 달리 댈 변명거리가 없었다.

그에게는 정말 미안하게도 다른 때, 혹은 다른 일 같았으면 조엘이 이 정도 말리면 나도 달리 생각해 보겠지만, 하필이면 이번 일에는 상회 쪽에서 해온 부탁도 있었고, 게다가 리건도 같이 가준다고 하는 데다가 든든한 배경까지 있어 별달리 걱정이 없는 상황이기에 지금 와서 리건에게 안 간다고 할 수 없는 노릇이었다.

조엘이 말려서 못 간다고 말할 수는 없는 거 아니겠는가?

"조엘, 정말 괜찮아요. 전 분명히 살아 돌아온다니까요. 내기라도 할까요?"

내 말에 조엘은 내 팔을 여전히 붙든 채로 내 옆에 앉아 날 한참이나 물끄러미 바라보더니 내 팔을 붙들지 않은 다른 손을 들어 손가락 끝으로 내 뺨을 쓸어 내렸다.

너무나 친밀한 그의 행동에 나는 순간적으로 웨스트모어랜드 후작령에서 있었던 일이 떠올랐다.

그때 너무 당황스러웠지만, 그 뒤에 조엘의 얼굴을 제대로 보기 전에 살인자로 몰렸다가 크게 다쳐 아버지에게 강제로 끌려가 버리는 둥 여러 가지 일로 인하여 다시 조엘을 만났을 때는 상당한 시일이 지나 있었다. 게다가 얼결에 백작까지 되어 있는 등 상황이 복잡해서 그때의 일을 되새길 여유는 없었던 것이다.

안정된 후에도 시간이 너무 지나 버린 일이라 조엘도 없었던, 아니면 잊어버린 듯 아무렇지도 않게 행동해서 나도 그 기억을 머리 저 깊숙이 내려 보냈는데, 갑자기 조엘의 친밀한 행동 덕에 지금 떠올라 버린 거였다.

덕분에 이 상황이 너무나 어색하게 느껴졌고, 조엘이라는 존재가 너무 강렬하게 인식되어 차마 그의 시선을 마주 볼 수가 없었다.

그래 슬며시 시선을 비껴 그의 어깨를 돌아보는데 이게 웬일, 조엘이 뺨을 쓰다듬던 손을 턱 선을 따라 스르륵 내리더니 내 턱을 잡고 자신과 시선을 맞추게 하는 거였다.

'허걱…….'

너무나 묘한 분위기에 나는 어쩔 줄 몰라 하며 그에게서 조금이라도 멀어지기 위하여 상체를 뒤로 제꼈다.

"조, 조엘… 지금 도대체 뭔 짓을……."

그런데 그건 정말 어리석은 행동이었다.

엉덩이를 소파에 붙인 채 상체만 뒤로 젖혔으니, 나는 자연스레 뒤로 누울 포즈를 취하게 되는 거였다.

그걸 깨닫고 황급히 소파에서 내려와 몸을 일으키려고 했지만, 조엘이 내 팔을 잡고 있던 손에 힘을 가해 내가 소파에서 벗어나지 못하게 하더니 그대로 날 뒤로 내리눌러 소파에 아예 눕게 만들었다. 그리고 자신은 두 팔을 소파에 지탱해 자신의 팔 안에 나를 가두는 한편 내 위에서 나를 뚫어져라 바라보는 거였다.

'허거거…….'

그에 기겁을 한 내가 조엘을 쳐다보자 그가 싱긋 웃더니 한 팔을 들어 내 이마로 흘러내린 머리카락을 쓸어서 뒤로 넘겨줬다.

"예전 생각이 나는데? 그때가 그립군."

"예, 예전이라뇨……?"

설마… 하는 생각에 웨스트모어랜드 후작령에서 있었던 일을 말하는 게 아니길 간절히 빌며 더듬거리자 조엘이 서글픈 미소를 지어 보였다.

"예전에는 내게 속해 있었잖아. 거기서 절대로 벗어나게 하고 싶지 않았는데… 어느새 너는 나와 동등한 위치에 오르더니 이제는 내게서 점점 멀어지는구나. 이러다가 다시는 내가 잡을 수 없는 위치로 가버리는 거 아니냐?"

"누가 누굴 잡아요? 조엘은 날 처음부터 잡을 수가 없었다고요."

약간은 장난스럽게 팅기듯 말했는데 조엘은 내 말을 못 들은 척 자기가 할 말만 했다.

"생각을 잘못했어. 내 손아귀에 있을 때 내 거라고 확실하게 찜해놓는 건데……."

"허거걱… 무, 무슨 소리예요? 조엘, 자신의 취향을 다시 한 번 돌아보는 게 어때요? 공작 부인께서는 이 사실을 알려나 몰라."

내가 기겁을 해서 바둥거리며 그의 팔 안에서 빠져나오려고 하자 조엘이 쿡쿡 웃으면서 자신의 몸을 일으키더니 내 팔을 잡아 나도 일으켜서 바로 앉게 해줬다.

"무슨 소리야? 내 취향이 어때서?"

나는 바로 앉자마자 잽싸게 다리를 움직여 조엘에게 멀찍이 떨어져

앉으며 그를 수상하다는 듯한 시선으로 바라봤다.

"취향이 어떻다뇨? 그걸 몰라서 물어요? 지금 방금 한 짓만 봐도, 이건 여자들에게 수작 걸 때나 사용하는 거라고요."

다른 때라면 내 입으로 이런 말을 하는 것이 내 가슴을 찢어지게 만들었을 테지만, 지금은 분위기가 너무 요상해서 그런 걸 따질 겨를이 없었다.

그러자 조엘이 가증스럽게도 순진한 표정으로 정말 모르겠다는 듯이 고개를 갸웃거리는 거였다.

"흐음, 나는 잘 모르겠는걸? 뭐가 잘못됐다는 거야?"

그에 나는 의심스러운 표정으로 조엘을 바라보며 진지하게 물었다.

"조엘… 나는 정말 이 질문을 하고 싶지 않았는데… 저기… 정말 미안한데… 혹시… 남자… 를, 에… 흠흠, 좋아해요?"

차마 '거시기' 냐구 물을 수가 없어 더듬거리며 최대한 돌려 조심스레 묻자 조엘이 마치 뒤통수를 세차게 맞은 듯한 표정으로 멍하게 날 바라보는 거였다. 그래 내가 혹시 너무 심한 질문을 한 게 아닌가… 자책하는데 순간 조엘의 입에서 마치 풍선에서 바람이 빠지는 듯한 소리가 들렸다.

"풋……."

처음에는 내가 잘못 들은 것이라 생각했었다. 그런데 그 다음 갑자기 조엘이 자신의 이마를 손으로 받치며 크게 웃음을 터뜨리는 거였다. 허리까지 숙여가며 말이다.

"푸하하하하~ 아하하하하~"

'뭐, 뭐야?'

조엘의 갑작스러운 웃음에 나는 어찌 반응해야 할지 몰라 그를 멀거니 쳐다보고만 있었다.

그러는 동안 조엘은 혼자서 마구마구 웃더니 나중에는 너무 웃어서 아픈지 배를 부여잡더니만 아주 하아안참 뒤에 결국 숨이 차서 헐떡거리느라 겨우 웃음을 멈췄다.

"하아, 하아… 아구구, 배야… 이렇게 웃은 것도 오랜만이네."

그렇게 말하는 조엘의 눈은 여전히 웃음기를 담고 있었다.

그는 힘들다는 듯 소파 등받이에 드러눕다시피 상체를 기대더니 눈동자만 돌려 나를 바라보고는 다시 히죽히죽 웃기 시작했다.

그에 얼이 빠질 지경인 나는 황당하다는 기분을 여과없이 드러내며 물었다.

"괜찮아요? 갑자기 왜 그러는 거예요?"

지금 조엘의 꼴을 보면 영락없이 맛이 간 사람이었다. 그에 정말 그런 건 아닌지 그를 면밀히 관찰하며 조심스레 묻자 그가 히죽 웃으며 입을 열었다.

"아, 미안. 너무 웃겨서……."

"뭐가 웃기는데요?"

"내가 너에게 그런 식으로 느껴졌다는 게 말이야. 네가 그렇게 느꼈다면, 아마 다른 사람도 그렇게 볼 수 있었겠지? 내 어머니께서 이런 모습을 보셨다면 기절하셨을 거야."

그걸 떠올리는지 조엘이 다시 쿡쿡거리며 웃었다.

그 말에 나는 깊이 동감하면서도 그를 한심스럽게 쳐다보았다.

"아니, 자기 어머니가 뒤로 넘어가는 걸 상상하며 웃는 아들이 어디 있대요? 이제 보니 엄청 불효자였군요?"

"쿡쿡쿡, 어머니는 이미 몇 년 전부터 날 불효자라고 말씀하시는데 뭘. 하여간, 네 정체를 남들이 눈치챌까 봐 남들 앞에서 이러지 않은 게 다행이야. 하마터면 이상한 소문이 돌 뻔했잖아?"

가벼운 어조로 내뱉는 조엘의 말에 나는 흠칫거렸다.

"내… 정체요?"

드래곤인 리건도 내 정체를 믿지 못해서 아버지를 비롯한 사대정령 왕에게 몇 번이고 확인을 했었는데, 인간인 조엘이 한눈에 보고 내 정체를 알아차렸단 말인가?

내 반응에 조엘은 자신의 생각을 더욱 확신했는지 싱글싱글 웃으며 고개를 끄덕였다.

"아아, 걱정할 것 없어. 남들에게는 절대로 말하지 않을 테니까. 혹시나 했는데 맞았구나."

나는 확신에 찬 조엘의 표정을 조심스레 관찰하며 입을 열었다.

"제 정체가 뭔데요?"

그러자 조엘이 싱긋 웃더니 상체를 똑바로 세워 앉았다.

"너 테오르도 족이지?"

"네?"

들도 보도 못한 단어가 조엘의 입에서 나오자 나는 벙쪄 버렸다.

그런 내 반응에 아랑곳 않으며 조엘은 나에게 가까이 다가와 앉더니 손을 들어 내 눈 주위와 머리칼을 만지기 시작했다.

"테오르도 족은 신비한 색의 머리카락과 눈을 가졌다고 하더니만, 그게 사실이구나. 널 처음 봤을 때 정말 신비하면서도 아름다운 색이라고 생각했어. 이제는 사람들 사이에서 거의 잊혀져 가는, 전설 속의 종족을 만나게 될 줄이야."

혼자 추측하고 결론 내리고 확인하는 조엘의 모습에 나는 헛웃음을 흘렸다.

"허… 조엘, 도대체 지금 무슨 소리를 하는 거예요? 테오르도 족이요? 난 그런 종족이 있다는 걸 지금 처음 들어보네요."

그러자 조엘은 내 얼굴에서 손을 떼고 어깨를 으쓱해 보였다.

"그래, 뭐… 네 종족의 특성상 사람을 쉽게 믿지 못하고 경계하는 건 이해한다만… 그렇다고 나를 못 믿는 건 너무하잖아? 내가 그렇게 못 믿을 놈으로 보여?"

"믿고 안 믿고 간에 나는 정말 테오르도 족이라는 말을 처음 들어본 다니까요."

다시 한 번 강력하게 주장하며 조엘의 눈을 똑바로 쳐다보자 그가 날 잠시 바라보더니 고개를 끄덕였다.

"그렇군. 혹시나 네 부모님께서 숨겼을 수도 있으니까……."

"숨기긴 뭘 숨겨요?"

나는 허탈해하며 속으로 이런 황당한 대화를 언제까지 해야 하는 건지 투덜대고 있는데 조엘이 조심스럽게 말하는 소리가 들렸다.

"너… 무성이지?"

그의 말뜻을 깨닫는 데는 조금 시간이 걸렸다.

그리고 그걸 깨닫는 순간 나는 하얗게 질린 얼굴로 자리에서 벌떡 일어나 조엘이 앉아 있는 소파로부터 멀찍이 멀어졌다.

"해인아!"

내 행동에 놀란 조엘이 당황하며 자리에서 일어나 날 부르자 나는 놀란 나머지 한 옥타브나 올라간 목소리로 외쳤다.

"엘라스트라!!"

엔다이론도 아니고 엘라스트라를 부른 걸 보니 나는 나도 모르게 엄청 놀란 모양이었다.

내 말이 끝나자마자 넓은 조엘의 개인 서재이자 사무실을 비좁은 것처럼 보이게 만드는 엘라스트라의 거대한 몸체가 보호하려는 양 날 감싼 채 나타났다.

"해인아."

조엘이 다시금 날 부르며 다가오려고 했지만 나는 한 걸음 뒤로 물러서며 외쳤다.

"다가오지 말아요!"

그와 함께 엘라스트라가 경고조로 매서운 눈빛을 조엘에게 보내자 조엘이 한숨을 쉬며 뒤로 물러나서 내가 진정하기를 기다리겠다는 몸짓을 보였다.

그런 그를 노려보며 나는 침착해지려고 노력했지만, 한번 거칠게 뛰기 시작한 심장은 진정할 기미를 보이지 않았다.

몇 차례 심호흡을 했지만, 그것 역시 마찬가지라 결국 진정하기를 포기하고 입을 열었다.

"어떻게, 어떻게 알았어요?"

그러자 조엘이 침착한 표정으로 진지하게 말했다.

"널 놀라게 할 생각은 없었어."

"어떻게 알았냐니까요?"

그가 날 진정시키려 한다는 걸 알았지만 무시해 버리고 날카롭게 묻자 조엘이 포기하는 듯한 한숨을 내쉬며 털어놓았다.

"우연치 않게 네 몸을 보게 됐어."

"언제요?"

"널 처음 만났을 때… 여관에서 우연히……."

내가 못 알아듣겠다는 뜻으로 눈썹을 치켜 올리자 조엘이 좀 더 자세하게 설명했다.

"널 노예 경매가 일어난 저택에서 구해 마을로 데리고 갔던 날, 거기 있던 여관에서… 너 목욕하게 해줬잖아. 네 옷이 없어서 데니가 근처 가게에서 네 옷을 사가지고 왔고. 기억하냐?"

"예. 그런데요?"

"시간이 저녁때였잖아. 나는 원래 너를 데리고 기사들과 같이 저녁을 먹으려고 했는데, 데니가 혹여 네가 불편할지 모르니까 우리 셋이 방에서 같이 저녁을 먹자 하더라고."

그들을 처음 만났을 때 나는 그들의 배려로 매 끼마다 식사를 방에서 했었다.

내가 기억한다는 뜻으로 고개를 끄덕이자 조엘이 다시 말을 이었다.

"그래서 내가 데니보고 식사를 가지고 오라 하고 내가 네 옷을 가져다 주려고 했지. 그때까지 나는 네가 남자인 줄 알았기에 같은 남자끼리 노크하는 예의를 차릴 필요가 없다고 생각했었어. 아직 목욕을 다 못 끝냈을 거라 생각하고 욕실로 수건하고 옷을 가져다 주려고 문을 여는데, 하필 목욕을 다 끝낸 뒤라 욕조에서 일어나고 있더라고."

조엘의 말에 나는 잠긴 목을 쥐어짜 겨우 목소리를 냈다.

"그래서… 봤군요."

"너는 무슨 생각을 하는지 인상을 찌푸리고 있느라 내가 있다는 걸 눈치 못 챈 모양이더라. 그래서 그냥 조용히 문을 닫고 밖에서 다시 널 불렀지."

나는 다시 고개를 끄덕였다.

그전 바다 속에서 아버지와 같이 생활했을 때에는 주위에 있는 정령들을 모른 체할 필요가 없어 가끔 말도 걸고 그들의 장난도 받아주며 생활하다가 인간 세상으로 나온지라 실프들의 재잘거림을 무시하고 바깥 동정에 귀를 기울일 정도로 훈련이 안 되어 있었다.

거기다가 주위에 사람들도 없어서 욕조에 있는 운디네들에게 말을 걸었다가 신기하게 여긴 주위에 있던 정령들의 질문들이 쏟아져서 정신이 하나도 없는 상황이었다.

그랬으니 조엘이 욕실 문을 열었다는 것도 눈치 채지 못한 게 당연했다.

"혹시… 데니 형도 그걸 알아요?"

"그에게는 말하지 않았어. 어쨌든 그 일로 인해서 나는 네가 테오르도 족인 걸 안 거야. 그전까지는 꿈에도 생각 못하고 있었지. 네 신비한 색의 머리카락과 눈동자는 네가 다른 유사 인종과의 혼혈이기 때문에 그런 줄로만 알았었으니까. 다시 한 번 말하지만, 널 놀라게 할 생각은 없었어. 그걸 가지고 널 괴롭힐 생각은 물론이거니와."

"그… 테오르도 족이 무성인가요?"

조엘은 내가 진정하는 기미를 보이는 것 같자 안심한 표정으로 웃음까지 띠며 고개를 끄덕였다.

"그렇다는군. 테오르도 족은 태어날 때부터 무성인데 성년이 되어 단 한 번 성별을 결정할 수 있다고 했어. 내가 읽은 책에 의하면 사랑하는 사람을 만났을 경우라더군."

"그래요?"

이 세상에 나와 비슷한 존재가 있다는 게 신기했다.

그런데 나는 곧 떠오른 생각에 다시 다급하게 물었다.

"혹시… 다른 사람도 내가 무성이라는 걸 눈치 챈 건……?"

내 걱정스러운 말에 조엘은 고개를 저었다.

"아닐 거야. 테오르도 족은 자취를 감춘 지 굉장히 오래됐다고 들었어. 나도 학교 다닐 때 우연치 않게 오래된 책에서 간단하게 언급된 걸 보고 알게 된 거지. 테오르도 족이 있었다는 걸 아는 사람은 고대 문서를 연구하는 몇몇 학자나, 혹은 마법사뿐일걸? 그 외에는 테오르도라는 종족이 있었는지도 모를 거야."

"그렇군요."

그의 말에 약간 안도하는 마음이 들었다. 조엘이 알고 있다면 혹시나 내가 무성이라는 걸 아는 또 다른 사람이 있을지도 모른다는 생각에 걱정했었던 것이다.

"자, 그럼 이제 모든 게 설명된 거지? 이제 좀 진정되었으면… 그 정령 좀 돌려보내지 그래? 엄청 살벌해서 입이 제대로 떨어지지 않을 정도야."

조엘은 내가 완전히 진정했다고 생각했는지 익살맞은 표정으로 엄살을 떨었다.

그에 나는 싱긋 웃으며 엘라스트라를 돌려보내고는 집에 가서 아버지에게 그 테오르도 족에 대해 꼭 물어보리라 결심했다.

내가 엘라스트라를 돌려보내자 조엘은 조용히 다가오더니 묘한 표정으로 씨익 웃으면서 입을 열었다.

"그래서 나는… 네가 성별을 택할 때 꼬옥 여성을 택해주길 바라고 있어. 네가 만약 여자가 된다면 엄청난 미인이 될 거라고 봐. 그때는 다른 늑대들이 널 보고 침을 흘리지 않게 방어하느라 힘들게 되겠지만……."

그렇게 된다면 오죽이나 좋겠는가만, 확실한 건 나는 테오르도 족이 아니기 때문에 성별을 선택하기는 커녕 무성 상태를 벗어날 수 있는지도 확실하지 않다는 거였다.

“흠…….”

“하지만 우선은… 새클턴 정글에 무사히 갔다 오는 게 중요하지. 도대체 왜 그렇게 가려고 하는 거냐? 어떤 잘생긴 남자가 너에게 꼬옥 가 달라고 부탁이라도 하든?”

조엘은 농담 삼아 하는 말이었겠지만, 그게 거의 진실에 가까웠기에 나는 다시 한 번 움찔거렸다. 크리스와 레이언은 엄청 잘생긴 녀석들이었던 것이다.

그러자 오히려 농담을 하고 웃을 준비를 하던 조엘의 얼굴이 굳어지며 예리한 눈으로 나를 살피는 거였다.

“뭐야, 그게 사실이었어?”

“아니, 그게 그러니까…….”

상회에 대한 이야기를 모르는 조엘이었으니 오해하는 게 당연했지만, 조엘에게 상회에 대해 이야기를 하기는 좀 난처했던 터라 나는 얼버무릴 수밖에 없었다.

첼릿은 내 사람이지만 조엘은 그렇지 못했으니 말이다.

조엘이 전적으로 날 도와준다고 해도, 아무래도 그에게 상회 이야기를 하는 건 레이언이나 크리스의 허락을 받아야 할 듯했다.

“도대체 어떤 녀석인데 널 그곳으로 보내려는 거냐?”

조엘이 날카롭게 물었지만, 나는 이번에도 삐질거리며 얼버무릴 수밖에 없었다.

“아니… 뭐, 제 실력을 믿으니까 그랬던 거겠지만서도…….”

“혹시… 블랜차드 후작은 아니겠지?”

이번에는 나는 아무런 거리낌이 없이 고개를 좌우로 저을 수 있었다.

"아닌데요."

그러자 황당하게도 내가 예상했던 것과는 다른 엉뚱한 반응이 조엘에게서 터져 나왔다.

"뭐어?! 그럼 도대체 네 주위에는 얼마나 많은 남자가 있다는 거야?"

절망스럽다는 조엘의 외침에 나는 다시 한 번 당황할 수밖에 없었다.

'어어어? 이, 이게 아닌데…….'

그 뒤로 조엘은 새클턴 정글에 가는 것에서 더 이상 뭐라 하지는 않았고, 나는 잠시 뒤에 조엘의 방에 나와서 마법 스승인 노만에게 들렀다.

"죽으러 간다면서?"

노만은 언제나 그렇듯이 엄청 복잡하게 어질러진 방 구석탱이에 쭈그리고 앉아 두툼한 마법서에 골몰해 있다가 내가 들어가자 잠시 고개를 들어 날 확인하고는 다시 마법서로 눈길을 돌리며 입을 열었다.

언뜻 보면 매정하게 보일 수 있는 광경이지만 늘상 무뚝뚝했던—사실 초창기 나에게 마법을 가르칠 때는 나의 연이은 실수와 사고 덕분에 흥분하고 화내는 모습도 자주 보여주기는 했지만……—그의 모습에 익숙해 있는 데다가 그러한 모습 밑에는 나에 대한 걱정도 있는 것 같아 나는 싱긋 웃을 수 있었다.

엉망인 그의 방 물건들을 건드리지 않게 조심하면서 나는 그에게 다가갔다.

"죽으러 가다뇨? 던전을 탐사하러 가는 것뿐이에요. 그렇다고 해서 내가 탐사하는 건 아니고 어디까지나 구경 가는 식이지만……."

내 말에 노만이 코웃음을 쳤다.

"흥, 탐사대를 보호하는 역할이잖냐. 그게 죽으러 가는 거지."

"아하하하… 꼭 그렇게 말씀하실 것까지야… 그런데 스승님은 던전이 발견되었다는데 관심이 없으세요?"

노만은 그의 괴팍한 성격대로 내가 백작이 되었다고 해도 여전히 스승으로 대하겠다고 하자 시종 노릇을 하던 때와 똑같이 대하고 있었다.

뭐, 그래도 그 또한 맥알파인 공작으로부터 남작 작위를 받은 상태였기에 나와 같은 귀족이라 작위 차이만 아니면 나에게 전혀 꿀릴 게 없어서 그럴 수 있는 건지도 모르지만 말이다.

"물론… 아예 관심이 없다면 거짓말이겠지만… 그렇다고 목숨을 걸 만큼 매료되지는 않았다. 지금 내가 세우고 있는 목표를 이루는 것만 해도 바쁜데 딴 데 눈 돌릴 시간이 어디 있냐? 그나저나 내가 내준 숙제는 다 했느냐?"

"아, 네… 뭐, 대충……."

"그래? 내놔."

내가 공작 저택에 머무는 것도 아니고, 또한 현재의 위치 때문에 자주 드나들지 못해 노만과의 만남은 그만큼 뜸할 수밖에 없었다. 그래서 거의 노만과의 만남은 숙제를 내주고, 내가 해온 숙제에 대한 평가와 설명이 대부분이었다.

'숙제를 가지고 오길 잘했지…….'

오늘도 다른 때와 변함없는 노만의 행동에 나는 속으로 쓴웃음을 지으며 준비해 가지고 온 노트와 책을 넘겨줬다.

그런데 나에게서 그것들을 받자마자 펼쳐서 살펴볼 줄 알았는데, 노만은 이러한 내 예상을 깨고 그것을 받자마자 자신의 옆에 아무렇게나 놓더니만 자신의 앞에 쌓아놓았던 다섯 권의 책을 들어 나에게 넘겨주는 것이었다.

"받아라."

"에?"

주는 거니 얼결에 받기는 했지만, 의아한 표정으로 바라보자 노만이 여전히 자신의 무릎 위에 있는 책 쪽에만 시선을 준 채 입을 열었다.

"숙제야. 이번에는 다음에 만날 때까지의 시간도 넉넉할 것 같으니, 거기에 있는 마법들을 모두 다 익혀오도록 해."

"에에?"

아무리 나에게 마나가 풍족하다고 해도 하나의 마법을 익히는 건 쉬운 일이 아니었다.

다행히 아버지와 실피드의 특훈으로 인하여 마나를 좀 더 섬세하고 부드럽게 다룰 수 있게 되었다 해도, 마법을 하나 일으키는 데에는 마나를 다루는 것 말고도 여러 가지 요건이 필요했기 때문이었다.

아직까지 나는 내가 가지고 있는 마나와 공중에 있는 마나의 양을 계산하고, 마법을 일으키는 데 필요한 마나의 배치를 한 뒤에 의지를 발현시킬 주문을 외우는 과정을 거쳐야만 하나의 마법을 겨우겨우 발현시켰다.

아버지를 잘 만난 덕에 마나를 풍족하게 가지고 있다 해도, 마법에 푹 빠져 있는 게 아니라 띄엄띄엄 공부했기에 아직도 웬만한 2서클의 마법이라고 해도 발현하는 데에는 1, 2분 걸리고 복잡한 3서클의 마법은 그것보다 더 시간이 걸렸다.

그러한 상황이니 보통의 3서클의 마법 하나 익히는 데도 며칠이 필요한 나인데 두툼한 책의 마법을, 그것도 한 권에 있는 걸 다 익히는 데 얼마나 시간이 걸릴지 장담을 못했다. 하물며 다섯 권의 마법서를 다 익혀오라니…….

새클턴 국에 갔다 오는 데 아무리 오래 잡아도 1년 정도 생각하고 있는 나로서는 난감할 뿐이었다.

거기에 갔다 오는 동안 여유 시간이 널널하다면 몰라도, 아마 여기서 기사단 생활을 할 때보다 더욱더 시간이 없을 게 뻔한데 마법을 연습해 보기는커녕 익히는 것도 어려울 것 같았다.

게다가 스윽 보니 세 권이 3클래스의 마법서이고, 두 권은 4클래스의 마법서였다.

'헉, 지금 내가 3서클의 마법을 배우는 중인데 이걸 다 어떻게?

혼자서 끙끙대며 마법을 익힐 생각만으로도—리건이 드래곤이라는 건 알고 있었지만, 그에게는 도움을 청하지 않았다. 그에게 도움을 청할 정도로 필사적인 건 아니었고, 또 유희 중인 그는 뛰어난 검사일 뿐 마법에는 문외한이었기 때문이다. 게다가 노만에게 배우는데 리건에게 도움을 받는 건 왠지 노만에게 실례인 것 같아서 말이다—끔찍해서 나는 숙제를 줄여달라고 부탁하려고 입을 열려 했다.

그런데 그 순간 몇 클래스라고 적혀 있는 마법서 제목 밑에 또 다른 제목이 쓰여 있는 게 눈에 들어왔다.

'공격 마법.'

지금까지 노만은 내가 초창기에 마법을 배우면서 일으킨 엄청나게 많은 사건들 때문에 나에게 마법을 가르쳐 줄 때 공격 마법을 제외하고 가르쳐 줬었다. 아직 내가 대단한 공격 마법을 배울 수 있는 수준도 안 되었거니와 보통 간단한 불을 일으키는 것 같은 일상생활에서 유용하게 쓰일 수 있는 마법만으로도 크고 작은 사건을 일으키기 일쑤였는데, 만약 공격 마법을 배우다가 사고를 일으키면 어떻게 되었겠는가?

그래서 노만 스승은 자신이 허락할 때까지 공격 마법 익히는 것을 엄격하게 금지시켰었다.

그런데 그렇게 엄하게 금지시키다 못해 보지도 못하게 했던 공격 마법이 적힌 것, 그것도 아직 채 입문하지도 못한 4클래스의 공격 마법이 적힌 마법서를 숙제랍시고 나에게 내준 것이었다.

"어어어……."

그걸 발견한 내 입에서는 하고 싶은 말 대신 엉뚱한 신음 비슷한 소리가 흘러나왔다.

그러자 노만이 고개를 들어 날 바라봤다.

"뭐냐? 하고 싶은 말 있으면 똑바로 해. 요상한 소리 내지 말고."

"어? 아… 으으음……. 이거 어떻게 다 익힐지 한숨이 앞서는걸요?"

나는 절망적인 투로 중얼거렸지만, 입가가 슬며시 벌어지는 걸 막을 수가 없었다.

내가 미소를 참기 위해 안간힘을 쓰는 걸 눈치 챘던지 노만이 다시 고개를 숙였다.

"흥, 다 못 익혀오면 그 두 배로 숙제가 나갈 줄 알아. 어차피 거기서는 연습해 보기도 쉬울 테니 마음껏 연습해 두는 게 좋을 거야."

나는 가죽으로 된 두툼한 마법서 표지를 손가락 끝으로 가볍게 쓸었다.

이 마법서는 노만이 날 걱정해 주는 마음이었던 것이다.

그곳에 어떤 위험이 도사리고 있을지 모르니 노만은 자신이 할 수 있는, 위험에서부터 날 보호해 줄 방법을 최대한 마련해 준 것이었다.

물론, 혹여 위험이 다가온다면 나는 마법보다는 정령들을 먼저 부를 테니 이 마법서들은 무거운 짐이 되어줄 뿐 별 필요가 없겠지만서도, 노만의 마음이 들어 있다는 것을 아는 이상 무거움을 개의치 않고 가져갈 수 있을 것 같았다.

나는 다섯 권의 두툼한 마법서들을 잘 챙긴 다음 노만의 눈치를 살폈다.

"어, 숙제 해온 거 안 보세요?"

그러자 노만이 고개도 들지 않은 채 퉁명스레 대꾸했다.

"지금 나 바쁜 거 안 보이냐? 검사는 다음에 만날 때 해놓으마."

"헤에, 검사할 거 많으시겠네요. 오늘 가지고 온 숙제도 검사해야 하고, 여기 있는 마법 익힌 것도 검사해야 하고……."

"내 걱정은 말고 갔다 오기나 해. 용건 끝났으니까 이만 나가봐라. 바쁜 데 방해하지 말고."

퉁명스레 대꾸하며 축객령을 내리는 노만의 말에 나는 자리에서 가뿐하게 몸을 일으켰다.

"네이~ 그럼 다음에 다시 뵐 때까지 안녕히 계세요. 거, 너무 연구에만 몰두하지 마시고 삼시 세끼는 꼬옥 챙겨 드세요. 거참, 식사를 챙겨주는 사람까지 있는데 안 먹으면 챙기는 사람의 성의를 무시하는 거라고요."

노만의 방을 나가기 전 마지막으로 잔소리를 했더니 노만의 성난 목소리가 내 뒤통수를 때렸다.

"너나 잘 챙겨 먹어라."

"나원 참, 기껏 생각해 줘서 말해 줬더니만……."

노만의 방문을 닫고 나오며 투덜대는 내 입술에는 말투와는 달리 미소가 어려 있다는 걸 느낄 수 있었다.

그런데 그 미소는 공작 부부에게 인사를 하러 가기 위해 돌아서는 순간 경직되고 말았다.

노만의 방문 건너편 벽에 데니가 팔짱을 떠억 긴 채 등을 벽에 대고 날 빤히 바라보고 있었던 것이다.

그러다 나와 시선이 마주치자 몸을 일으켜 바로 서더니 여전히 정중하지만 무뚝뚝한 얼굴로 고개를 숙여 보였다.

"안녕하셨습니까, 엠브로스 백작님."

딱딱하게 예의 바른 그의 태도에 나는 한숨이 나오는 걸 꾹 참으며 같이 고개를 숙여 보였다.

"아… 네. 경께서도……."

데니는 내가 들고 있던 책들을 보더니 자연스레 손을 내밀었다.

"주시겠습니까? 들어드리겠습니다."

그렇지 않아도 운동을 될 수 있는 한 안 하려고 피해 다니는 나로서는 조금 버겁게 느껴지는 무게였기에 나는 주저 않고 책 두 권을 그에게 내밀었다. 마음 같아서는 세 권을 넘기고 난 두 권을 들고 싶었지만, 양심상 그럴 수가 없었던 것이다.

그러자 데니가 내가 내미는 책 두 권을 받아 들다가 내가 세 권을 든 것을 보더니 한 권을 더 가지고 갔다.

"앗, 저기… 죄송해서 어쩌죠?"

"괜찮습니다. 공작님께 가시는 거라면 안내해 드리죠."

"아, 예."

데니가 먼저 몸을 돌려 걸어갔기에 나는 뒤늦게 대답하고는 허둥지

둥 그의 뒤를 좇아갔다.

평소 복도에서 쉽게 보이던 하녀들이 오늘따라 단체로 휴가를 갔는지 한 명도 보이지 않아 데니와 나 단둘이서 조용한 복도를 가로질러 가고 있었다.

나란히 걸어가면서, 내가 백작이 되었다는 걸 안 뒤로 거리를 유지하는 데니였기에 오늘 와서 인사를 하는 대상에는 포함시키지 않았지만, 이왕 만난 거 인사를 해야 하지 않을까… 고민하고 있는데, 놀랍게도 데니가 먼저 말을 걸어왔다.

"새클턴 국에 가신다고요?"

이 집안에서 그 이야기를 모르는 사람이 과연 누구일까 궁금해질 정도로, 오늘 만나는 공작가 집안 사람들은 내가 말하기도 전에 그 사실을 모두 알고 있었다.

그래 허탈한 미소를 지으며 나는 입을 열었다.

"예. 이미 알고 계셨군요."

거기서 데니가 뭐라고 해야 대화가 이어질 텐데, 안타까이 데니의 입이 꾸욱 다물어지는 바람에 대화는 끊기고 말았다.

그래 나 또한 묵묵히 그를 따라 복도를 지나쳐 계단으로 내려가 공작이 있는 듯한 서재 앞에 도착하자 데니가 날 돌아보며 아무 말 없이 책을 내밀었다.

'쩌비…….'

가기 전에 뭐 예의상이라도 잘 갔다 오라거나 아니면 조심하라는 등의 말을 할 줄 알았는데 아무 말 없이 책만 내밀자 나는 약간의 서운함과 영영 데니와는 좋은 관계를 회복할 수 없나 보다… 하는 체념을 느끼며 책을 받아 들었다.

“아, 들어주서서 감사합니다.”

내 감사의 말에 데니는 고개를 숙이며 그냥 갈 것처럼 휙 몸을 돌렸다. 그러나 한 발 내딛기 전에 잠시 멈칫하더니 조심스러운 그의 목소리가 들려왔다.

“무사히… 다녀오시길 바랍니다.”

인사는 들었지만, 힘겹게 나온 그 인사가 역시 예의 바른 존대라는 걸 알아챈 나는 쓸쓸하게 웃으면서 대답을 듣기 싫은 양 빠른 걸음으로 멀어져 가는 그의 뒷모습을 바라봤다.

그로부터 대략 30여 분 후 나는 속으로 한숨을 쉬며 거대한 공작가의 우아한 철제 정문을 나서고 있었다.

“후우… 나원…….”

물론, 공작과 조엘은 저녁을 같이 하자고 나를 붙들었지만, 정중하게 거절했다.

비록 그들이 친절하게 대해주기는 했지만, 마치 사지로 들어가는 사람 대하는 양 이제는 다시는 못 볼지도 모른다는 것처럼 구니 엄청 불편했던 것이다. 그러느니 배고픔을 조금 참고 집에 가서 늦은 저녁을 먹는 게 훨씬 나을 거 같았다.

‘아, 그리고 보니 이브스햄과 에르에게도 이야기를 해놔야 하는군. 어떻게 반응할까나…….’

저녁을 먹고 나서 할까, 먹기 전에 미리 말하고 맘 편하게 식사를 할까 골똘히 생각하면서 말 옆구리를 살짝 쳐서 말이 걸어가게 했다.

그런데 평소 말을 잘 듣던 말이 이상하게도 이번에는 내 신호에도 꼼짝 않고 가만히 서 있는 게 아닌가?

‘응?’

그에 의아해서 말을 내려다보니 말고삐를 쥐고 있는 다른 손이 보였다.

‘어라라?’

그 손의 임자를 향해 고개를 돌리니 아주 익숙하지만 뜻밖의 존재가 길에 서서 날 빤히 바라보고 있었다.

“어라? 여긴 어쩐 일이에요?”

나는 황급히 말에서 내리며 그의 뒤에 있는 존재들에게도 시선을 돌렸다.

“아버지? 그리고 세 분…….”

놀랍게도 내 말고삐를 쥐고 있는 이는 리건이었고, 그의 뒤에는 네 정령왕이 몽땅 출동해 있었다.

그러자 리건이 어깨를 으쓱해 보이며 자신의 뒤에 포진한 네 정령왕을 힐끔 보았다.

“말도 마라. 난리도 아니었다.”

“엥?”

리건의 뜬금없는 말에 나는 자세한 설명을 바라는 표정으로 아버지와 이프리트를 바라보았다.

그러자 아버지가 눈썹을 치켜뜨며 펄펄 뛰었다.

“그 멍청한 표정은 또 뭐야? 아주 푹 빠져서 정신이 없구만? 그놈이 그렇게 좋더냐?”

“에엥?”

더욱더 어리둥절해진 내가 이해하지 못했다는 뜻으로 되묻자 아버지가 더욱더 펄펄 뛰었다.

“에엥은 무슨 에엥이야? 너 솔직히 말해 봐. 그놈에게 반한 거냐? 그 하찮은 놈에게?”

“그러니까 그 하찮은 놈이 도대체 누군데요?”

“누구긴 누구야? 저번에 너에게 키스하고 이번에도 야리꾸리한 짓을 한 그놈 말이야! 그놈밖에 더 있어?”

그제야 아버지가 조엘을 말한다는 걸 알아챈 나는 헛웃음을 지으려고 했지만, 다음 순간 그것 말고도 또 다른 깨달음이 떠올라 경악해 버렸다.

“에에엑? 그걸 모두 보고 있었어요?”

이프리트는 미안한 미소를, 실피드와 노아스는 재미있다는 웃음을 짓는 걸 보니 아버지 말고도 몽땅 다 보고 있었던 듯했다.

“으악, 뭘 그런 걸 봐요오~!”

얼굴이 화끈거려 나도 모르게 항의의 소리가 크게 튀어나오자 아버지의 매서운 목소리가 지지 않고 튀어나왔다.

“시끄러! 도대체 어떻게 된 게 그런 놈하고 키스를 할 수가 있냔 말이다!”

“하긴 누가 해요? 나는 엄연히 당한 거라고요.”

“얼마나 멍청했으면 그런 놈에게 키스를 당해!!”

“내가 키스를 할 줄 어떻게 알았어요? 불가항력이었다고요!”

“불가항력은 무슨 놈의 불가항력?”

“몰라요! 아버지도 너무해. 어떻게 그런 걸 엿볼 수가 있냐구요?”

“엿보긴 누가 엿봐? 당당하게 지켜보고 있었다!”

“아악, 그런 건 엿본다고 하는 거라구요!”

“시끄러워. 나는 당당하게 지켜본 거라고!”

“아버지는 툭하면 시끄럽대!”

아버지와 나의 투닥거림에 노아스가 슬그머니 끼어들었다.

“그런데 해인아, 너 그 인간을 좋아하는 거니?”

그러자 아버지와 내가 동시에 노아스를 바라보며 반박했다.

“누가 그런 하찮은 인간을 좋아한다는 거야?”

“에엑, 좋아하긴 누가 누굴 좋아해요?”

“그으래? 에잉, 나는 엘라임이 펄펄 뛰는 걸 더 보고 싶었는데… 정말 아쉽네……..”

노아스가 어깨를 으쓱이며 실망스럽다는 어조로 중얼거리자 나는 아버지의 얼굴을 뚫어져라 쳐다보았다.

“언제 또 펄펄 뛰었어요?”

“윽, 무, 무슨 소리야?”

내 시선에 아버지는 황급히 얼굴을 돌리며 대꾸했지만, 그 어조에 당황스러움이 배어 있다는 건 어린애라도 쉽게 짐작할 수가 있었다.

이런 일에 빠질 실피드가 아니었기에, 그녀는 능글맞게 웃으면서 아버지에게 다가왔다.

“무슨 소리인고 하니, 아까 어떤 정령왕이 무슨 일 때문에 엄청 흥분하는 바람에 펄펄 뛰면서 당장 이 세계로 넘어오려는 걸 우리가 말리느라 엄청나게 고생했다… 이거지 뭐.”

그러자 노아스까지 다시 끼어들었다.

“맞아, 맞아. 끝까지 넘어오려고 하기에 블루 드래곤 쪽으로 방향을 트느라 고생했어.”

노아스의 말에 리건까지 고개를 끄덕이며 거드는 거였다.

“갑자기 분노한 엘라임을 데리고 세 정령왕이 나타나서 얼마나 놀랐다고? 거기에 엘라임은 당장 조엘이 있는 곳으로 가자고 펄펄 뛰지⋯⋯.”

어조는 힘들었다고 푸념하는 것 같았지만, 얼굴 기색을 보니 재미있어하는 게 다분히 보였다.

“이, 이것들이 진짜!!”

아버지가 다시 한 번 폭발했지만 그에 눈썹 하나 까딱할 위인들이 아니었다.

거기다가 이프리트까지 끼어드는 거였다.

“그게 바로 아버지의 질투라는 거지. 훗훗⋯⋯.”

한바탕 소동을 겪은 뒤, 아버지를 세 정령왕이 정령계로 데리고 가고 나서야 나는 리건과 헤어져 집으로 돌아올 수 있었다.

“저녁은 어떻게 하셨습니까?”

거리에서의 한바탕 소동 덕분에 약간 늦게 도착하여 크레이그 집사는 당연히 먹고 왔겠거니⋯ 하는 표정으로 물었다가 내 대답에 당혹스러운 표정을 지었다.

“아니, 아직 못 먹었으니까 준비 좀 해줘요.”

“예? 아, 알겠습니다.”

그러나 노련한 집사는 금세 평소의 표정으로 돌아와 고개를 숙여 보였다.

“아, 그리고⋯ 전 백작님과 에르미아는 어디 있죠?”

“예, 지금 전 백작님 서재에 함께 계십니다.”

“그래요. 내가 저녁 먹고 좀 보잔다고 전해주세요. 아, 그리고 지라르 경하고 듀비, 그리고 얼마 전에 온 내 손님은 식당으로 불러줘요.

저녁 먹으면서 좀 보게."

"알겠습니다."

간단하게 씻고 편안한 복장으로 갈아입은 뒤 식당으로 내려오자 첼 릿과 듀비, 잭슨은 먼저 와 앉아 있었다.

"무슨 일인데 식당으로 부른 거냐? 미리 말하지만 나는 벌써 저녁 먹었다."

잭슨의 말에 나는 싱긋 웃으며 자리를 잡고 앉았다.

"그랬냐? 나는 아직 안 먹어서 말야."

"설마… 혼자 먹기 심심해서 부른 건 아니겠지?"

"뭐, 그것도 있고, 할 말도 있고……."

내 말에 첼릿이 정색을 한 채 날 바라보았다.

"무슨 말씀을 하시려고요?"

"그게… 새클턴 정글에 가라는 명령을 오늘 정식으로 받았어요. 준 비는 내일 모레까지라는군요."

잭슨이야 이미 알고 있는 이야기였기에 고개를 끄덕였지만, 첼릿까 지 그럴 줄 알았다는 듯 담담하게 있는 건 좀 놀라웠다. 비록 내가 정 식으로 명령이 내려오기 전에 먼저 가게 될지도 모른다고, 확률이 높다 고 이야기를 하기는 했지만 이번에도 흥분할 줄 알았던 것이다.

그러나 대신 첼릿은 진지한 어조로 입을 열었다.

"저도 따라가겠습니다."

"에?"

당황한 내 표정에 첼릿은 확고한 어조로 대답했다.

"혹시 혼자 가야 한다는 둥의 말도 안 되는 소리로 저를 떨어뜨려 놓 으려고 해도 소용없을 겁니다. 보통 기사도 자신의 종자 몇 명을 데리고 다닌다는 건 상식, 왕실 기사가 움직인다면 그에 일행 몇 명이 붙는 건 허용이 될걸요. 안 그렇습니까?"

"에… 그건 그렇지만……."

천천히 고개를 끄덕이자 잭슨이 끼어들었다.

"그렇다 해도 난 빼라. 마음 같아서는 나도 같이 가주고 싶지만, 너에게 드워프를 인계해 주고 돌아가야 하거든."

잭슨의 말에 나는 문득 듀비 생각이 떠올랐다.

"아, 듀비도 너와 같이 갈 거야. 내가 출장 가 있는 동안 상회에서 머물겠다고 했었으니까."

그러자 잭슨이 당황한 표정으로 듀비를 바라보았다.

"어… 그게 사실인가요? 하지만 전 당신이 같이 가실 줄 알았는데요."

"듀비가 거기 꼭 갈 의무는 없잖아. 가고 싶지 않으면 안 가는 거야."

"그, 그래? 으음… 캡틴이 당혹해하겠네. 캡틴은 둘이 같이 갈 거라 생각하고 있었는데……."

잭슨은 당혹감을 감추지 못하고 내 말에 수긍했다.

'음음, 내 네 심정 안다. 나도 엄청 당혹스러웠거든.'

이브스햄과 에르미아도 엄청 당혹스러워했다.

"새, 새클턴 정글 말씀이십니까?"

서재로 그 둘을 부른 뒤 출장 간다는 사실을 통보하자 이브스햄은 말까지 더듬으며 물었다.

"예. 아무래도… 시일이 꽤 오래 걸릴 것 같으니까 그동안 두 분께 집안일을 맡기겠습니다. 잘 해주실 거라 믿어요."

"갑자기 그게 무슨 소리세요? 거기가 어딘 줄 알고 가신다고 하는 거예요? 블랜차드 후작님도 정말 너무하시는군요."

에르미아는 걱정이 가득 담긴 어조로 물었다.

"크게 걱정할 건 없어요. 거기가 어딘지는 이미 귀가 따갑게 들어왔고, 난 멀쩡하게 돌아올 테니까."

"안 가실 수는 없는 건가요?"

"기사단에 입단한 이상 위에서 내려온 명령은 착실하게 수행해야죠."

에르미아의 질문에 싱긋 웃으며 대답하자 그동안 조용히 있던 이브스햄이 입을 열었다.

"표정을 보아하니 이미 가시기로 결심을 굳히신 것 같군요. 그럼 조심해서 다녀오십시오. 무사히 돌아오시길 기다리겠습니다."

"고마워요."

그들이 나간 후 나는 나에게 올려진 보고서를—기사단에서 일을 안 하지만 그래도 집안일은 착실하게 수행하고 있었다—검토하고 사인할 건 다 한 후에 서재를 나서려고 했다.

그런데 내가 막 서재 문을 나서려는 순간 조용히 서재에서 자리를 잡고 있었던 듀비가 날 가로막았다.

"드리고 싶은 말씀이 있습니다."

"무슨 말인데 그렇게 심각해요?"

듀비의 표정이 너무 딱딱하게 굳어 있기에 나는 가볍게 웃으면서 물었다.

그럼에도 불구하고 듀비는 여전히 표정을 풀지 않은 채 진지하게 입을 열었다.

"저도 가겠습니다."

"예?"

뜻밖의 말에 눈을 동그랗게 뜨자 듀비가 다시금 확고한 어조로 입을 열었다.

"말을 바꿔서 죄송합니다. 하지만 역시 해인님을 따라가야 할 듯합니다."

"에… 저야 듀비가 같이 가주시면 정말 고마운 일이지만… 괜찮으시겠어요?"

조심스레 듀비의 얼굴을 살펴보았지만, 원체 감정을 드러내지 않는 그인지라 이번에도 무슨 심정으로 그런 말을 하는 건지 알아내기가 어려웠다.

"괜찮습니다. 같이 가게 허락해 주십시오."

"듀비가 가준다면야 저야 환영이죠."

제 36 화 새클턴 정글

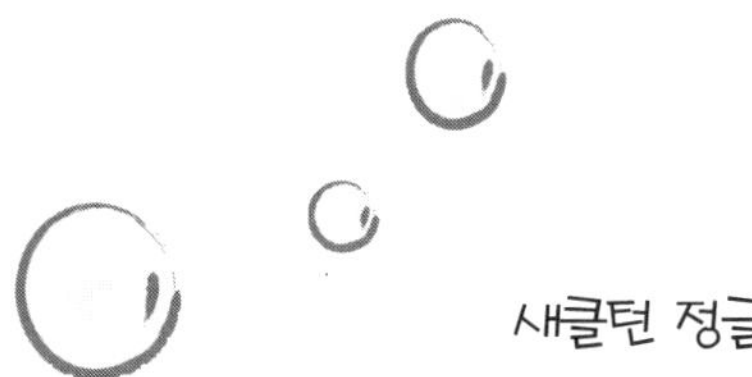

새클턴 정글

다음날 오후, 상회 측에서 데려가 달라고 부탁받았던 그 드워프가 도착했다.

벨레니 국에 파견되어 있던 상회 측 사람과 같이 도착한, 자신을 북 드워프 족에서 손꼽히는 건축가라고 소개한 드워프는 마치 불타는 듯한 붉은 머리를 가지고 있었다.

내가 출발하기 전에 도착하기 위해 먼 길을 급하게 달려왔을 텐데도 전혀 지치지 않은 듯 지금이라도 당장 새클턴으로 출발할 것만 같은 기세로 눈을 빛내는 거였다.

그 모습을 보자니 다음날 아침에 출발한다는 게 참으로 다행이라고 여겨질 정도였다. 만약 며칠 더 있다가 출발했다면 그는 자기 혼자, 아니, 나에게 인도를 맡겼으니 다른 이들은 무시해 버린 채 나를 끌고 먼저 새클턴 국으로 출발하려 들었을 것이다.

그를 데리고 온 상회 인물은 엔더비 산맥에 있는 북 드워프 마을에서 여기까지 달려온 것처럼 보일 정도로 지쳐 있었다. 그는 램버트—그 드워프의 이름—를 나에게 넘기는 게 너무 기쁜 듯 상회 본부 측에 그를 넘겼다는 보고를 하자마자 차 한잔 마시고 가라는 내 제안을 거절한 채 행복한 표정으로 부리나케 돌아가 버렸다.

폼을 보아하니 집에 가서 사흘 밤낮 정도는 침실에 콕 박혀 잠만 잘 듯 보였다.

그 드워프가 도착함으로써 우리 가문에서 출발할 사람들은 모두 모였다. 우선, 직접적으로 명령을 받은 나와 따라나선 듀비와 첼릿, 그리고 던전을 찾아 탐험하고 싶어하는 드워프 램버트, 이렇게 넷이었다.

이브스햄과 에르는 기사든 마법사든 더 데려가라 했지만, 많이 가봤자 일일이 신경 쓰기 힘들기 때문에 소수 정예로 가는 게 좋았다. 위험한 곳이라면 나보다는 동료들이 위험할 확률이 높을 테니 말이다.

그렇게 해서 다음날 간단하게 여행 준비를 마치고 왕실 기사단 전용 마구간 옆 마당에 가보니 이미 많은 사람들이 모여 있었다.

리건—아마 이번 일행의 리더일 듯—과 그의 보좌관 엘리노어 경, 그리고 부기사단장을 비롯한 몇몇 왕실 기사들, 이번 여행에 동행하게 될 마법사 차림의 몇몇 사람들, 거기에 조엘과 웨스트모어랜드 형제들까지 옹기종기(?) 모여 있다가 내가 다가가자 일제히 돌아보았다.

"백작, 이번에 출장 가신다고요?"

엄청 걱정스러운 표정으로 다가온 웨스트모어랜드 형제에게 나는 씨익 웃어 보였다.

"예, 기사단에 입단하고 나서 처음 받은 임무예요."

"첫 임무치고는 좀 어려운 게 아닌가 싶습니다만……."

나와 같은 왕실 기사단 소속인 볼레어의 조심스런 말에 나는 하하 웃었다.

"좀 그런 것 같죠? 그래도 이왕 맡은 거 열심히 해야죠."

"그런데 일행이 참 독특하군요. 백작께서 블루 엘프와 친분이 있다는 것은 익히 알고 있었지만, 드워프와도 친분이 있을 줄 몰랐는데요?"

조엘이 내 곁에 따악 붙어 있는 일행들을 보면서 의아함을 감추지 못했다.

나는 삐질 웃으며 얼버무렸다.

"아하하하… 도움이 되어주실 분들이에요."

"그렇습니까?"

조엘은 뭔가 더 묻고 싶은 표정이었지만, 때마침 리건이 날 불러서 그의 시선에서 벗어날 수 있었다.

"해인, 이리 와라. 이번 임무에 같이 갈 일행들을 소개하마."

"아, 예."

랭포드 후작의 명을 받아 우리와 같이 갈 국방부 측 사람들도 이곳에 모여 있었기에 같이 소개받을 수 있었다.

국방부 소속으로 이번 일을 맡게 된 사람은 세 명, 왕실에서 지원 나온 마법사는 둘이었다.

그리고 왕실 기사단에서 나와 리건 말고 가게 된 사람은…

"여, 잘 부탁해."

"어라라, 차트워드 경? 이번 임무에 같이 가세요?"

그는 내 입단을 도와준 일로 인연이 되어 왕실 기사단 내에서 나와 친하게 된 에아머스 차트워드 경이었다.

그는 차트워드 백작가의 장남인데다가 어린 자식까지 딸린 유부남이라고 들었는데, 이번에 같이 가게 되었다니 놀라울 따름이었다.

그가 장남이라고는 해도 어머니가 측실이라 왕실 기사단에 입단하기 전에는 어려움이 많았다는 이야기를 언뜻 들었는데, 이번에도 그 영향이 있었던 모양이다.

"아하하하, 어쩌다 보니 그렇게 되었네? 같이 가게 되었으니 잘해보자고."

"저야말로 잘 부탁드려요."

"우리야말로 잘 부탁하네. 부디 무슨 일이 있으면 잘 좀 지켜주게나."

그러면서 끼어든 사람은 왕실 마법사인 파틴 클라우드 남작이었다.

그는 이번 일에 순전히 자신이 지원해서 가는 거였는데, 스스로를 소개하길 고문서와 유적, 던전 연구 전문이라고 했다.

갈색 머리칼에 갈색 눈을 가진, 평범한 인상의 그는 이번 일이 무지 기대되는 듯 눈을 반짝반짝 빛내고 있어 자신의 제자를—아마도 원하지 않았는데 스승이 지원한 덕에 같이 가게 된 신세인 듯 보였다—한숨 짓게 만들고 있었다.

그의 제자는 앤더슨 스니볼리라는 사람으로 스니볼리 백작가의 셋째 아들이라는데, 은회색 머리칼과 남색 눈을 가진 아름다운 청년이었음에도 불구하고 엄청 소극적인 성격을 가지고 있어 사교적이기보다는 연구실에 처박혀서 연구에 몰두할 타입이었다.

그를 소개받고 나서 든 생각은 '아, 저 외모가 아깝다' 였다.

아무리 마법사들 대부분이 마법에 푹 빠져 있느라 결혼은커녕 연애도 도외시한다지만, 조금만 활발하게 사교 활동을 한다면 인기를 끌 것 같은데 말이다.

"쥬디 블러드무어라고 합니다. 정령술을 조금 쓸 줄 아는 검사입니다. 당신은 정령술사시라고요?"

그리고 당찬 표정으로 씩씩하게 인사를 건네온, 국방부 소속이자 이번 일행의 공식적으로 유일한 아가씨가 나섰다.

아름다운 금발 머리칼에 파란 눈으로 가지고 있었는데, 꾸미는 걸 귀찮게 여기는 성격인지 예쁜 금발 머리가 짧게 잘려져 있었다. 거기다 경갑옷에 검까지 찬 모습과 말하는 폼을 보니 여자라고 우습게 봤다가는 당장이라도 주먹을 날릴 것만 같았다.

느껴지는 기운으로 봐서는 바람과 땅의 정령들과 계약한 것 같았다.

"만나서 반갑습니다. 왕실 기사단 소속 정령술사입니다."

내민 손을 마주 잡고 가볍게 흔들자 그녀가 호기심 어린 시선으로 나를 바라봤다.

"최상급 정령술사라고 들었습니다. 이번 임무 중에 귀하의 능력을 기대해도 되겠지요?"

무척 기대한다는 표정으로 바라보는 그녀의 시선이 부담스러워 나는 어색한 웃음을 흘릴 수밖에 없었다.

"아하하하… 기대하실 것까지는……."

그녀 다음으로 소개된 국방부 소속의 요크 스페이스는 평민 출신으로 기사 작위를 받은 사람이라고 했다.

검은 머리에 회색 눈을 가진 그는 깍듯이 예의를 차리기는 했지만 말수가 무척 적어서 데니를 떠오르게 했다.

그리고 마지막으로 이번 임무에서 그 둘을 휘하에 둔 30대 후반으로 보이는 뉴먼 몬트리올 경은 여러 임무를 많이 맡아봤던 경험자인 듯 전신에서 노련미가 풍겨 나왔다.

그렇게 소개가 끝이 나자—시종들은 따로 소개를 안 했다. 게다가 셋씩이나 따로 일행을 데리고 가는 건 나밖에 없었다—리건의 명에 의해 우리는 출발하기 위하여 각자의 말에 올랐다. 단지 드워프인 램버트는 혼자 말 타는 걸 무척 불편해한 때문에 듀비와 같은 말을 타고 가게 되었다.

내 옆에 있던 리건도 자신의 말에 오르려는데 엘리노어 경이 불만 어린 표정으로 다가와 말을 건넸다.

"저는 이해하지 못하겠습니다. 뭣 하러 단장님께서 저들을 배웅 가시는 건지요."

'배, 배웅?

엘리노어 경의 뜻밖의 말에 내가 어리둥절해 있는데, 리건의 대답이 들려왔다.

"어차피 가는 방향이 같으니 겸사겸사 가는 거지."

"그래도⋯⋯."

엘리노어 경은 리건의 말에도 표정을 풀지 않고 있다가 리건이 말 위에 완전히 오르자 뒤로 물러났다.

리건은 어리둥절한 표정으로 쳐다보는 날 한번 쓰윽 바라보더니 엘리노어 경 뒤에서 묘한 미소를 짓고 있는 부기사단장에게 의미심장한 눈짓을 한번 해 보이고는 말의 옆구리를 박찼다.

"가자!!"

그의 뒤를 따라 말을 달리면서 나는 부기사단장이 리건의 눈짓에 알았다는 듯 작게 고개를 끄덕이는 걸 분명히 봤다.

수도를 감싸고 있는 외성을 벗어나서—시내에서는 말을 달릴 수 없다—속도를 가해 신나게 달리던 일행은 말이 얼추 지쳐 갈 때쯤 서서히 속도를 늦췄다.

그리고 그 틈을 타서 나는 리건을 바라봤다.

"엘리노어 경이 한 말이 무슨 뜻이에요? 배웅이라뇨?"

그러자 리건이 삐질 웃었다.

"아하하하… 그게 말이지… 사실 서류상으로는 왕실 기사단에서 지원자는 너하고 차트워드 경뿐이야."

"엥?"

이해를 못한 내가 황당하다는 듯이 쳐다보자 리건이 좀 더 자세히 설명해 줬다.

"아아, 너무 인기가 많아도 귀찮은 법이지. 내가 워낙 인기가 많다 보니 왕성 좀 떠나려고 하면 난리도 아니거든. 이번에도 분명히 같이 가겠다고 하면 난리 날 게 뻔하니까 서류상으로는 너하고 차트워드 경만 보내는 걸로 했지."

"헐… 그럼 무단으로 가는 거예요?"

기가 막히다는 어조로 묻자 리건이 씨익 웃었다.

"무슨 소리. 나는 오늘부터 휴가야."

"에?"

"내가 기사단장을 맡은 뒤부터 휴가 한 번 못 받고 줄곧 일만 해왔거든. 그래서 이번 기회에 좀 쉬겠다고 휴가를 냈지. 휴가 기간에 내가 어딜 가든 그들이 무슨 상관이야? 그게 새클턴 정글이라 해도 말이지."

"허. 허. 허… 그, 그래도 되는 거예요?"

"왜, 뭐 잘못된 거라도 있어?"

뭐가 문제냐는 표정으로 돌아보니 할 말이 없었다.

하기야, 자기 휴가 기간에 자기 맘대로 간다는데 누가 뭐라고 하겠는가?

"오래 걸릴 텐데… 괜찮아요?"

"괜찮아. 장기 휴가를 냈거든. 뒷일은 부기사단장이 맡아줄 거고, 여차하면 자기 영지에 콕 처박힌 웨스트모어랜드 후작 영감탱이도 있으니까."

가는 길은 순조로웠다.

길을 서두르는 게 아니라면 마치 어디 소풍이라도 가는 것인 양, 평화로웠다.

일행 모두가 한가락 하는 실력자들인데다가 그 수도 많았기에 인적이 없는 길로 가더라도 어떠한 해를 입을까 두려워하는 일도 없었다.

게다가 내 경우에는 첼릿이 시종 노릇을 자처하여 일일이 다 챙겨주고 있어 그에게는 쬐께 미안하기는 했지만, 번거로운 일이 그만큼 적어 편안했다.

리건 또한 수도 외성 밖에 있던 마을에서 합류한 두 명의 기사가 그의 시중을 들어주고 있었기에 태평했다.

식사도 모두 고급스러운 것들이었다.

그런 것들을 보면 그 험하다는 정글에 들어가서도 이렇게 팔자 좋게 지낼 수 있겠거니… 하는 은근한 기대감과 함께 지위가 높다는 게 좋긴 좋은 거구나… 하는 생각까지 들 정도였다.

이래서 사람들이 남들 위에 올라가려고 그렇게 노력을 하는가 보다.

내 생각이야 어쨌든, 일행은 열심히 녹스 국을 향해서 달렸다.

이번 일에 마법사들이 동행하기는 했지만, 우리 일행에 7서클 이상의 마법사는 없는 데다가 설사 있다 해도 많은 인원(국방부 측 셋, 왕실 기사단 측도 셋, 왕실 마법사단 측 둘, 거기에 딸린 일행이 7명(나와 리건 말고도 쥬디 블러드무어 경에게 개인 경호 기사가 둘이나 딸려 왔다))과 탄 말들까지 데리고 국경까지 간다는 건 너무나 벅찬 일이었던 것이다.

이런 점을 감안하면 엔더비 산맥에서부터 벨레니 국 수도까지 단 한 명이기는 해도, 대부분의 거리를 공간 이동시켜 온 상회의 저력은 엄청난 것이었다.

우리는 마르타 국과 벨레니 국, 그리고 녹스 국, 이렇게 삼 국의 국경이 맞닿은 지점에서 마법사 길드의 마법사들을 호위한 마르타 국 쪽 사람들을 만날 예정이었다. 거기서 두 국가 사람들이 합류하여 녹스 국을 가로지르는 외중에 녹스 국 사람들과 만나 새클턴 국으로 향할 것이었다.

비록 새클턴 국이 중앙대륙 국가들에 비해 힘이 약하다 하나 이번, 마법사의 던전이 새클턴 국에서 발견된 이상 참여를 배제할 수 없었던 것이다. 거기다가 새클턴 정글은 새클턴 국 사람들이 가장 잘 알고 있을 테니 만큼, 그들의 도움 또한 필요했다.

뭐, 협조 요청이야 삼 국의 외교부 쪽과 마법사 길드에서 처리할 일이고, 그 일은 벌써 끝이 났는지 새클턴 정글 근처의 마을에서 우리와 같이 동행할 용병들과 새클턴 국에서 나온 사람들과 합류할 예정이었다. 우리가 도착하기 전까지 용병들과 새클턴 국 사람들은 마법 던전이 있는 부근의 지형에 대한 정보를 모으고 그곳에 갔다 오는 방법, 그리고 가기 위해 필요한 물건들과 안내자들을 준비해 두고 있을 터였다.

우리는 그곳에 가서 그들이 준비해 둔 물품을 들고 안내자의 인도를 받아 움직이면서 마법사들의 신변만 보호하면 땡이었다.

원래는 그곳에 뭐가 있으며 그것이 어디로 가는 것인가 하는 걸 감시하는 게 주된 임무였지만, 그런 거야 국가에서 파견된 각국의 마법사들이 알아서 할 문제였으니까 내가 신경 쓸 필요는 없을 것이다.

게다가 우리 쪽 일행들만 해도 15명인데 나머지 3국 사람들과 마법사 길드 사람들, 그리고 같이 들어갈 용병들과 안내자까지 합하면 인원이 어마어마하게 늘어날 테고, 그들 또한 한가락 하는 실력자들만 왔을 테니 아무리 악명 높은 새클턴 정글이라고 해도 크게 위험할 것 같지 않게 생각되었다.

내 능력이 얼마만한 건지를 떠나서 말이다.

날씨는 이제 초여름으로 향하고 있어 밤에 노숙할 때도 추위로 인해 고생하는 일은 적어졌다.

새클턴 정글에 들어갈 인원이 최종적으로 집합하는 시기는 초가을쯤으로 잡고 있었다.

녹스 국이라면 몰라도 다른 나라를 통과해야만 새클턴 국에 도달할 수 있는, 마르타 국과 벨레니 국에서 오는 사람들을 위해 기간을 넉넉하게 잡은 것도 있지만, 여름에 새클턴 정글에 들어가는 건 현명치 못한 일이었다.

그라함 대륙을 감싸고 도는 사해가 모두 따뜻해서 그런지 모르겠지만, 대륙 가에, 그러니까 바다를 접하고 있는 나라들은 비교적 따뜻한 기후를 가지고 있었다. 반대로 대륙 가운데로 들어갈수록, 바다를 멀리하는 나라일수록 기온이 점점 낮아졌기에 그라함 대륙에서 분할된 네 대륙 중 중앙대륙이 가장 추웠다.

따뜻한 나머지 세 대륙 중 북대륙이 가장 따뜻했는데, 기온이 따뜻

해도 사계절이 뚜렷한 다른 두 대륙(서대륙과 남대륙)에 비하여 북대륙에서는 사계절의 구분이 뚜렷하질 못했다.

북대륙 중 가장 아래쪽에 있는 로스 국은 그나마 사계절을 나눌 수 있었지만, 아메리 국과 새클턴 국은 여름과 겨울—그것도 계절을 나누느라 겨울이라 명칭을 붙인 것이지, 그 나라의 겨울은 중앙대륙의 봄이나 가을 정도의 따뜻한 날씨를 자랑했다—딱 두 계절로 나뉠 지경이었다.

거기에 새클턴 국은 강과 호수가 엄청 많다는 사실에서 눈치 챌 수 있듯이, 겨울에는 그나마 비가 적었지만, 여름에는 엄청난 강수량을 자랑했다.

그게 얼마나 대단하냐 하면 굵은 장대비가 쫙쫙 쏟아질 때에는 사람들이 거리를 돌아다니지 못할 정도였다. 비를 맨몸으로 맞으면 다음날 심하게 두들겨 맞은 것처럼 멍이 들고 아프다나?

다른 나라에서 생각하는 소나기나 장대비 수준이 아니라고 한다.

특히나, 새클턴 정글에서는 다른 지역에 비해 그 정도의 장대비가 여름에 내리는 비의 절반 이상을 차지한다고 하니 그 시기에 정글에 들어간다는 건 죽으러 간다는 말과 동일했다.

하긴, 그렇게 비가 많이 오고 따뜻하니까 악명 높은 정글이 생겨나고 지금까지 그 위명을 날릴 수 있는 거겠지만 말이다.

그래서 정글에 드나들며 생계를 유지하는 사람들도 여름에는 그곳에 들어가는 걸 피했다.

그런 거 보면 차라리 계절을 여름과 겨울로 나누지 말고 우기와 건기로 나누는 게 좋을 것 같은데 말이다.

그나마 다행인 건 그렇게 비가 왕창 쏟아지는 우기 여름은 짧으면 두 달, 길면 세 달 정도뿐이고 나머지는 건기—그렇다고 비가 아예 안 오는 건 아니다―겨울이라니, 건기 겨울이 시작될 즈음 도착해서 정글에 들어간다면 일 년 후 우기 여름이 시작되기 전까지만 나오면 되니 시간적으로는 여유가 넉넉했다. 뭐, 얼마나 대단한 곳이어서 탐사하는 데 그렇게 시간이 오래 걸릴까 싶지만 말이다.

그렇게, 우리는 보름이라는 시간 동안 열심히 달려 마르타 국과 벨레니 국, 그리고 녹스 국의 국경이 맞닿아 있는 쿤라트라 불리는 지역에 도착할 수 있었다.

그동안에 장거리 여행은 물론이거니와 이러한 노숙은 경험해 본 적도 없었던 앤더슨 스니볼리가 빠른 장거리 이동에 적응하지 못해 탈진해 쓰러져 며칠 끙끙 앓았다거나, 리건이 이번 여정에 처음부터 끝까지 동참한다는 걸 나머지 일행들에게 밝혀 놀라게 했다거나, 쥬디 블러드무어 경이 램버트의 작은 키를 가지고 한마디 했다가 램버트의 쌍도끼와 결투할 뻔한 등등의 몇몇 소소한 사건이 있었지만, 어쨌든 일행들은 무탈하게 한 명도 빠짐없이 도착했다.

쿤라트라는 지역은 아무것도 없는 허허벌판이었다.

세 나라의 국경이 맞닿아 있는 곳이라 활발한 교역 도시가 있을 법도 한데, 사람들이 사는 작은 마을이 있기는커녕, 나무 한 그루, 풀 한 포기조차도 없었다. 단지 사방이 메마른 붉은 토양으로 뒤덮인 채 바람에 이리저리 붉은 먼지가 일고 있을 뿐이었다.

뭐, 그 위로 많은 사람들이 오고 가는 모습이 보이기는 했지만…….

그 모습만 빼면 완전 황폐하기 이를 데 없는 풍경이라 마치 초원 한 가운데에 덩그러니 사막이 놓여 있는 것만 같아 어리둥절하기도 하고 묘하기도 하고 믿기 어렵기도 하고, 하여간 복잡한 기분이 들었다.

"어… 어라……."

그 붉은 대지를 벗어난, 벨레니 국경 도시는 삼 국의 국경이 맞닿은 곳에 위치한 도시답게 엄청나게 번화하고 바글바글한데 말이다.

그 도시를 벗어나 녹스 국으로 건너가기 위하여 국경 수비대 측에 간단한 통과 절차를 받는 동안 처음 본 쿤라트 지역은 마치 딴 세상 같았다. 파릇파릇한 봄 같은 집 안에서 문을 열고 밖으로 나가니 차가운 눈보라가 쌩쌩 날리는 겨울을 보는 느낌이랄까?

"저기, 여기는 땅이 왜 이런대요? 사람들이 너무 많이 다녀서 그런 건가?"

절차를 끝내고 바리바리 짐을 싸 들고 이동하는 상인 대열의 뒤를 따라 저~ 멀리 보이는, 녹스 국의 국경 도시 쪽으로 향하며 리건에게 묻자 그가 어깨를 한번 으쓱하더니 입을 열었다.

"사람들이 많이 지나다닌다고 땅이 이 지경이 되겠냐?"

"그럼 원래 이랬어요?"

"천만의 말씀. 이 지역은 몇백 년 전까지만 해도 엄청 기름진 땅이었지. 인간들이 제일 탐내는 그런 땅이었어."

"헐… 그런데 왜 이렇게 변했대요?"

"전쟁 때문에. 그라함 대제가 죽고 그의 제국이 멸망한 뒤 혼란스러운 시기가 도래했을 때, 이 땅은 중앙대륙에 난립한 국가들이 가장 탐내는 땅 중 하나였어. 얼마 지나지 않아 마구 건국되었던 수많은 국가들 중, 작고 능력없는 국가들은 멸망하고, 중앙대륙에서 현재의 세 나라만 남았을 때도 이 땅을 차지하기 위해 세 나라의 전쟁은 계속 이어졌지."

"헤에……."

왠지 삼국지 이야기를 듣고 있는 것만 같아 사람 사는 데는 어디나 같나 보다… 생각하며 리건의 이야기에 계속 귀를 기울였다.

"전쟁이 길어지자, 나중에는 이 땅을 탐내서 차지하려는 게 아니라 이겨야겠다는 자존심 대결로 이어졌지. 다른 나라가 차지하지 못하도록, 한 나라가 차지하면 다음날 다른 두 나라가 쳐들어왔어. 수많은 병사들로도 한 나라가 우세를 점하지 못하자, 차츰 체계를 잡으며 세력을 키워 나가던 마법사들도 대거 투입되었지. 수많은 마법이 남발되었고, 심지어는 독까지 사용되었어."

"헐… 땅이 견디지 못했겠군요."

"맞았어. 결국 이 땅은 죽어버렸지만, 전쟁은 끝나지 않았어. 결국, 전쟁을 끝나게 해준 건 다른 대륙의 나라들이었지. 중앙대륙을 차지하고 있던 세 나라가 아웅다웅하자 먼저 조약 체결로 안정을 찾은 남대륙의 두 강대국이 중앙대륙을 넘보기 시작했지. 거기에 북대륙 쪽은 물론이거니와, 서대륙에서도 중앙대륙 쪽으로 넘어오기 시작했어."

"호오, 그래서 자기들끼리 싸우면 다른 대륙의 나라에게 삼켜진다는 걸 깨닫고는 전쟁을 멈췄군요?"

"맞았어. 한 국가를 세우고, 혼란기에서 끝까지 나라를 지탱할 정도의 인물이라면 머리가 뛰어난 편일 테니 계속 전쟁을 한다는 건 자기들만 죽어 나가는 꼴이라는 걸 알아챘겠지. 그래서 세 나라는 자존심을 접고 조약을 맺은 거야. 죽어버린 땅을 소유해 봤자 자존심을 세우기야 하겠지만, 오히려 관리하는 데 애만 먹을 게 뻔했으니 세 나라 모두 여길 포기하자고 했지. 그리고 국경은 이곳을 벗어난 곳에 세우고, 여기는 중립 지역으로 선포했지. 그게 삼국 침략 불가 협약이었던가?"

"오오… 그럼 결국 애꿎은 땅만 죽어버렸네요. 가엾게도……."

'이것도 자연 파괴겠지?'

쓸쓸하게 생각하며 한국의 오염된 자연을 떠올리는데 리건의 목소리가 들려왔다.

"인간이란 그런 거지."

그 말에 화가 났지만 반박 못하는 게 더 분했다.

'쳇, 드래곤들은 안 그런가?

그래서 부루퉁해져서는 속으로만 꽁시렁대는데 내 구원단(?)이 나타났다.

[얼씨구? 자기네들은 안 그러는 척하고 있네. 네놈들의 비만 도마뱀들은 안 그런다니? 네놈들이 한 번 난리 치면 인간들이 몇백 년은 난리 치는 꼴을 내면서 그러냐?]

실피드를 필두로 정령왕들이 우르르 달려왔다.

[맞아, 맞아. 500년 전인가? 한 블랙 드래곤 녀석이 난리 치는 바람에 큰 산 하나가 몽땅 날아갔잖아!! 거기를 관리하고 있던 땅의 정령들 수천이 갑자기 정령계로 강제 소환당하는 바람에 내가 얼마나 놀란 줄 알아? 이프리트, 너도 그런 일 당했었지?]

노아스가 투덜거리며 이프리트를 들먹이자 아저씨가 쓴웃음을 지으며 과거를 회상했다.

[그러고 보니… 예전에 화산 활동이 한번 일어났는데, 하필 그 장소가 웬 실버 드래곤 녀석 근처인 바람에, 녀석이 시끄럽게 군다고 화산을 자신의 냉각 브레스로 얼려 버려 단체로 정령계를 떠났던 불의 정령들이 순식간에 다시 소환되어 버린 적이 있었지.]

그러자 아버지가 다시 끼어들었다.

[그것뿐이야? 300년 전에는 웬 시뻘건 드래곤 녀석이 호수 정령이 자신에게 말대꾸 한번 했다고 열받아서 호수 하나를 통째로 없애는 바

람에 물의 정령들이 비명을 지르며 정령계로 달려왔었다고.]

[어. 허. 허. 허…….]

정령왕들이 토로하는 불만들에 나는 황당함을 느끼며 리건을 바라보니 리건은 괜히 먼 곳을 보며 딴청만 부렸다.

[흥, 드래곤 놈들이 일반 정령들을 발가락의 때만큼도 보지 않는 게 어디 하루 이틀 일이야? 그나마 정령들이 죽지는 않고 정령계로 소환되는 데다가, 그런 일이 자주 있는 게 아니었으니까 망정이었지, 만약 상해를 입었다면 드래곤들과 결판 낸 게 한두 번이 아니었을 거다.]

실피드의 말에 세 정령왕이 맞다는 표정으로 고개를 끄덕거리자 리건의 시선은 더 멀리로 날아갔다.

"호오……."

정령왕들의 말에 내가 씨익 웃으며 리건을 바라보자 그가 괜히 헛기침을 했다.

"어험험……."

녹스 국 국경을 통과하여 도시 안으로 들어가니 그곳 역시 벨레니 국 국경 도시 못지않게 엄청 번화한 곳이었다.

그 복잡다단한 곳을 누비며 약속된 여관을 찾아가니 다행히라고 해야 할지 아직 마르타 국 쪽 사람들은 도착하지 않았다.

일단은, 중앙대륙의 삼국과 새클턴 국, 그리고 마법사 길드의 탐사가 끝날 때까지는 새클턴 정글에서 발견된 던전 이야기는 숨기기로 했기에 우리는 어떤—정말 있는지도 모를—상단의 이름을 대고 여관에 방을 잡아놨다.

먼저 도착한 쪽이 방을 잡고 나머지 사람들이 도착할 때까지 기다리기로 되어 있었던 것이다. 그래 봤자 비슷한 시기에 출발했을 테고, 걸리는 시간도 비슷할 테니 오래 기다리지 않아도 될 터였다.

얼굴도 모르는, 단지 역사 속의 이야기로만 접한 그라함 대제이지만, 그 사람 덕분에 가장 좋은 건 국경을 넘어 다른 나라로 왔는데도 외국 말을 하지 않아도 말이 통하게끔 만들어놨다는 거였다. 물론, 지방 사투리처럼 각 나라, 혹은 멀리 떨어진 지역마다 약간씩의 차이는 있지만, 그렇다고 아예 말이 안 통하는 건 아니었다.

내가 바다 속의 집에서 나와 이곳 인간 세상에서 생활하면서 가장 편했던 게 바로 그 점이었다.

'하아, 한국에서도 그런 사람이 있었으면 얼마나 좋아? 그러면 영어를 배울 필요도, 제2외국어를 배울 필요도 없었을 텐데……'

그랬다면 수험생들의 과목이 두 개나 줄어들고, 영어 단어를 외우기 위하여 머리를 쥐어뜯지 않아도 되고, 외국어를 잘하기 위하여 해외 연수나 유학을 갈 필요도 없고 말이다. 거기에다 외국 여행 갈 때 말이 안 통할까 봐 걱정할 필요도 없고…….

'아아, 정말 좋은 일이야. 이왕이면 한국인이 그라함 대제 같은 일을 해줬으면 더 더욱 바랄 게 없지. 키득키득키득.'

지구상 모든 나라의 언어가 한국어로 통일되는 걸 상상하고 혼자서 키득키득 웃다가 다른 사람들의 이상하다는 시선을 받게 되자 얼른 정신을 차렸다.

"도대체 무슨 생각을 하고 있었던 거야? 묘한 표정으로……."

리건의 질문에 나는 다시 헤죽 웃었다.

"아뇨, 갑자기 전에 살던 세상이 생각나서……."

"전에 살았던 세상? 흥, 살아봤자 네 아버지랑 살던 깊은 곳(?)이 아

닌 이상 인간 세상이 다 거기서 거기지 뭐. 새삼스러울 거 있나?'

리건에게는 나에 대한 대부분의 이야기를 했지만, 내가 태어나자마자 아버지에게 버림받아서 간 곳이 다른 차원의 세계인 한국이라는 건 이야기 안 했다. 단지 버림받았다가 마음씨 좋은 어느 부부 손에서 컸다고만 이야기했을 뿐이었다. 그러니 리건은 아마도 이 세상 어딘가 다른 지방인 줄로만 생각했을 거였다.

'흠… 뭐, 비슷비슷하기는 하지만… 완전히 다른 세상이니까… 헤에, 리건이 거기로 넘어가면 과연 어떤 현상이 벌어질까나? 리건이 세계를 정복할까? 아니면 첨단 과학 무기를 앞세운 그 세계 사람들에게 잡혀서 해부가 되고 박제가 될까나? 어쩌면 양패구상?

리건에게 한국을 가르쳐 줘서 그곳에 넘어가 한국인으로서 세계 정복을 해보라고 하면 어떨까… 까지 생각에 미치자 나는 다시 헤죽헤죽 웃기 시작했다.

"이번에는 또 무슨 생각을 하는 거냐?"

리건의 질문에 나는 흠칫 생각에서 깨어났다.

그리고 리건과 21세기의 세상을 대결시키는 걸 상상하고 있었다는 걸 차마 말할 수가 없어서—거기서는 리건이 질지도 모른다고 생각하고 있었기에—나는 서툴게 얼버무렸다.

"아, 아뇨. 그냥, 새클턴 정글은 어떤 곳일까 하고……."

그러자 그걸 어떻게 생각했는지 그동안 꼭 필요한 말 이외에는 나에게 말을 건 일이 전혀 없는 국방부 측 리더인 뉴먼 몬트리올 경이 차가운 목소리로 충고했다.

"무슨 생각인지 뻔하군요. 그곳에 가서 당신 실력을 발휘해 공을 세우겠다는 거겠지요? 백작의 능력이 높다는 소문은 익히 들었지만, 그곳은 그렇게 만만한 곳이 아닙니다. 그러니 부디 가서서 공을 세운답시고 혼자 나서지는 말아주시길… 이번 임무는 일행 모두 같이 움직여야 한다는 걸 명심해 주십시오."

"아, 예……."

혼자 날뛸 생각 같은 건 가지고 있지도 않았지만, 나는 머쓱하게 고개를 끄덕이고는 인상을 찡그리고 있는 첼릿과 굳은 표정을 한 채 몬트리올 경을 쏘아보는 듀비를 향해 배시시 웃어 보였다.

"자네… 미움받구 있구만?"

그 모습을 빤히 바라보던 램버트가 각자 정해진 숙소로 올라갈 때 나에게 속삭였다.

"아하하하… 그, 그런 거 같죠?"

다음날 오후, 마르타 국 사람들과 마법사 길드 측 사람들이 도착했다.

마르타 국 사람들은 모두 20명, 마법사 길드에서 나온 마법사들은 5명, 총 25명의 사람들이 더 늘어난 것이었다. 거기에 마르타 국에서는 마법사가 5명이었고, 정령술사, 혹은 정령검사나 마검사가 10명, 기사가 5명이었다.

놀라운 것은, 마르타 국에서 온 마법사나 정령검사 중에는 엘프와 하프 엘프가 섞여 있다는 점이었다.

"그렇게 놀랄 것은 없어. 마르타 국은 그라함 대국 시절, 그라함 대제의 이종족 정복 정책 때문에 피해를 보던 이종족을 보호한 곳이었거든."

"아, 메이크피스 대마법사 말이군요."

"맞았어. 그 때문인지 마르타 국은 이종족들을 사람과 똑같이 대우

하고 있지. 또한 그때의 이종족들의 후예들이나, 아니면 타 종족 간에 태어난 혼혈들 또한 많이 남아 있고 말야. 특히나 엘프들이나 하프 엘프들은 그들의 특출한 능력으로 곳곳에 꽤 많이 진출해 있거든. 마르타 국 왕실에서 이종족들을 보는 건 흔한 일이지."

"오오……."

리건의 설명에 나는 고개를 끄덕였다. 그리고 그러한 설명 때문인지 마르타 국 측 이들에게 은근히 호감이 가기까지 했다.

하지만 마르타 국 측 사람들은 이런 내 호의를 좋게 받아들일 수가 없었다. 그들이 오고 난 뒤, 우리 측 일행들과 그들 사이에 팽팽한 긴장감이 감돌았기 때문이었다.

주도권 싸움이었다.

삼 국 공동으로 협정을 맺기는 했지만, 삼 국에서 모인 사람들을 잘 통솔한다는 건 불가능했다.

어차피 삼 국에는 각각의 일행들을 통솔할 리더가 있었고, 그들이 공동으로 지휘하기로 되어 있기는 했지만, 그 와중에서 가장 뛰어난 한 사람이 암묵적으로 전체적인 리더가 되리라는 건 자명했다.

그리고 그렇게 된다면, 리더 된 자가 자신의 나라 사람들에게는 유리하게, 다른 나라 사람들에게는 불리하게 작전을 진행시킨다 해도 막기는 어려웠다. 뭐, 항의야 할 테고 리더도 눈에 띄게 그렇게 하지는 않겠지만, 논리적인 이유로 막아버린다면 불가능했다. 게다가, 위험한 곳으로 들어가는데 리더의 명에 불복종하여 팀이 분열된다면 팀 전체가 위험하다는 걸 모두가 잘 알고 있을 테니 약간의 불리함과 불만은 다 감수해야만 할 터였다.

그러니 두 나라 일행은 만나자마자 드러내 놓고 노골적으로 하지는 않았지만, 상대편을 제압하기 위한, 보이지 않는 기세 싸움에 들어갔던 것이다. 아마, 녹스 국 일행과 새클턴 일행까지 만난다면 이 싸움은 더 치열해질 터였다.

뭐, 내가 보기에는 정글에 들어가서 몇 번 위험한 상황을 겪고 나서야 리더가 결정될 것 같으니 벌써부터 힘들게 이럴 게 있나 싶긴 하지만 말이다.

사실, 이러한 기세 싸움은 우리 일행 사이에서도 있었다. 바로 국방부 측 사람들과 왕실 기사단 측 사람들 사이에 말이다.

물론, 국방부 측에서는 국경을 넘기 전까지는 리건이 동행할 줄은—그들은 어디까지나 리건이 우리를 배웅하는 줄로 알았다고 했다. 리건도 그들에게 확실하게 밝히지 않았고 말이다—몰랐기에, 에아머스 차트워드 경에게 통솔권을 넘기지 않기 위해 기세 싸움을 걸었었다. 물론, 리건이 간다는 걸 알고 있는 차트워드 경은 그런 걸 무시했고 말이다.

그걸 더 약 올라 하던 뉴먼 몬트리올 경은 국경을 넘어가서 리건이 끝까지 동행한다고 밝히자 자신의 노력이 물거품이 된 줄 알고 뒤로 넘어가려고 했었다. 그러더니 그 다음에는 리건이 리더를 몬트리올 경에게 위임한다고 선언하자 엄청 허탈해했다.

아마 내가 그에게 한소리 들은 것도 그가 그러한 충격을 받은 데 대한 분풀이도 쬐끔은 들어 있었을 거였다.

그러나 그는 오랫동안 허탈과 분노의 늪 속에 빠져 있을 수가 없었다. 그 다음날 마르타 국 사람들이 도착하여 나라 간의 기세 싸움에 들어간 때문이었다.

이번 일은 그 던전에 뭐가 있느냐를 떠나서 위험한 장소에 들어가는 것이니만큼, 각 나라에서는 신경을 써서 실력자들을 보내왔을 터였다.

뭐, 마르타 국도 벨레니 국과 마찬가지로 빽이 강한 사람들은 모두 빼놨겠지만 말이다.

그러니 이번 새클턴 정글의 던전 탐험에서 누가 리더 자리를 차지하느냐는 각 나라의 자존심이 달려 있는 문제였다. 더불어 어느 나라 사람들이 더 많이 살아남느냐 하는 것 또한 말이다.

"치밀하게 서로를 견제하면서도, 위험한 곳에 들어가니 상호 간에 긴밀한 협조를 해야 하는 상황이지."

이런 분위기를 간략하게 설명하는 리건의 말에 나는 고개를 절레절레 저었다.

"참으로 복잡한 상황이군요. 그렇게 위험한 곳이라면 한 팀을 이뤄 가도 부족할 텐데……."

"인간의 마음이란 그런 거지. 보면 볼수록 재미있단 말이야."

흥미진진한 표정으로 양국 일행들 사이에 흐르는 냉기류를 구경하는 리건의 모습을 보니 나는 문뜩 떠오르는 생각이 떠올랐다.

"설마… 이번에 합류한 이유가 이걸 구경하기 위해서인 거 아니에요?"

의심스러운 눈초리로 리건을 바라보니 그가 씨익 웃었다.

"뭐, 그런 것도 있고."

그래도 다행인 것은 그러한 기세 싸움이 조금 더 격렬해지기는 했지만, 노골적인 것은 아니었기에 우리는 겉으로는 화기애애하게, 서로 각듯이 예의를 지키면서 여행할 수 있었다. 사실, 투닥투닥 싸운다고 해서 금방 리더가 정해지는 것도 아니니 말이다. 계속 견제는 하면서 확실하게 승부(?)를 낼 수 있을 때까지 기다리는 것이 최선이었다.

그리고 예상대로 견제를 통한 기세 싸움은 녹스 국 측 사람들과 합류하면서 더욱더 심해졌다.

"인간들은 이상하군. 저렇게 할 거 차라리 한바탕 하는 게 낫지 않아? 이거 언제까지 이러한 분위기 속에서 지내야 해? 내가 상관할 바는 아니지만, 옆에서 있자니 나까지 짜증나는구만."

인간들 일에는 상관하지 않는 램버트조차도 냉랭한 기류가 엄청 신경 쓰이는지 자신의 쌍도끼를 어루만지며 투덜거렸다.

"아하하하… 아무래도 정글에 도착할 때까지는 저럴 거라는대요."

내가 어색하게 웃으며 설명조로 입을 열자 램버트도 대충 눈치 채고 있었던 듯 고개를 끄덕이더니 우리 근처에 조용히 서 있는 듀비를 바라보았다.

"그것도 그렇지만, 저놈 좀 어떻게 좀 해봐라. 이거야 원… 저 인간들이야 나랑 상관없는 일이려니… 하고 신경을 끊는다손 쳐도, 기껏 일행이라고 있는 놈이 왜 저러냐?"

"그, 그게… 저도 잘……."

하루하루가 지나갈수록 우리는 그만큼 점점 더 새클턴 정글에 가까워졌고, 그럴수록 듀비의 얼굴도 그만큼 굳어져 갔다.

원체 말수가 적고, 표정 변화도 없는 그라 무슨 생각을 하는지 당최 알 수가 없었는데, 요즘에는 얼굴이 잔뜩 굳어 있는 것이 엄청 긴장해 있다는 걸 쉽게 알 수 있을 정도였다.

문제는, 그가 무슨 일 때문에 그렇게 굳어 있는지 모르니 어떻게 해줄 수도 없다는 거였다.

고향에 가까워진다는 게 기쁘지만 그걸 내색 않느라 그러는 건지, 아니면 예전 밤에 혼자 중얼거리던, 갔다가는 다시 돌아오지 못할지도 모른다는 불안감 때문에 그러는 건지, 아니면 다른 이유가 있는 건지 말이다.

무슨 일이 있을 때 나에게 도움을 청하는 스타일도 아니니, 어떻게 해줄까요라고 물어볼 수도 없고, 괜히 아는 체했다가는 그날 밤에 안 자고 있던 걸 들킬까 봐서도 선뜻 나서기 어려웠다.

이럴 줄 알았으면, 차라리 그때 일어나 가지고 듀비가 놀라든 말든 딱 잡아 앉히고 대화를 해볼걸… 하는 후회도 들었지만, 그런다고 듀비가 순순히 말할 타입도 아니니, 어떻게 해야 좋을지 바른길이 보이질 않았다.

녹스 국 측 사람들까지 합류하여 70명이나 된 엄청난 일행이 녹스 국과 새클턴 국의 국경을 가로질렀을 때 기대하지도 않았던 새클턴 왕실에서 보낸 사자가 우리를 맞이했다.

처음에는 어떻게 우리가 온 걸 그들이 알 수 있었을까 의아했지만, 곧 우리 일행을 보자 쉽게 이해할 수 있었다. 누군가를 호위하는 일도 없는데 우리처럼 대단한 실력자들이 한 무리를 이루어 이동하는 건 엄청 눈에 띌 수밖에 없을 터였다.

"새클턴 국에 오신 걸 환영합니다. 저는 여러분들을 새클턴 정글 근처까지 모시고 가라는 임무를 맡고 있는 쿠르즈 펜워렐이라고 합니다."

그는 마치 인도 사람들처럼 짙은 색의 피부에 곱슬거리는 검은 머리 칼을 가지고 있는 40대쯤 보이는 남자였다.

"안내자가 있을 줄은 몰랐군. 새클턴 정글 근처에서 합류하게 될 줄 알았는데."

마르타 국 측의 누군가가 의심 섞인 목소리로 중얼거리자 쿠르즈라 소개한 중년 남자가 피식 웃었다.

"원래는 그럴 예정이었습니다만, 아무래도 중앙대륙과 저희 북대륙의 환경이 다르다 보니 안내자가 있는 게 좀 더 편안하시지 않을까 해서 말입니다. 게다가 중앙대륙 쪽에서 오는 용병들도 마침 얼마 전에 도착했고 말입니다. 그들을 데리고 가는 김에 이왕이면 여러분들도 안내해 드리는 게 좋겠다 싶어서 기다리게 된 것입니다.”

“그런가?”

그렇게 말하면서도 일행이 믿는 눈치가 아니자 쿠르즈가 품에서 두루마리를 하나 꺼내며 입을 열었다.

“여기, 저희 왕실에서 보내는 제 신분을 증명할 수 있는 문서가 있습니다. 그래도 의심스러우시면 왕실 측과 연락을 해드릴 수도 있습니다.”

결국 삼 국의 일행들은 그 남자가 내민 통신용 수정 구슬을 통해 새클턴 왕실로 연락을 하고 나서야 그를 완전히 믿었다.

다른 삼 국 사람들은 처음 보자마자 순순히 고개를 끄덕여 놓고서는, 왜 새클턴 국에서 나온 안내자는 못 믿는지 의아했지만, 나중에 알고 보니 삼 국, 아니 새클턴 국까지 사 국에서는 파견하는 사람들 중 리더에 대한 초상화와 간단한 인적 사항을 서로 교환해 놨었던 것이다. 예를 들면, 벨레니 국에서는 에아머스 차트워드 경과 뉴먼 몬트리올 경의 초상화가 다른 삼 국의 리더 손에 들어가 있는 식으로 말이다.

게다가 던전에 대한 이야기도 정식으로 발표가 되기 전이라서 낯선 이가 아는 척하며 다가오니 의심을 한 것이었다. 물론 새클턴 왕실 측도 그걸 알기에 쿠르즈에게 그의 신분을 증명할 문서와 통신용 수정 구슬을 챙겨준 것이겠지만 말이다.

“숙소는 미리 잡아놨습니다. 출발은 내일 아침에 할 예정인데, 혹여 다른 계획이 있으신지요?”

쿠르즈가 삼 국의 리더를 보고 말하자 각국의 리더들은 서로 눈빛을 한번씩 교환하더니 고개를 설레설레 저었다.

“알겠습니다. 그럼 내일 아침 식사를 하고 출발하도록 하겠습니다.

필요한 물품들은 저희 측에서 미리 준비해 놨으니 따로 필요한 게 있으시면 저에게 말씀해 주십시오. 내일 아침까지는 마련해 드리겠습니다. 혹여 직접 구입하시겠다고 하면 안내해 드리도록 하구요. 그리고 저희 측에서 고용한 용병대가 와 있는데, 대장을 한번 보시겠습니까?"

그의 말에 삼국의 리더들은 다시 시선을 교환하더니만 녹스 국의 리더가 입을 열었다.

"뭐, 벌써 볼 필요는 없고, 내일 출발할 때 잠깐 보도록 하지."

"그러도록 하십시오. 그럼, 이쪽으로 오시지요."

같은 중앙대륙인 녹스 국은 벨레니 국과 비슷한 문화를 가지고 있어서 그런지, 그 나라를 통과할 때는 마치 벨레니 국에 있는 듯한 느낌을 받았는데, 새클턴 국은 그라함 대륙에서 가장 덥다는 북대륙이라서 그런지 국경에서 가장 가까운 도시임에도 불구하고 확실히 달라진 환경을 느낄 수 있었다.

사람들은 뜨거운 태양을 피하기 위하여 대부분 머리에 터번, 혹은 밀짚 모자를 쓰고 다녔고, 옷도 태양 빛으로부터 피부를 보호하면서도 통풍이 잘 되도록 고안된 옷들이었다.

건물들 근처에 드문드문 서 있는 나무들은 잎이 굉장히 넓적한 야자나무처럼 생긴 것들이라 마치 태국이나 필리핀 같은 나라에 온 기분이었다.

우리가 들어간 건물은 창이 크게 나 있었고, 문틀이 가느다란 대나무 같은 것을 엮어서 만들어 통풍이 잘되게끔 되어 있었다. 거기다 처마가 길어 햇빛이 들어오지 않고, 건물 자체도 햇빛에 쉽게 달구어지지 않는 돌이나 진흙 같은 재질로 두텁게 만들어져 뜨거운 한낮의 열기를 막을 수 있도록 설계되어 있었다.

쿠르즈는 우리가 이쪽 대륙의 기후에 맞는 옷들을 미처 준비 안 한 걸 알고 있었던 듯, 새클턴 국의 옷들을 한아름 마련해 놓고 있었다.

"여긴 햇빛이 너무 뜨겁기 때문에 햇빛에 너무 피부를 노출시켰다간 가벼운 화상이나 물집이 생길 수도 있답니다. 거기다가 일사병은 쉽게 걸리지요. 그러니 외출하실 때는 꼭 모자를 쓰시고 피부는 될 수 있는 한 내놓지 않는 게 좋습니다."

사실, 새클턴 국에 오는 동안 여름이라는 계절의 더운 날씨를 뚫고 와서 더위에는 익숙해 있었는데, 이제 막상 새클턴 국에 오니 더운 데다가 습한 기온 때문에 숨이 턱 막힐 지경이었다.

그런 데다가 피부를 다 가릴 만한 기다랗다 못해 치렁치렁한 옷을 보니 더 답답해 보였다. 이 더위 속에서 아무렇지도 않게 긴팔 긴 바지를 입고 다니는 사람들이 이상할 정도였다.

하지만 막상 그쪽 사람들이 건네준 옷을 입어보니 피부에 달라붙지 않고 바람이 술술 통하는 데다 까끌까끌한 감촉이 무척 시원하게 느껴졌다. 마치 모시를 입은 것처럼 말이다. 그러니까 사람들이 덥고 습한 날씨에 이런 옷들을 입고 다닐 수 있는 거겠지만…

사실 벨레니 국에서 입고 온 옷들은 몸에 약간 달라붙는 데다 땀이나 습기를 쉽게 흡수해 버려서 새클턴 국경을 넘어서자마자 축 늘어지고 몸에 딱 달라붙어서 답답하고 덥게 느껴졌었다.

"이거야 원… 괜히 옷을 많이 마련해 온 거 같은데요? 여기서는 전혀 쓸모가 없잖아요?"

제공해 준 옷으로 갈아입고 일행을 만난 자리에서 투덜대자 오랜만에 듀비가 입을 열었다.

"정글에서는 이렇게 풍성한 옷자락이 오히려 거추장스럽답니다. 그곳에서는 차라리 벨레니 국에서 입었던 옷을 입으시는 게 좋을 겁니다."

"그, 그래요? 그럼 무척 더울 텐데……."

"여기보다는 덜합니다. 아무래도 그늘이 많으니까요."

"그렇군요."

"던전만 아니라면 별로 오고 싶지 않은 곳이야. 왜 이렇게 더운 건지 원……."

텁수룩한 수염과 머리카락 때문에 본인은 물론이거니와 남들도 더워 보이게 만드는 램버트가 목을 타고 줄줄 흐르는 땀을 손수건으로 닦으며 투덜댔다.

"램버트… 그 머리카락 말인데요, 더우면 좀 묶지 그래요? 저처럼요."

나는 애당초 귀찮아서 벨레니 국에서 출발할 때부터 머리를 묶고 다녔지만, 램버트는 그냥 그대로 텁수룩하고 치렁치렁한 머리를 풀어 헤치고 다녔던 것이다.

하긴, 워낙 숱이 많고 텁수룩해서 묶는다고 잘 묶여질지도 의심스러웠지만, 지금은 어떻게 해서든 묶는 게 나을 것 같았다. 그의 텁수룩한 머리를 보자니 그렇지 않아도 더운데 더 더워지는 것 같았기 때문이다.

"끄응… 그럴까? 전에 새클턴 정글에서는 이 정도까지는 아니었던 것 같은데… 확실히 여기가 더 덥긴 더운가 보군."

그 또한 어깨를 덮는 머리가 답답했던지 내 제안에 쉽게 승낙했다.

그래 나는 여관 측에 부탁해서 시원해 보이는 파란색 리본을 구해 정성스럽게 램버트의 머리를 빗겨준 다음 리본으로 머리를 묶어줬다.

"자, 어때요? 시원하죠?"

"흠, 그렇군. 앞으로는 계속 이러고 다녀야겠는걸?"

무척이나 만족한 표정의 램버트는 기분 좋게 밖으로 나섰지만, 얼마 지나지 않아 인상을 험악하게 일그러뜨려야 했다. 파아란 리본으로 붉은 머리를 묶고 나타난 드워프의 모습을 본 순간 대부분의 사람들이 식탁에다 머리를 박고 어깨를 들썩였던 것이다.

차마 그의 앞에서 대놓고 웃지를 못하니 억지로 참으려고 했지만, 웃는 걸 참는 것만큼 고통스러운 일이 어디 있을까?

뺨과 배에 경련을 일으켜 가면서도 웃음을 참기 위해 노력하는 사람들의 모습은 가련해 보일 지경이었다.

안타까운 건 그렇게 안 웃기 위해 노력했는데도 불구하고 램버트가 눈치를 채버린 점이었지만…

"왜 웃는 거야? 지금 나랑 한번 해보자는 거야 뭐야? 앙?"

그동안 나와 듀비, 첼릿하고만 이야기할 뿐 그 외에는 잘 대화하지 않던 램버트가 다른 나라 사람들에게 처음으로 한 말이었다.

다음날, 너무 많은 인원 수를 수용 못하여 다른 여관에 묵었던 용병들이 우리와 합류하기 위하여 우리가 머물고 있는 여관에 도착했다.

그때쯤에는 우리도 아침 식사를 끝내고 출발 준비를 마친 상태였기에 모두들 식당으로 사용되고 있는 1층 홀에 내려와 있는 상황이었다.

일단의 무리들이 우르르 들어와 비어 있는 자리를 잡고 앉는 사이 쿠르즈가 웬 중년 남자를 데리고 들어오더니만 삼 국의 리더들끼리 앉아 있는 테이블로 인도했다.

"이번에 우리와 동행하게 될 용병단의 리더입니다."

"트래비스라고 합니다."

간략하게 자신의 소개를 하면서 고개를 꾸뻑 숙이는 중년 남자에게 무심하게 시선을 던지던 나는 고개를 갸웃거렸다.

'어라… 왠지 낯이 익은 것 같은데…….'

상회 생활을 한 지 얼마 안 되기는 했지만, 그래도 국경을 몇 번이나 넘으면서 운송을 한 적이 있었던 터라 그동안 알게 모르게 스쳐 지나간 남자인가 보다 여겼다. 그래서 어깨를 한번 으쓱하고는 시선을 돌리는데 누가 친근하게 내 어깨를 탁 치는 거였다.

"이야아, 이게 누구야?"

"응?"

의아해서 시선을 돌리는데 깔끔하게 생긴 낯익은 얼굴이 날 내려다보며 싱글싱글 웃고 있었다.

분명히 낯이 익기는 익었는데 누구였는지 생각이 안 나 천천히 자리에서 일어나 시간을 끌며 누구인지 생각해 내려고 했는데, 상대방이 말을 이었다.

"이것도 참 인연이네. 이게 몇 년 만이지? 한 2년쯤 되었던가?"

무척 반갑게 말하며 내 손을 덥석 잡고 흔드는 거였다.

"아, 예."

손을 잡혀 흔들리는 상태에서 얼떨떨하게 고개를 끄덕이며 2년 전이라는 힌트로 그가 누구인지 애써 생각하는데, 내가 미처 입을 열기도 전에 그 남자가 고개를 돌리며 누군가를 손짓해서 부르는 거였다.

"어이, 이봐 덤버트! 여기 아는 녀석이 있어. 얼른 와봐."

모든 이들의 시선이 쏠리는 것도 무시한 채 큰 소리로 불러 제끼는데 덩달아 시선을 받게 된 나는 얼굴이 화끈거릴 지경이었다.

'아앗, 그렇다고 그렇게 큰 소리로… 가만, 덤버트? 아하, 덤프 트럭!!'

그 이름을 듣자 그제야 겨우 기억이 났다.

이들은 내가 아직 조엘의 시종으로 있었을 때 웨스트모어랜드 후작령에서 만났던 용병들이었다.

그때 몬스터 사냥에 고용되었었는데, 아침 수련 시간 때 한 기사와 시비가 붙어 한판 하려다가 못했던 거구가 바로 덤버트라는 용병이었다. 그의 덩치 때문에 덤프 트럭이라고 기억하고 있었다.

그리고 지금 이렇게 내 손을 마주 잡고 흔드는 자가 그와 절친한 데다가, 파티 때 잠시 나와 마주쳐 인사를 나누었던 그레이라는 용병이었고, 이들 모두 트래비스라는 용병단 소속이었다.

'아, 맞어. 용병대장 이름이 트래비스여서 트래비스 용병단이라고 했었지?

한 가지가 기억나자 나머지도 연이어 기억났다.

그 덕분에 내 기억대로 여전히 덩치가 큰 용병이 다가오자 반갑게 인사할 수 있었다.

"오랜만이네요. 저 기억하세요?"

그러자 그가 나를 쓰윽 쳐다보더니 고개를 끄덕였다.

"흠, 그때 그 갈비 꼬마군. 많이 컸네?"

그러더니 큰 손을 들어 친근하게 내 머리를 툭 치는 거였다.

"가, 갈비……."

날 그렇게 기억하고 있을 줄은 몰랐다.

그 파티 때 내 바로 앞에서 내가 먹으려고 찜해뒀던 갈비를 싹 쓸어가 원망스러운 눈초리로 쳐다본 걸 인연으로 몇 마디 나누었던 것이다.

참내, 그것도 인연이라고 할 수 있는지 모르겠지만…….

그런데 그 순간이었다.

"이런 무엄한!!"

날카로운 한마디 외침과 함께 어느새 뽑혀져 나온 롱 소드의 날카로운 검끝이 덤버트의 목에 겨누어져 있는 거였다.

“체, 첼릿?”

덕분에 덤버트는 내 머리를 툭 치고 손을 내리던 그 자세 그대로 얼어붙어 버렸고, 그 옆에 있던 그레이는 자신의 허리에 찬 검 위에 손을 얹은 채 긴장한 자세로 검을 주시했다.

어리벙벙해진 내가 얼빵하게 부르는 걸 무시한 첼릿은 무서운 살기를 흩날리며 낮은 목소리로 말했다.

“이분이 뉘신 줄 알고 네까짓 게 감히 손을 대는 거냐? 당장 무릎 꿇고 사죄하지 못할까?”

그제야 나는 여기서 내 위치를 깨달을 수 있었다.

주위를 둘러보니 같은 테이블에 앉아 있던 기사단 측 사람들은 모두 자리에서 일어나 매서운 눈으로 상황을 주시하며 검에 손을 얹고 있었다. 다른 나라 사람들은 흥미로운 시선으로 구경하고 있었지만…

“너, 높은 사람이었냐?”

침을 한번 꿀꺽 삼킨 그레이가 이 분위기를 타개하고 싶었는지 전혀 긴장감없는 목소리로 장난스레 말을 건네왔다.

물론 그의 눈빛은 전혀 장난스럽지 못했지만…

아무 생각 없이 한 행동에 일이 커져 버리자 나는 크게 한숨을 내쉬고는 어깨를 으쓱했다.

‘역시… 신분과 계급이라는 거 아직도 익숙하질 못하다니까…….’

“첼릿, 검 내리세요. 예전에 알던 분이라서 반갑게 인사한 거예요. 이들은 아직 내가 누구인지 모른다구요.”

내 말에 첼릿은 검을 내렸지만, 여전히 매서운 눈으로 덤버트를 쏘아보고 있었다.

“어떻게 아는 사람이냐?”

분위기를 타개하는 걸 돕기 위해서인지 리건이 슬그머니 끼어들었다.

"예전에 웨스트모어랜드 후작령에 갔을 때 만났던 분들입니다."

"'분'이라니요? 해인님, 이들은 한낱……."

첼릿이 불만스러운 표정으로 입을 열었지만, 손을 들어 그의 말을 가로막으며 다시 한 번 한숨을 내쉬었다.

"예, 예, 용병이라는 이야기죠? 하지만 첼릿, 나도 얼마 전까지는 내가 귀족인 걸 모르고 살았다고요."

"흠, 그럼 지금은 귀족… 이십니까?"

분위기 때문인지 그레이가 조심스럽게 물어왔다. 그런 그에게 약간 쓸쓸한 표정으로 싱긋 웃어준 뒤 대답했다.

"정식으로 소개하지요. 해인 오스번 엠브로스라고 합니다. 황공하옵게도 벨레니 국의 백작이란 작위를 가지고 있습니다."

"덤으로 벨레니 왕국 왕실 기사단 소속이지요."

장난스러운 에아머스 차트워드 경의 말에 그렇지 않아도 둥그렇게 된 두 남자의 눈이 찢어질 듯 더 커져 버렸다.

"왕실 기사단?"

왕실 기사단이란 곳이 유명했던지 둘은 그곳이 어떤 곳인지 아는 눈치였다.

"어쩌다 보니 말이죠."

내 말에 그들이 황당한 기색으로 뭔가 말을 하려고 했지만, 그 전에 뉴먼 몬트리올 경의 목소리가 울려 퍼졌다.

"백작님, 이야기가 끝나셨으면 이제 슬슬 출발했으면 하는데요?"

그의 말에 입을 열려던 두 남자는 입을 다물고 자신들의 일행이 있는 곳으로 자리를 옮겼고 나는 미안한 표정을 지었다.

"아, 예. 죄송합니다."

각 나라 리더들의 출발하자는 말에 사람들이 우르르 짐을 챙겨 들고 바깥으로 나가기 시작했다.

여관의 널따란 뜰에는 쿠르즈 펜워렐 준남작과 같이 온 시종들이 말에 짐을 싣고 있었다.

나 또한 일행들과 함께 우리가 타고 온 말을 향해 다가가는데 첼릿이 다가와 불만 어린 표정으로 입을 열었다.

"해인님, 이제는 지위에 익숙해지신 줄 알았더니 또 그러시는군요. 지금은 벨레니 국 귀족뿐만이 아니라 다른 나라의 귀족들까지 있으니 아직 익숙해지지 못했다 하더라도 조심하셔야지요."

"끄응… 너무 신경 쓰는 거 아닌가요?"

"제가 예민한 게 아니라니까요. 전 백작님도 얼마나 신신당부를 하신 일입니까?"

"그거야 그렇지만… 첼릿, 나는 상회에서도 나보다 나이 많은 사람들에게 모두 존대를 한다구요."

"에휴, 상회 일을 계속 하게 해드리는 게 실수가 아닌가 하는 후회가 드는군요. 하지만 거기서는 그렇게 한다고 해도 이쪽에서는 그러시면 안 됩니다. 상회 사람들도 해인님이 갑자기 하대한다고 해도 이해할 테구요. 저들도 마찬가지일 겁니다."

"으으음… 알았어요. 조심할게요."

"정말 주의하셔야 합니다?"

"예, 예."

마치 학생에게 주의를 주는 선생님 같은 표정으로 재차 당부하는 첼릿에게 대답하는데 램버트의 묘한 표정이 시야에 들어왔다.

“너네 인간들은 참 이상하단 말이야. 뭘 그렇게 시시콜콜한 것까지 다 따지냐? 편한 대로 하지.”

“하하하, 그러게나 말이에요. 정말 복잡하답니다.”

“흠, 인간으로 태어나지 않은 게 정말 다행한 일이야. 그렇게 살다가는 머리가 복잡해서 제 명대로 살지 못할 거야.”

‘히유, 나도 이렇게 살고 싶었던 건 아닌데 말이야. 역시 귀족이라고 좋은 것만은 아니라니까.’

속으로 램버트의 말에 긍정하면서 말에 오르자 곧 출발 신호가 떨어졌다.

출발한 지 얼마 되지도 않은 아침인데도 불구하고 벌써 따갑게 느껴지는 햇볕에 눈살이 저절로 찌푸려지며 빨랑 정글에 도착했으면 하는 생각이 들었다. 아무리 위험한 곳이라고 해도, 이 햇볕만 하루 종일 대하지 않을 수만 있다면 그것만으로도 좋을 것 같았기 때문이었다.

그러면서 한편으로는 새클턴 국에 들어온 지 얼마 되지도 않았는데 이런 생각을 하는 내 자신이 한심했지만, 그만큼 햇볕이 매서웠다.

그래도 이곳에 와서 받은 이 나라 복장 덕분인지 그럭저럭 버티면서 앞으로 나아가는데, 그레이가 탄 말이 슬금슬금 다가왔다.

덕분에 첼릿이 신경을 곤두세운 채 그를 째릿 노려보았는데, 그런데도 불구하고 내 근처에 다가오더니 말을 거는 거였다.

“저어……”

그가 다가올 때부터 첼릿이 긴장하고 있다는 걸 느끼고 있던 나는 존대도 하지 못하고 애매하게 그에게 고개를 돌려 하고 싶은 말 있으면 하라는 시선만 보냈다.

그러자 그가 씨익 웃더니 헛기침을 한번 ‘험’ 하고는 입을 열었다.

"험험, 에… 그러니까, 백작님? 여쭈어볼 게 있는데… 아, 백작님께 서는 편하게 말을 놓으셔도 됩니다. 저 같은 용병이 백작님의 존대를 받는 게 어디 가당키나 하겠습니까?"

그의 능청스러운 말에 나는 쓴웃음을 지으면서도 고개를 끄덕였다.

"그렇게 말해 주니 고맙… 군. 그래, 물어볼 말이란?"

'아, 정말… 하대하기 진짜 힘드네.'

속으로 그렇게 투덜거리면서 그의 말에 귀를 기울였다.

"아이쿠, 질문을 허락해 주셔서 감사합니다. 제가 궁금한 것은… 우리가 받은 임무가 정확하게 뭔지 몰라서 말이죠."

나는 황당하다는 시선으로 그를 바라보았다.

"그걸… 왜 나에게 묻는… 거요? 대장에게 물어야지."

"글쎄 저희 대장도 자세한 걸 모르지 뭡니까? 그래서 이 궁금함을 풀었으면 하는데……. 아, 안면이 있는 귀족 나리라고 해봐야 백작님 밖에 없으니 염치 불구하고 이렇게……."

그의 말에 나는 고개를 갸웃하다가 물었다.

"당신네 대장이 정확하게 뭐라고 했는데……?"

"여기 있는 일행 분들을 호위하고 위험에서 지키는 일이라고 하더군요."

"흠, 틀린 말은 아니… 군."

또다시 존대를 할 뻔한 걸 겨우겨우 수습하며 말을 맺는데 그레이가 고개를 갸웃거렸다.

"그런데 이상하단 말입니다. 백작님도 왕실 기사단 단원이라고 하시고, 백작님뿐만이 아니라 다른 분들도 다들 한가락 하는 실력자이신 것 같은데, 우리의 호위가 필요합니까? 실력만이라면 우리가 보호를 받아

야 할 듯한데요. 거기다가 단순한 호위라는 임무에 비하여 대가가 엄
청나게 많거든요."

"그거야 당연하지… 그만큼 위험한 곳이라고 하니까."

"설마 새클턴 국내에서 내전이 일어났다거나, 전쟁이 일어났다거나,
폭동이 일어나서 나라 안을 배회하는 것도 엄청 위험하다고 말씀하시
는 건 아니겠지요? 도대체 우리가 가는 곳이 어디입니까?"

이 사람이 그걸 몰라서 묻나 싶어서 그를 바라봤지만, 그는 정말 모
른다는 표정이었다.

그러니까 왠지 말하기가 망설여졌다.

혹시 어떠한 이유 때문에 우리가 새클턴 정글로 간다는 걸 말해 주지
않은 모양인데, 내가 함부로 말했다가는 곤란한 일이 생길 것 같아서였
다. 하지만 다시 생각해 보니 어디로 가는지 모르고 갔다가 대처하지 못
해 위험에 빠진다면, 그건 잘못이 아닌가 싶었다.

그래 나는 될 대로 되라는 심정으로 입을 열었다.

"새클턴 정글."

그가 엄청나게 놀라는 걸 각오하면서 말이다.

그런데 오히려 내가 황당하게도 그는 계속 고개만 갸웃하고 있었다.

"거기 어디요? 새클턴 정글이 어디 자그마한 마을이랍니까? 저는 정
확한 장소를 알고 싶은 거라고요."

그제야 나는 새클턴 정글에 가는 건 그도 알고 있었다는 걸 깨달으
면서 내가 괜한 짓 하는 건 아닌지 하는 불안감을 씻을 수 있었다.

"흠, 새클턴 정글이 넓긴 넓다고 들었지만… 나도 거기까지는 알지
못해. 그냥 새클턴 정글에 들어간다고만 알고 있거든."

"에엣, 세상에나… 그런 게 얼마나 대단한 비밀이라고 백작님께도

말씀 안 드린답니까?"

그의 너스레에 나는 피식 웃었다.

"글쎄……. 말을 안 해줬는지, 아니면 듣고도 내가 잊어버렸는지 모르겠지만… 내가 별로 그런 데 상관을 안 해서. 어차피 지명을 들어봤자 어딘지도 모르고……."

기껏 첼릿의 눈총을 받으며 나에게 다가와 이것저것 물었는데도 별 소득이 없자 그는 아쉬운 표정으로 입맛을 쩝쩝 다시며 물러섰다.

"그렇습니까? 이거 참……. 뭐, 백작님도 모르신다니 하는 수 없지요. 그럼 전 이만……."

새클턴 국은 강수량이 많아서 그런지 다른 나라에 비해 커다란 강이나 호수가 많았다.

특히 한 개의 강은 옆 나라인 아메리 국까지 이어질 정도였고, 다른 강은 녹스 국에서 두 갈래로 갈라져 녹스 국의 중요한 젖줄 역할을 하고 있을 정도였다. 하기야, 그 두 갈래로 갈라진 강이 녹스 국에서는 큰 강에 속하였으니, 그 두 강줄기가 합해진 새클턴 국의 강이 얼마나 큰지 짐작할 수 있을 터였다.

그런데 그렇게 큰 강이 하나도 아니고 세 개씩이나 존재했고, 그보다 작은 강들은 더 많았다.

녹스 국을 통과할 때 녹스 국에서부터 시작되는 강을 타고 내려가면 좀 더 쉽게 새클턴에 도착할 수 있었을 테지만, 그렇지 않고 육로를 강행한 것은 그게 더 속도가 빨랐기 때문이었다. 아무래도 빠른 시간 내에 도착하길 바랐으니까 말이다.

그러나 그것이 새클턴 국으로 넘어오자 오히려 배를 타고 가는 것이

더 빠른 게 되어버렸다. 엄청 뜨겁게 내리쬐는 햇빛 덕분에 말이 쉽게 지쳐서 다른 국가에서처럼 오래 달릴 수가 없었기 때문이다. 걸어가면 몰라도 말이다.

그걸 잘 알고 있던 쿠르즈는 우리를 하루 정도 걸리는 거리에 떨어져 있는 뱃터로 안내했다.

그곳에는 이미 이야기가 되어 있던 듯 날씬한 선체를 자랑하는 배가 정박한 채 우리를 기다리고 있었다.

"저희 새클턴 국이 자랑하는 쾌속선이랍니다. 이걸 타고 가는 것이 말을 타고 달리는 것보다 훨씬 빠르지요."

그 배가 떠 있는 강은 아메리 국으로부터 시작된 지류가 흘러와 새클턴 정글을 통과하여 호바트 해로 이어져 있었다.

두 줄기가 그쪽 정글로 향해서 흐르는데, 우리가 있는 곳에서 새클턴 정글까지 가장 짧은 거리를 가지고 있다는 게 쿠르즈의 설명이었다.

하루 정도의 거리를, 그것도 말을 타고 오는 주제에 따가운 햇빛과 밑에서 올라오는 열기로 인한 더위로 헥헥대던 일행에게는 배를 타고 간다는 건 너무나 기쁜 일이었다. 따가운 햇빛은 몰라도 최소한 밑에서 올라오는 열기는 없을 테니 말이다. 거기에다 말을 타고 가는 것 보다 속력이 빠르다니 그보다 반가울 수는 없었다.

새클턴 국은 커다란 강이 많고, 그 강이 나라 전체에 넓게 분포된 탓에 강을 따라 운행되는 수운이 무척이나 발달되어 있는 나라라고 한다.

이렇게 더운 나라에서는 말 타고 다니기가 어려울 테니 강이 많다는 건 참 대단한 복인 듯싶었다.

최소한 몇 주는 더위 속에서 말을 타고 가야 할 줄 알았던 일행이 뜻밖의 행운에 환호하며 승선을 마치자 곧바로 배는 강 가운데로 밀려

나가 부드럽게 운행하기 시작하였다.

"이야… 배를 타는 건 또 오랜만이네……."

뜨거운 햇빛에도 불구하고 갑판으로 나와 그나마 시원한 강바람을 맞으며 감회에 젖어 있는데 듀비가 다가왔다.

"조심하십시오. 겉으로 보기에는 평화롭지만, 호바트 해 못지않게 위험한 곳입니다."

"예?"

뜬금없는 그의 경고에 선뜻 이해를 못해 어리둥절해하는데 저쪽에서 첨벙~ 하는 뭔가가 물에 떨어지는 소리와 함께 웃음소리가 들려왔다. 누군가가 이 더위를 피해 강으로 뛰어든 모양이었다.

그쪽으로 시선을 돌리며 나도 미소를 짓는데 듀비가 낮게 중얼거리는 소리가 들려왔다.

"큰일 났군요."

담담한 목소리로 그렇게 말하니 이상한 이질감이 느껴질 정도였다.

"큰일… 이라니요?"

그 이질감을 곱씹는 대신 듀비를 향해 설명을 부탁하는데, 배의 선원들과 쿠르즈가 허둥지둥 그쪽으로 달려가는 모습이 보였다.

"이게 무슨 짓입니까? 빨리 올라오라고 하세요!"

"큰일이야, 큰일. 빨리 밧줄을 던져!!"

모두 새파랗게 질린 채 허둥대는 모습에도 삼 국의 사람들은 어리둥절함을 감추지 못한 채 그들이 하는 양을 지켜보고 있을 뿐이었다.

선원들은 재빠르게 밧줄을 던져 강 속으로 들어간 사람을 건져 올리려고 했다.

"빨리 올라와요, 빨리요!"

"어서, 어서."

그들의 소란에 호기심이 생긴 나는 듀비와 함께 슬그머니 그쪽 갑판으로 가서 밖을 내려다보았다.

강 속에서 여유있게 헤엄치고 있다가 선원들의 소란에 당황하여 그들이 던진 밧줄을 잡고 끌려 올라오는 사람은 녹스 국 사람으로 이름이 커티스 홀리스터라고 했다.

이번 일행 중에 나이가 어린 축에 속한 사람이었는데, 콧잔등에 난 주근깨 때문인지 몰라도 쾌활하고 장난기가 많은 사람처럼 느껴졌었다. 다른 말로 하면 나이에 안 맞게 철이 없다고나 할까? 아마 젊은 혈기에 시원한 강물을 보자 참지 못하고 달려든 것 같았다. 거기다가 물의 하급 정령과 계약까지 하고 있었으니 잠시 배에서 떨어진다고 해도 문제 될 건 없다고 생각한 모양이었다.

나 또한 비슷한 생각을 하고 있었기에 뛰어내릴까… 갈등하고 있었던 차였으니 그의 마음이 충분히 이해가 되었고, 먼저 뛰어내린 그의 용기가 부럽기까지 했다.

뭐, 그의 이런 즐거움은 선원들의 유난스러움에 금방 중단이 되었지만 말이다.

선원들이 안도감과 초조감이 반쯤 뒤섞인 표정으로 그를 물 위로 끌어 올릴 무렵, 갑자기 배 밑에서부터 커다랗고 시커먼 그림자가 쓰윽 나타나더니만 막 허공으로 끌려 올라가는 커티스를 따라 위로 팍 솟구쳐 오른 것이었다.

"서둘러!"

내가 그 시커먼 그림자를 발견할 때 선원들 또한 발견했던지 그들이 재빨리, 그리고 더 세게 커티스가 잡고 있는 밧줄을 잡아당겨 물속에서부터 튀어 오른 괴물체의 입에서 아슬아슬하게 그를 건져 올릴 수 있었다.

"헉……!"

"저게 뭐야?"

"이럴 수가……!"

같이 갑판에서 그 소동을 지켜보고 있던 사람들 사이에서 경악성이 터져 나오는 가운데 선원들은 더욱 서두르며 커티스를 끌어 올렸다.

"빨리, 빨리!"

선원들이 그렇게 노력해 준 덕분에 커티스가 막 갑판 위로 올라올 무렵, 그 시커먼 괴물체가 커티스를 노리고 다시 한 번 위로 솟구쳐 올라왔다.

이번에는 그 괴물체가 아까보다 더욱 힘껏 몸을 날렸(?)기에 나는 아까보다 더 자세하게 그 괴물체의 모습을 볼 수 있었다.

그것은 아주 엄청나게 커다랗고 못생긴 생선처럼 생겼다.

마치 갈치처럼 얼굴 부분이 뾰족하게 튀어나왔는데, 그것도 모자라서 주둥이 부분은 아래 턱 부분이 길게 앞으로 튀어나왔다. 그게 얼마나 긴지 대략 봐도 1~2m는 되어 보일 지경이었다. 그렇게 튀어나온 아래 턱 끝에는 뾰족한 끝이 마치 갈고리처럼 위쪽으로 구부러져 있어 무언가를 한번 잡아채면 쉽게 놓치지 않을 것처럼 되어 있었다. 거기다가 그 길게 나온 아래 턱에서 입술처럼 생긴 가죽으로 감싸인 안쪽에는 상어 못지않게 안쪽으로 살짝 구부러진, 뾰족하고 날카로운 이빨이 빼곡하게 나 있었는데, 보는 것만으로도 소름이 쫘악 끼치게 만들었다.

생선의 두 눈에서는 흉흉한 기운이 흘러나왔고, 햇볕에 은청색으로 반짝이는 엄청나게 길고 굵은 몸체는 전율스러울 정도였다.

물론, 호바트 해로 향하면서 만난 괴물 뱀장어보다는 크기가 작았지

만, 그 작은 몸체로도 얼마나 힘이 세었는지, 커티스를 낚아채려고 뛰어
올랐다가 잡지는 못하고 떨어져 내리다가 우리가 타고 있는 배에 몸을
한번 부딪쳤는데, 쿵~ 소리와 함께 배가 크게 출렁일 정도였다.

"헉!"

"이런, 전투 준비!!"

선원들이 빠르게 움직여 준 덕에 커티스를 놓친 것이 분했는지 이
커다랗고 못생긴 생선 녀석이 밑으로 떨어져 내렸다가 이번에는 배를
노리고 다시 한 번 뛰어올랐다.

쿠궁~!!

다행이라고 해야 할지, 갑판 위에 있던 인물들은 모두 한가락 하는
실력자들이었기에 비록 선상에서의 전투에 익숙지 못해 배가 흔들릴
때 균형을 잡지 못하고 같이 흔들리기는 했지만, 그 외중에서도 착실하
게 자신들의 무기를 꺼내 들었다.

기사들은 검을 꺼내 들었고, 마법사들은 자신있는 주문을 준비하기
시작했으며, 정령술사들은 정령들을 불러내었다.

그러자 그 틈사이를 쿠르즈가 뛰어들어 목청껏 외쳤다.

"안 됩니다!! 공격하면 안 돼요!! 멈추세요오오~!!"

그의 필사적인 외침에 막 공격하려던 사람들이 멈칫하는 사이, 아까
선실 안쪽으로 뛰어들어 갔던 세 명의 선원들이 끙끙대면서 커다란 고
깃덩어리 하나를 끌고 왔다. 그리고는 황당해하는 사람들의 시선을 당
당하게 받으며 갑판 끝으로 가더니만 다시 튀어 오르려는 그 못생긴
생선을 향해 아까운 그 고깃덩어리를 던져 주는 것이었다.

되게 아까웠다.

그 크기가 대여섯 살 어린애만했으니, 아마 커다란 돼지 한 마리를

통째로 던져 준 게 아닌가 싶었다.

그러자 공격하려던 그 못생긴 생선은 선원들이 던져 준 고기를 냉큼 물고서는 기분이 좋은지 유유히 강 속 깊숙이 사라져 버렸다.

그렇게 못생긴 생선으로 인한 소동이 일단락되자 일행들 중 성격 급한 한 기사가 성큼성큼 쿠르즈에게 다가가 기분 나쁜 티를 팍팍 내면서 말했다.

"지금 이게 무슨 짓이오? 저딴 놈은 우리 실력으로 쉽게 처치할 수 있는데 뭣 때문에 고기를 줘서 보낸단 말이오? 우리를 그렇게 못 믿는 거요?"

그 기사가 험악하게 말했다. 그들을 둘러싼 다른 일행들도 같은 심정이었는지 말리기는커녕 몇몇은 고개까지 끄덕이는 거였다.

그러자 쿠르즈가 미소를 지어 보이며 침착하게 입을 열었다.

"아닙니다. 그런 건 아니었습니다. 저도 여러분 가운데 몇 분만 나서 주신다면 아까 그 녀석쯤은 쉽게 처리할 수 있다는 걸 알고 있었습니다."

그의 말에 기사의 인상이 찡그려졌다.

"그럼 왜 우리를 막은 거요? 우리가 충분히 처치할 수 있다는 걸 알면서도……."

"그렇기에 여러분들을 말린 겁니다."

쿠르즈는 단호하게 그렇게 말하고는 일행들을 둘러본 뒤 다시 입을 열었다.

"만약 여러분들이 아까 그 녀석을 처치해 버렸다면, 얼마 있지 않아 그 녀석이 흘린 피 냄새를 맡고 몰려든 이 강에 사는 수많은 몬스터들을 상대하셔야 했을 겁니다. 저는 그것을 피하고 싶었을 뿐입니다. 여러분들이 아무리 뛰어난 능력을 가지고 있다 하더라도, 이 강에 사는 엄청난 수의 몬스터들을 상대한다는 건 어려운 일일 테니까요. 그리고 그 몬스터들을 상대하는 동안 이 배가 버틸 수 있을지도 의심스럽고 말입니다.”

그의 침착한 설명에 굳은 얼굴을 하고 있던 일행들이 이해한 듯 얼굴을 풀었다.

그런 일행들을 둘러보고 자신의 말이 먹혀들었음을 짐작한 쿠르즈가 싱긋 웃으며 다시 입을 열었다.

“여러분들이 살고 계시던 나라와 이곳은 확실히 많은 차이가 날 것입니다. 여러분들의 나라에는 이곳만큼 큰 강도 없을 테지요. 그러니 강 속에 살고 있는 몬스터들을 만난 경험도 전무할 테고요. 하지만 이곳에는 위험한 몬스터들이 정말 많이 있으니 조심하셔야 합니다. 특히나, 강에 수영하려고 뛰어드는 건 절대 금지입니다. 그건 몬스터들에게 나 여기 있으니 와라~ 하고 떠들어대는 것과 마찬가지니까요.”

쿠르즈가 그렇게 말하며 마지막으로 커티스에게 시선을 주자 그의 얼굴이 창피함으로 붉어졌다.

그리고 그 모습을 본 나는 속으로 안도의 한숨을 내쉬었다.

‘아, 제일 먼저 뛰어든 게 내가 아니라서 정말 다행이다.’

그렇게 생각하고 있던 나는 또다시 떠오른 생각에 고개를 갸웃했다.

‘어라… 그러고 보니… 이상하네……’

한번 떠오른 생각을 곰곰이 되씹어보면 볼수록 이상했다.

‘이상하다… 내가 물속에서 몬스터를 처음 만난 건 상회에 가입된 뒤에 엔더비 산맥에 가느라 배를 탔을 때잖아? 거참……. 그럼 어떻게 바다 속 집에서 살 때는 한 번도 못 봤지? 그때 그 주위를 신나게 돌아다녔는데… 거기다… 꽤 멀리 나간 것 같았는데, 멀리서도 본 적이 없을까……. 어… 혹시 아버지가 손을 써준 걸까?

그러한 작은 해프닝 뒤에 사람들은 단순한 안내자로 생각하고 있었던 쿠르즈의 말을 마치 사막에서의 표지판처럼 여겼다. 아마도, 새클턴 왕실 측에서는 이러한 점 때문에 쿠르즈를 보내준 게 아닌가 싶었다. 현재 새클턴 국은 나라 간의 알력으로 다른 삼 국에 비해 전적으로 불리하니까, 이러한 일로 입지를 강화하려는 속셈으로 말이다.

물론, 삼 국 사람들이 새클턴 정글에 가는 동안 발생할 수 있는 여러 가지 사건을 막고, 그 사건 때문에 발생될 인명이나 물질적 피해도 막으려는 의도도 있겠지만.

새클턴 국이 이 일로 입지를 넓히려 했다면 그건 정말 성공한 거였다. 새클턴 정글 근처에 있는, 새클턴 국 사람들이 기다리고 있는 뱃터에 도착할 때쯤에는 새클턴 국경을 넘었을 때보다 훨씬 휘어얼씬 입지가 커져 있었으니까 말이다. 내 생각으로는 삼 국과 거의 동등한 위치에 서게 되지 않았나 싶을 정도였다.

그리고 일행들은 새클턴 정글에 들어갈 때 같이 갈 안내자가 아무리 평민이라고 해도 그를 무시하지 않고 그가 하는 말에 귀 기울일 태도가 되어 있었다.

"어서 오십시오. 기다리고 있었습니다."

뱃터에서 내려 어느 여관으로 가자 건장한 체격을 가진 30대 후반이나 40대 초반으로 보이는 남자가 우리를 맞았다.

새클턴 국 특유의 펑퍼짐한 복장을 하고 있었지만, 허리에는 기다란 도를 차고 있었다.

'어… 도네?'

그랬다.

그가 허리에 차고 있는 건 검이 아니라 도였다.

도와 검을 간단하게 소개한다면, 검은 날이 양쪽에 있고, 도는 한쪽에 있었다.

그리고 검일 경우 검집이 직선인 경우가 많고, 도일 경우에는 종류에 따라 다르지만, 초승달처럼 휘어져 있는 경우가 많았다. 그래서 검집, 혹은 도집에 넣어져 날로써 검인지 도인지 구분하기가 어려울 경우, 휘어졌는지의 여부로 구분이 가능했다.

새클턴 왕국에서 나온 자들의 리더로 보이는―그가 대표로 인사했으니까 그렇게 추측했다―사람이 가지고 있는 건, 일본 영화에서 사무라이들이 많이 사용하는 일본도나 한국의 무술 중 하나인 해동검도에서 사용하는 도와 무척 비슷했다.

도끝에서부터 손잡이 끝까지는 대략 1m가 되거나 그것보다 조금 더 길어 보이는 데다, 검은색의 도신과 손잡이는 영락없이 일본도의 모습이었다.

그러나 그런 건 다 제껴놓고, 내가 그 도를 눈여겨본 것은, 평소 내가 검이나 도에 관심이 있어서라기보다는 그 도로부터 낯익은 기운이 풍겨진다는 걸 느꼈기 때문이다.

"흠, 마법도로군."

내 옆에 있던 리건도 그 도에서 풍기는 기운을 느꼈는지 눈여겨보다가 나에게 설명해 주려는 듯 낮게 속삭였다.

"마법도?"

"그래, 마법도. 마법을 익히지 않은 자라도 마나만 있다면 마법을 사용할 수 있도록 검에다가 마법 주문을 새겨놓은 거지. 일명 마법 아이템이야. 저기에 걸린 건 3클래스의 파이어 볼과 파이어 에로우 군. 같은 계열이라고 해도 두 가지 씩이나 새겨놓다니, 꽤 비싸겠는 걸?”

“호…….”

리건의 말에 귀를 기울이는 동안에 마법사 길드의 마법사들을 포함하여 각 나라의 리더들끼리 인사를 끝냈고, 그 뒤로 각 나라의 리더들이 각자의 일행들을 소개시키는 소리가 들려왔다. 나는 우리 나라 리더인 몬트리올 경의 말에 귀를 기울이고 있다가 내 이름이 불려지자 예의에 어긋나지 않게 고개를 숙여 보였다.

그리고는 다시 리건에게 속삭였다.

“그런데… 도를 가지고 있네요. 헤에, 작위를 가진 사람들 중에 도를 사용하는 기사는 처음 봤어요.”

“그건, 새클턴 국이 기사의 자격을 요구할 때 실력이 뛰어난 것만 보지 무기로 뭘 사용하든 상관하지 않기 때문이야. 우리 나라는 기사 하면 무조건 검을 써야 하고, 도를 비롯한 다른 무기를 사용하는 건 하찮게 보는 경향이 있거든. 그러니 작위를 가진 녀석들 중에 다른 무기를 쓰는 사람이 없을 수밖에…….”

“헤에, 그랬군요.”

그런 거 보면 벨레니라는 국가가 좀 융통성이 없는 국가인 듯싶었다.

‘난 융통성있는 나라가 좋더만…….’

악명 높은 정글 근처에 있는 마을이었지만, 정글 안쪽에 들어가서 사냥, 혹은 채취하는 일로 생활하는 사람이 많아서 그런지 엄청 발달해 있었다. 하기야, 아무리 강 옆에 자리를 잡고 있다지만, 그 마을 전용 뱃터가 있고, 그 뱃터도 작은 게 아니라 꽤 큰 걸 보면 알 수 있었겠지만 말이다. 덕분에 우리 일행을 기다리고 있던 새클턴 국 측이 자리 잡고 있던 여관도 웬만큼 큰 규모의 마을에서나 볼 수 있는 제법 커다란 여관이었다.

그런데 큰 여관을 통째로 전세 냈지만, 이미 도착해 있는 다른 용병들 팀과 안내자들, 거기에 이제 도착한 우리 일행들까지 우르르 몰려들어가자 모두 다 수용할 수가 없었다.

예상했던 것보다 많은 인원들이 온 까닭이었다.

용병들을 제외하고도, 사 개 국에서 지원한 사람들만 해도 100명에 가까웠으니, 거기에 용병들에 안내자들까지 모조리 합하자 200명에 가까웠다.

그렇다고 갑자기 다른 여관을 통째로 빌릴 수는 없어서 결국 각국에서 지원한 사람들만 전세 낸 여관에서 머물고, 나머지 사람들은 근처의 여관 몇 군데에 나누어서 묵기로 했다.

"흠… 각국에서 지원해 준 사람들과 용병들 모두 합해도 많아야 100명쯤 되리라 예상했나 보군요. 사실, 저도 각국에서 많아봐야 10명쯤 지원해 줄 것으로 알았는데 말입니다."

4인용 방을 하나 배정받아 일행을 데리고 올라가는데 첼릿이 주변을 둘러보며 속삭였다.

"우리 일행만 해도 10명이 넘는걸요 뭐. 하지만 우리 나라에서 온 사람들이 제일 적잖아요."

"마법사 길드나 새클턴 국 측에서도 각 나라에서 지원해 줄 인원이 적을 줄 알고 용병들을 좀 과하게 모집한 것도 있고 말이죠."

첼릿이 내 말을 받자 램버트가 투덜거리는 어조로 끼어들었다.

"참내… 뭘 이렇게나 많이 가는 거지? 이건 정글 안에 있는 몬스터 녀석들에게 먹잇감을 가져다 주러 가는 것만 같잖아?"

그러자 그동안 조용히 있던 듀비가 덤덤한 어조로 입을 열었다.

"저희에게는 좋은 일이지요. 다른 먹잇감이 있다면 건드리기 어려운 우리를 향해 괜히 공격할 녀석들은 없을 테니까요."

엄청 살벌한 말을 아무렇지도 않게 내뱉는 듀비의 말에 나는 눈이 휘둥그레졌지만, 기가 막히게도 첼릿과 램버트는 수긍하는 표정으로 고개를 끄덕이는 거였다.

'헉스…….'

그렇게 모두 숙소가 정해지자 아랫사람(?)을 자처한 우리들이야 느긋하게 목욕을 즐기고 식사를 즐기며 휴식을 취할 수 있었지만, 리더들은 짐을 풀고 씻자마자 쉴 시간도 없이 모여서 본격적으로 새클턴 정글에 들어갈 방법과 진행 방향에 대해 의논하기 시작했다. 뭐, 대부분은 먼저 도착한 새클턴 측 사람들이 생각해 두고 있었겠지만 말이다.

"훗, 내가 저래서 리더를 사양한 거라니까. 저 귀찮은 걸 떠맡으려고 애쓰는 사람들을 보면 정말 이해를 못하겠어. 왜 모두들 사서 고생하려고 하지?"

"귀찮아도 뒤에 따라오는 것들이 매력적이라서 그러는 거겠죠, 뭐. 사람 나름이겠지만서도……."

리더들 모임에 불려가는 몬트리올 경의 뒷모습을 바라보며 리건과 나는 한가하게 속닥거렸다.

제
37
화

정글 안으로 들어가다

정글 안으로 들어가다

일행과 함께 배불리 저녁을 먹고 새클턴 국 특유의 달콤하고 신선한 열매들로 만들어진 과일 쥬스를 디저트로 입가심해 준 뒤 방으로 돌아온 나는 마법 스승 노만이 내준 숙제를 조금이라도 할 양으로 마법서를 펴 들었다.

둘이서 무슨 이야기가 있었는지 모르겠지만, 듀비와 첼릿은 새클턴 국에서 배에 올랐을 때부터 한가한 시간에 단둘이서만 방에 콕 처박혀서 나오지도 않았었다. 그러더니만 지금 또 둘이서만 잠깐 나갔다 오겠다고 하고는 나가 버린 것이다.

얼결에 램버트하고 단둘이 남게 된 나는 여기까지 쭈욱 같이 오면서 친해지기는 했지만 둘 사이에 공통적인 관심사가 있는 것도 아니고, 램버트가 사교적인 것도 아니었기에 방 안에는 침묵만이 감돌았다.

그렇다고 침묵이 부담스러운 건 아니었다.

단지 램버트는 자신의 쌍도끼를 정성스레 손질하거나, 아니면 방 안의 가구나 창문 밖으로 보이는 배경 등등을 유심히 살피며 자신의 창작 활동에 도움이 될 영감을 얻기 위한 자료 수집을 하느라 분주했다.

덕분에 홀로 할 일이 없어진 나는 별로 생각하지도 않았던 마법서에 손을 대게 되었던 것이다.

다른 자들은 다 자신들의 할 일을 찾아 열심히 하고 있는데 나 혼자만 하릴없이 빈둥대고 있는 것도 기분 안 좋은 일인데다가, 나에게 할 일이 아무것도 없는 것도 아니었으니 말이다.

'에… 어디 보자… 내가 어제 어디까지 했더라……'

어제 읽었던 부분을 주르르 훑어보며 기억을 더듬어가는데 누군가가 우리 방문을 두드렸다.

"엠브로스 백작님, 안에 계십니까?"

"누구십니까?"

귀찮기는 했지만, 나 혼자 사용하는 방이 아니었기에 나는 들어오라고 말하는 대신 직접 일어나 방문을 열어 문을 두드린 자를 확인했다.

그는 쥬디 블러드무어 경을 따라온 기사 중 한 명이었다.

"실례합니다, 백작님. 뉴먼 몬트리올 경께서 찾으십니다. 그분 방으로 모이시라고요."

아마도 저녁 내내 각 나라의 리더들끼리 이야기를 주고받더니 거기서 오간 말을 들려주려는 모양이었다.

나를 데리고 가려는 듯 용건을 이야기하고서도 가지 않고 기다리는 기사를 본 나는 고개를 돌려 열심히 자신의 쌍도끼를 손질하는 램버트를 돌아보았다.

"저 잠깐 나갔다 오겠습니다."

"그래."

고개도 들지 않고 대답하는 그를 뒤로한 채 날 찾으러 온 기사를 따라 뉴먼 몬트리올 경과 요크 스페이스 경이 같이 사용하는 방으로 가니 이미 다른 일행은 먼저 도착해서 날 기다리고 있었다.

내가 방으로 들어서서 그들에게 가볍게 고개를 끄덕이고 리건 옆에 앉자 뉴먼 몬트리올 경이 입을 열었다.

"그럼, 이번 일정에 대해 정해진 것들을 설명해 드리겠습니다. 우선 이것을 봐주시겠습니까? 할레언 백작(새클턴 국의 리더)이 준 것입니다."

그러면서 몬트리올 경이 탁자 위에 지도를 펼쳐 놓자 자리에 앉아 있던 사람들이 몸을 일으켜 탁자 주위로 몰려들었다.

"새클턴 정글의 지도입니다. 비어 있는 부분은 아직 탐사가 안 된 지역이고, 주변은 그나마 탐사가 되어 알려진 곳이지요."

약간 구부러진 직사각형 형태를 띠고 있는 새클턴 국의 왼쪽에 마치 커다란 얼룩처럼 자리 잡고 있는 새클턴 정글은 변두리에는 여러 가지 기호와 글이 쓰여 있었지만, 가운데는 하얀 백지 상태로 있었다.

그곳 어딘가가 바로 듀비가 살던 고향일 거란 생각에 백지 부분을 물끄러미 들여다보는데 몬트리올 경이 손가락을 뻗어 어느 한 지점을 가리키며 사람들의 주의를 끌었다.

"여기가 바로 이번에 발견된 던전이 있다는 곳입니다. 아직 알려지지 않은 미확인 지역이라 던전을 발견한 탐사대의 말에 따라 그려졌기에 확실치는 않겠지만, 그나마 없는 것보다는 낫겠지요."

붉은색으로 X 표가 되어 있는 부분은 우리가 있는 곳보다는 호바트 해 쪽에서 훨씬 더 가까운 곳에 있었다.

"지도를 보면 아시겠지만, 우리가 현재 있는 이곳에서 던전까지 정글을 헤치며 가는 것보다는 바다를 거쳐 해안을 통해 들어가는 것이 더 낫습니다. 게다가 이쪽 해안은 얕아서 이곳에서 활동하는 사람들도 꽤 많다고 하더군요."

"그럼 해안을 통해 들어가는 건가?"

리건의 말에 몬트리올 경이 고개를 끄덕거렸다.

"그렇습니다. 새클턴 국 사람들은 벌써 갈 수 있는 방법까지 다 마련해 뒀더군요. 하지만 그들이 예비할 수 있는 건 여기까지라고 했습니다."

몬트리올 경의 손가락이 가리키는 곳은 해안으로부터 그 던전이 있는 거리의 약 1/3가량 되는 지점이었다.

"나머지는 순전히 운이라고 해야겠죠. 던전을 발견한 자들의 기억력이 정확하기를 빌면서 말입니다."

"흠, 완전히 도박을 하는 기분이군요."

평소 말이 없던 요크 스페이스 경이 침중한 표정으로 몬트리올 경이 가리키는 지도를 물끄러미 쳐다보다가 낮게 한숨을 내쉬며 내뱉은 말이었다.

뭐, 그건 다른 사람들도 같은 심정이겠지만 말이다.

그는 자신의 옆에서 약간 긴장한 표정으로 지도를 바라보고 있는 쥬디 블러드무어 경을 한번 힐끔 보더니 다시금 한숨을 내쉬었다.

"몬트리올 경, 괜찮다면 지도를 잠깐 빌리고 싶은데요? 아니면, 혹시 같은 지도를 하나 더 구할 수 없을까요?"

내 청에 몬트리올 경이 잠시 날 바라보더니 고개를 끄덕였다.

"이 지도를 빌려 드리겠습니다. 받은 게 그것밖에 없거든요. 정글에 대한 지도를 구할 수 있기는 하지만, 던전까지의 지리는 아직 표시되지 않았으니 그걸 보시는 게 나을 겁니다. 게다가 저 또한 어차피 해안까지 가는 동안에는 그 지도가 필요없으니 천천히 돌려주셔도 괜찮습니다."

"감사합니다."

그가 나에게 이렇게 선뜻 지도를 빌려주는 이유는 내 일행 중에 듀비와 램버트가 있기 때문이었다.

전설로만 알려진 블루 엘프의 존재.

사람들이 반신반의하기는 하지만, 블루 엘프가 새클턴 정글에서 살아간다는 건 다들 알고 있었다.

그래서 이번 임무에 몬트리올 경은 듀비를 앞에 세우길 은근히 바랐었다.

처음에는 리건이 리더가 되는 줄 알았으니 당연히 내가 듀비를 앞으로 내세울 거라고 생각했었는데, 리건이 리더 자리를 자신에게 양보하고 내가 듀비를 내세울 눈치를 보이지 않자 슬그머니 말해 보기도 했었다.

그러나 듀비가 단호히 거부하는 데다가, 차선택(?)이라고 할 수 있는 램버트 또한 앞으로 나서는 걸 극히 싫어했기에 나는 몬트리올 경의 요청을 거절할 수밖에 없었다.

그래서 그가 분노하기는 했지만, 그의 지위가 나보다 낮은 데다가—그는 중앙 귀족이긴 했지만 남작가의 셋째 아들이었기에 기사 작위밖에 없었다—뒤에 리건이 떠억 버티고 있어줘서 표현하지는 못했다.

그래도 솔직히 그가 랭포드 후작 측 사람이라는 건 알고 있었지만 원래 스스로가 그런 거에 별로 상관을 안 하는 데다가, 그에게 나쁜 감정도 없었고 그의 이러한 요청 또한 당연한 것이라는 걸 인정하고 있었기에 듀비나 램버트에게서 얻는 정보는 그에게 알려주겠다고 약속하는 선에서 원만히 해결할 수 있었다.

이번에도 그는 내가 듀비와 램버트에게 그 지도를 보여주리라는 걸 알고 넉넉한 기간 동안 지도를 나에게 빌려주는 거였다.

다른 나라에서는, 특히 새클턴 국에서도 알아내지 못한 정글에 대한 정보를 얻거나, 혹은 던전을 발견한 다른 사람들의 기억이 맞는지도 확인할 겸 말이다.

"그런데… 어차피 그렇게 해안 쪽으로 갈 거였으면 뭐 하러 여기에서 만나자고 한 거지? 차라리 해안 쪽에서 만났으면 좋았을 텐데… 여기에서 모여 다시 해안으로 옮기느니 말이야."

리건의 지적에 몬트리올 경이 기다리고 있었다는 듯 대답했다.

"아, 그게 말입니다, 저희가 넘어온 국경 쪽에서는 배로 올 수 있는 최종 지점이 여기랍니다. 만약 해안 쪽에서 만나려면 국경에서 말을 타고 일주일은 더 가서 다른 강을 타고 내려가야 하는데, 그 강이 닿는 해안은 정글에서 꽤 떨어져 있어 거기서 또 말을 타고 정글 쪽으로 이동하거나 아예 바다로 배를 타고 가야 한답니다. 그런데 국경에서 말로 이동하는 것보다는 이렇게 정글을 따라 이동하는 편이 더 수월하기 때문에 여기로 모인 거라고 하더군요."

"흠, 그래? 다 알아서 준비해 놨다 이거군."

"뭐, 그렇다는 거겠죠. 그런 이유로 내일 아침 출발하기로 되었습니다. 새클턴 측 사람들이야 여기서 우리를 기다렸고, 우리 또한 배로 이동했으니 힘들 것도 없어서 말이죠."

"그렇군. 뭐, 지금까지 계속 서둘렀으니 당연한 거겠지만… 자, 그러면 용건은 다 끝난 건가?"

"그렇습니다."

"그럼 우리는 이만 가보도록 하지."

리건의 말에 몬트리올 경이 고개를 끄덕이자 리건이 자리에서 일어났다.

그러자 기다리고 있었던 듯 다른 사람들도 모두 자리에서 일어났고, 방 주인인 뉴먼 몬트리올 경과 요크 스페이스 경에게 목례를 하고 자기들의 방으로 흩어졌다.

리건만 나를 따라오고…

"궁금한 게 있는데……."

나는 일행이 적당히 멀어지는 것을 확인하고는 리건에게 작게 속삭였다.

"응?"

"리건은 나이가 많잖아요? 그런데 새클턴 정글에 대해 아무것도 몰라요? 한 번도 안 가봤어요?"

차마 그보고 드래곤이잖아요? 라고 물을 수는 없어서 나이가 많다는 걸로 우회해 말했지만 리건은 알아듣고 피식 웃었다.

"아주 예~ 전에 가본 적은 있는데… 그때에 정글 안에 던전이 있는 건 못 봤는데?"

"흠……."

그가 말하는 예전이라는 게 도대체 몇 년 전인지 감이 안 잡혔다.

나로서는 10년이나 20년 전도 아주 예~ 전처럼 느껴지지만, 리건에게는 어디 그게 예전이겠는가?

'몇백 년 전이라는 건가? 설마… 천 년 전은 아니겠지?'

한국에서 살 때는 가장 오래 사는 생명체가 인간이었기에 인간에게 오랜 시간으로 생각되어지는 건 다른 생물체들에게도 정말 오랜 시간이었건만, 여기서는 인간의 수명 따위는 정말 우습다는 듯 그보다 몇 배는 더 오래 사는 생물체들이 있어서 괴리감이 느껴질 정도였다.

세상에나, 1,000년 정도 된 유품이나 물품이 한국의 국보나 보물로 지정된 것보다 많다는 게 어디 말이나 되는가?

거기다가 그런 것들 중에는 현재까지 쓰이고 있는 것들도 많았으니 말이다.

'아아… 여기 환경에 적응하고 있다고 생각하지만, 가끔은 적응 안 되는 게 있단 말이야.'

속으로 한숨을 내쉰 나는 내 숙소 앞에 도착하여 가볍게 문을 두드렸다. 나 혼자 쓰는 방이 아니니 예의는 지켜야 할 듯해서 말이다.

문을 열고 들어가니 여전히 램버트 혼자 방을 지키고 있다가 눈을 들어 맞이했다.

"잘 갔다 왔냐?"

그리고는 내 뒤를 따라 들어오는 리건을 보고는 살짝 고개를 끄덕여 아는 체를 했다.

"램버트, 이것 좀 보실래요?"

나는 탁자로 다가가 지도를 올려놓으려고 했다가 생각을 바꿔 그가 앉아 있는 침대로 다가갔다. 내 방에 있는 탁자는 사람의 키에 맞게 제작되어 있어서 램버트가 사용하기에 영 불편했던 것이다.

"흠, 지도냐?"

"예, 몬트리올 경의 말에 따르면 램버트가 던전을 발견한 지역은 아직 알려지지 않은 곳이라서 탐험대의 기억에 의존하여 그려졌다고 하더군요. 당신의 기억과 일치한지 확인하려구요.”

“흠… 글쎄다… 나는 그때 아무 생각 없이 그들과 같이 다녀서…….”

새클턴 정글에 들어가려는 사람들은 다른 필수품들과 함께 필기도구와 종이를 가지고 다녔다. 다른 곳이라면 그런 걸 가지고 다니는 사람들은 마법사나 학자, 혹은 조사를 목적으로 그곳을 찾는 사람들일 테지만, 새클턴 정글은 그렇지가 못했다. 전혀 알려지지 않은 곳에 혹시라도 발을 들여놓을지 모르니 가끔 가다가 자신이 다닌 곳을 기록할 것을 가지고 다녀야 했던 것이다.

그러한 것은 혹 길을 잃었을 때를 대비할 수도 있었지만, 새클턴 정글을 무사히 빠져나왔을 때 돈이 되기도 했다. 새클턴 정글 안을 들락거리며 생활하는 사람들에게는 절실한 정보였으니 그것을 살 사람들은 많았던 것이다.

아마도 램버트와 같이 던전을 발견한 그 사람들 또한 자신들이 간 곳의 기록을 담당하는 누군가가 있었을 게 틀림없었다. 그랬기에 여러 사람들에게 확인되지 않은 정보라 할지라도 믿고 지도를 그리고 그 던전을 찾아갈 생각을 하는 것이겠지만…….

하지만 자세히 기록한 게 아닌 데다가 정확하게 측량하기는커녕 정신없이 다니는 외중에 생각날 때마다 한 번씩 간단하게 하는 것이기에 100% 정확하지는 않았다. 거리도 한참 틀리고, 사람마다 기준 또한 다르기 때문에 그러한 기록들 대부분은 7, 80% 정도 맞다고 생각하는 것이 상식이었다.

램버트는 곰곰이 생각에 잠긴 표정으로 가끔가다 고개를 끄덕이거나 갸웃거리면서 내가 펼쳐 준 지도를 살펴보기 시작했다.

“으음… 대략적으로 맞는 것 같기는 하지만 잘 모르겠군. 그 안쪽에 있을 때 지리를 기억하려고 애쓰지는 않아서… 음… 여기는 더 멀었던 것 같은데, 아닌가? 이거 참… 가만… 여기에 냇가가 있었던가? 이거 냇가야, 강이야?"

램버트가 손으로 가리키는 파란색의 선을 본 나는 어색하게 웃을 수밖에 없었다.

"에… 여기에 표시될 정도면 커다란 냇가거나 아니면 작은 강이 아닐까요? 뭐, 그게 그거지만… 아, 그래도 대충은 맞다는 거죠?"

얼버무리듯 대답하던 내가 마지막으로 확인차 물어보자 그는 확실하게 고개를 끄덕였다.

"그래. 내 기억과 비슷한 것 같아. 뭐, 맞는지 틀리는지는 가보면 더 잘 알 수 있겠지만……."

"그렇겠군."

리건이 고개를 끄덕이며 긍정하는 사이 노크 소리가 들리며 첼릿과 듀비가 들어왔다.

그 둘은 이 더운 날씨에 한바탕 뛰기라도 했는지 마치 물을 뒤집어쓰기라도 한 듯 땀에 젖어 있었다.

둘은 생각도 못한 리건이 방에 있는 걸 보고 놀란 표정을 지었지만 간단하게 고개를 숙여 인사했다.

"둘 다 잠깐 이쪽으로 와봐요. 여기가 우리가 갈 곳이에요."

내 손짓에 그 둘이 다가와 지도를 들여다보았다.

"흠… 여기서 정글을 뚫고 갈 수는 없을 테니 우회하겠군요."

붉은 X 자 표시의 던전 장소를 보더니 첼릿이 말했다.

"그렇겠죠. 내일 아침에 해안으로 출발한다고 하더군요. 음, 정글에 들어갈 날이 점점 다가오고 있습니다. 아, 듀비, 여기 와본 적 있어요?"

내 말에 지도를 뚫어져라 바라보며 고개를 갸웃하던 듀비가 고개를 흔들었다.

"모르겠습니다. 사실 인간들의 지도라는 걸 처음 봐서 말이지요."

"아……."

그의 말에 나는 당연히 모든 자들이 지도를 볼 수 있을 거라 여겼던 게 잘못임을 깨달았다.

나야 초등학교 다닐 때 지도 보는 법을 배운 데다가, 이브스햄에게 백작가의 영지 운영에 대해 배울 때 영지의 지도 또한 봤던 것이다.

물론 한국에서 사용되던 기호가 그대로 사용된 건 아니고 등고선 같은 것도 전혀 없었지만, 산은 녹색의 엎어놓은 V 자로, 강은 파란 선으로 표시되어 있었기에 보는 데 크게 어려움은 없었다. 거기다가 한국에서 봤던 지도들처럼 아주 자세하게 그려진 게 아니었으니 말이다.

하지만 듀비는 인간이 아니었고 그가 살고 있는 마을에서는 지도가 사용되었는지도 의문이었다. 아니, 종이가 있기나 하는 건지…….

게다가 듀비의 말로는 재수없게 해안으로 나왔다가 노예 사냥꾼에게 잡히기 전까지는 정글을 벗어난 적도 없다고 했으니 전체적인 정글 모양을 알고 있는지도 의문이었다. 그가 운없이 가게 된 해안도 얼떨결에 간 낯선 곳이라고 했으니, 그 말에 비추어보면 정글 전체를 제 집처럼 드나든 건 아니었던 듯싶었기 때문이다.

"그럼 여기를 알고 있느냐도 물어볼 수 없겠군요."

"죄송합니다. 직접 가보지 않는 한, 이렇게 보고서는 모르겠습니다."

"아앗, 듀비가 미안할 필요는 없죠 뭐."

미안한 표정으로 고개 숙이며 사과하는 듀비를 얼른 만류하는데 리건의 음성이 들려왔다.

"뭐, 어차피 직접 가게 될 테니… 나중이면 다 알게 되겠지."

"오…….."
"와아…….."
"세상에나…….."

여기저기에서 들리는 낮은 감탄사 소리에 나는 마음으로 동의하면서 정신없이 주위를 둘러보았다. 성경에 나오는 에덴 동산이 바로 이렇게 생기지 않았을까 싶을 만큼 주변의 정경이 너무나 아름다웠던 것이다.

아름다운 푸르른 나무들이 양 옆으로 쭈욱 늘어서 있었고, 머리 위로 양 옆의 나무에서 뻗어 나온 굵은 나뭇가지들이 살짝 맞닿아 지붕을 이루고 있었다. 그리고 그 틈 사이로 황금빛의 햇살이 내려오고 있었다.

그 아래에는 너무나 맑아서 새하얀 모래가 깔린 바닥이 보일 정도인 푸르른 물결이 잔잔하게 펼쳐져 있었는데, 그 속에서 노니는 총천연 컬러풀한 물고기들이 잔잔한 푸른 물과 하얀 모래를 배경으로 아름다운 그림이 되어주고 있었다.

그곳에 모인 모든 사람들이 감탄한 그 장소는 바로 새클턴 정글로 들어가는 입구였다.

정글의 주변을 따라 해안에 도착하자 보통 다른 나라에서는 보기 어려웠던 모양의 배가 우리를 기다리고 있었다.

한국에 있을 때 TV에서 본 카누처럼 생긴 자그마한 배였다.

폭이 좁아 성인 남자가 혼자만 앉을 수밖에 없었고, 거기에 길이가 길어서 사람만 태운다면 장정 5명이 나란히 탈 정도였다.

하지만 우리는 짐까지 있었으니 배 하나에 3명씩 타야 했다. 그것도 그중 한 사람은 배 주인들로 노를 젓기 위하여 고용된 사람들이었다.

"이, 이걸 어떻게 타고 간답니까?"

그 배를 처음 본 사람들은 모두 기가 막히다는 표정이었다.

그런 거는 정말 잔잔한 호수에서나 탈 수 있지, 파도가 계속 일렁이는 바다에서 탄다면 금방이라도 뒤집힐 것처럼 생겨 불안했던 것이다.

뭐, 능숙한 사람이라면 그곳에서 균형을 잘 잡고 노를 저을 테지만, 여기 있는 우리들은 이런 배에 익숙하지 않은 사람들이 대부분이었으니 말이다.

까딱 잘못해서 배가 뒤집혀 사람은 물론이거니와 위에 실은 짐까지 모두 바다 속으로 풍덩 빠져 버리면 어떻게 하나… 하는 걱정으로 인하여 사람들은 배를 앞에다 두고 타기를 망설였다.

"걱정 마십시오. 타보시면 알게 될 겁니다."

새클턴 국 측 리더인 보르바 할레언 백작이 장담했지만, 사람들은 선뜻 믿겨지지 않아 배 타는 것을 주저했다.

그러자 그가 어쩔 수 없다는 듯 피식 웃고는 먼저 새클턴 국 사람들부터 배를 태우기 시작했다.

인원이 많다 보니 작은 배는 정말 많이 필요했다. 다행히 그 해변에 있는 마을 말고도 옆 마을 배까지 다 동원했는지 배의 수는 충분했지만 말이다.

새클턴 국 사람들이 먼저 나누어 배에 올라타고 출발하자 마지막까지 남아 있던 보르바가 해변에서 망설이는 사람들을 돌아보았다.

“안 가실 겁니까?”

그에 일행들은 서로 눈치를 보느라 쭈뼛쭈뼛거리더니 결국에는 하나둘 배에 오르기 시작했다.

나는 첼릿과 한 배를 탔고, 듀비가 램버트와 또 다른 배에 탔다.

불안한 마음을 지닌 채 여차하면 배가 뒤집힐 때 정령들을 불러 짐을 건질 생각으로 긴장하며 앉아 있는데, 해안을 떠나 바다로 나아가자 나는 왜 배가 이렇게 작아도 되는지 알 수 있었다.

그곳 해변은 바다임에도 불구하고 파도가 거의 없이 잔잔했던 것이다. 마치 호수처럼 말이다.

“이야⋯ 여기 정말 바다가 맞습니까? 파도가 거의 없이 잔잔하네요. 마치 호수 같아요.”

내가 잔잔한 바다를 바라보며 감탄하자 우리 배를 젓고 있던 사람이 빙그레 웃었다.

“놀라셨지요? 여기 이 해안은 다른 곳과 다르거든요. 여기서는 안 보이지만 저 앞쪽으로 가면 아주 자그마한 섬이 있답니다. 모래와 바위로만 된 섬인데, 그 섬이 양 옆으로 길쭉하게 생겨서 이쪽으로 오는 파도를 막아주고 있답니다. 그래서 여기 해안만은 이렇게 파도가 없지요.”

“오⋯ 그랬군요. 그래서 이런 배가 운행될 수 있었던 거군요.”

내 감탄 어린 말에 그 남자가 고개를 저었다.

“뭐, 파도가 안 치기 때문에 이런 배를 띄울 수는 있지만, 이 배를 타는 건 그것 말고 다른 이유가 있지요. 이 배는 새클턴 정글로 들어가기 위한 배거든요.”

“네? 아, 혹시 새클턴 정글을 흐르는 강을 이 배로 거슬러 올라가는 겁니까?”

내 질문에 그 남자가 그렇게 말할 줄 알았다는 얼굴로 피식 웃으며 고개를 저었다.

"아닙니다. 새클턴 정글 안으로 흐르기는 하지만, 강이 아니라 엄연히 바다랍니다."

"에에?"

무슨 말인지 이해 못한 내가 어리둥절한 표정을 짓자 그 남자의 미소가 더욱 커졌다.

"아하하하… 저에게 설명을 듣는 것보다는 직접 가서 보시면 확실하게 아실 겁니다. 아, 그리고 한 가지 여쭈어볼 게 있는데… 혹시 창 던지기 잘하십니까?"

"창… 던지기요? 그, 글쎄요… 그건 한 번도 해본 적이 없는데……."

내가 당황하며 뒤에 타고 있던 첼릿을 돌아보자 그는 가볍게 어깨를 으쓱여 보였다.

"기마 창술이라면 해본 적이 있습니다만, 그건 왜 필요한 거요?"

첼릿의 말에 뱃사공이 씨익 웃었다.

"낚시를 해야 하거든요."

"나, 낚시요? 갑자기 그건 왜……."

뜬금없는 낚시타령에 나는 더욱더 어리둥절해졌다.

지금 우리가 놀러 오기 따악 좋은 바다 위에 있기는 하지만, 놀러 온 게 아니지 않는가? 설마 뱃사공이 그걸 모르는 건 아닐 텐데, 한가하게 낚시를 해야 한다니? 강태공도 아니고 말이다.

그런데 다른 배를 타고 옆에서 나란히 가고 있던 듀비가 불쑥 끼어들었다.

"해인님, 여기서 낚시는 꼬옥 필요한 겁니다. 될 수 있는 한 많이 하면 많이 할수록 좋지요."

그렇게 말하는 듀비의 손에는 내 손목 정도의 굵기에 2m쯤 되어 보이는 길이의 대나무 창이 들려 있었다.

"듀비? 그걸로 뭐 하게요?"

언제 그런 걸 준비했을까 싶어 휘둥그레진 눈으로 그를 바라보자, 그가 씨익 웃으면서 대나무 창을 바다를 향하여 푹 내지르는 거였다. 그리고 잠시 후에 바다에 꽂힌 창을 들어 올리니, 그곳에는 빨간 물고기와 파란 물고기가 끼워진 채 파다닥거리고 있었다.

"우와, 솜씨가 좋으시구만. 이대로라면 문제없겠는데?"

듀비의 능력에 듀비 배의 뱃사공이 감탄했다.

그리고 보니 램버트도 듀비와 비슷한 대나무 창을 들고 있었다.

"듀비, 그 생선이 먹고 싶었던 거예요? 아니면 지금 식사거리를 마련하고 있는 건가요?"

"아하하하… 저희가 먹을 게 아니라 다른 놈들에게 줄 거랍니다."

내 황당하다는 질문에 우리 배의 뱃사공이 시원하게 웃으며 대답해 줬다.

그제야 나와 첼럿은 왜 낚시가 필요한지 알아차릴 수 있었다. 생선을 잡아서 혹여 우리를 공격할 몬스터에게 던져 주려고 하는 거였다.

"기사님, 저희도 생선이 많이 필요하답니다. 대나무 창이라면 벌써 준비해 놨거든요."

그러면서 우리 배의 뱃사공이 가리키는 배 바닥에는 정말 대나무 창이 여러 개가 마련되어 있었다.

"아, 이렇게 미적 센스가 없는 창이라니… 이건 단순히 대나무를 잘라서 끝을 뾰족하게 깎은 것뿐이잖아? 아아… 이 내가 이런 창을 써야 하다니… 서글프도다……."

옆쪽에서 램버트의 푸념 소리가 들려왔다.

그의 푸념에 살짝 미소 지으면서 나는 첼릿이 대나무 창을 치켜드는 걸 반짝반짝 빛나는 눈으로 바라보았다.

"첼릿, 잘할 수 있죠?"

내 기대 어린 시선에 그가 삐질거렸다.

"아하하하… 그, 글쎄요… 이런 건 처음 해보는데……."

"별로 어렵지 않습니다. 몇 번 하다 보면 요령이 생겨서 쉽게 느껴질 겁니다. 주의하실 것은 바다 속에 보이는 물고기는 실제로 보이는 것보다 약간 위쪽에 있으니 보이는 곳에다 창을 찔러 넣으면 고기를 잡지 못한다는 것입니다. 고기의 약간 아래쪽을 겨냥하십시오."

첼릿이 당황하자 옆에서 벌써 10마리가 넘는 물고기를 잡아 배에 올려놓던 듀비가 낮은 목소리로 설명해 줬다.

"아… 맞아요. 물속에서는 물체가 꺾어져 보이죠."

그의 설명에 내가 고개를 끄덕이면서 아래를 내려다보자니 하얀 모래 바닥 위로 형형색색의 예쁜 물고기들이 헤엄쳐 다니고 있었다.

'오, 열대어처럼 색깔 참 예쁘다. 그런데… 열대어는 먹을 수 있었던가? 관상용이었던 거 같은데… 그럼 이거 혹시 맛없는 거 아니야?'

그렇게 감탄하는 순간 그 예쁜 물고기를 향하여 첼릿이 들고 있던 대나무 창이 날카롭게 쏘아져 나갔다.

푸슉~

대나무 창이 너무 가늘어서인지, 아니면 그 속도가 빨라서 그런지 물살이 거의 튀지도 않았다.

하지만 처음 해보는 거라서 그런지 아쉽게도 대나무 창은 애꿎은 모래에 푹 파묻혔고, 첼릿이 노리던 물고기는 놀라서 도망가 버렸다.

"이거 참……."

아까운지 첼릿이 입맛을 쩝 다시자 듀비의 목소리가 들려왔다.

"약간 아래쪽을 노리라니까요."

"아, 예."

듀비의 말에 첼릿이 고개를 끄덕이며 다시 신중하게 물고기를 노렸다.

그 모습에 나는 고개를 갸우뚱했다.

'이거 어째… 듀비가 첼릿을 가르치는 것 같잖아? 뭐… 듀비가 첼릿보다 나이가 많으니 그럴 수도 있겠지만… 그런데 둘 사이가 언제 이렇게 좋아졌대?

그렇게 고기를 잡으면서 배들이 전진하는 사이, 우리는 어느덧 울창한 나무가 떠억하니 가로막고 있는 지점에 도달했다.

드디어 정글에 발을 내딛는구나 하면서 나는 내릴 준비를 하고 있는데, 황당하고 어이없게도 배는 나무 앞에서 멈춰 서지 않고 그대로 나무 옆을 쓰윽 통과해서 안으로 들어가는 것이었다.

바닷물이 그 안에까지 쭈우욱 연결되어 있어 가능할 수 있었다.

"어… 어어어… 이, 이 나무들……."

배가 나무 옆을 그대로 통과하자 나는 놀라서 뒤를 돌아보았고, 그러다가 더욱더 놀라 입을 떠억 벌렸다.

내 경악하는 표정을 본 뱃사공은 그럴 줄 알았다는 듯이 히죽 웃더니 입을 열었다.

"신기하죠? 바다 위에 떠억 버티고 있는 나무라니요."

뱃사공의 말에 첼릿이 끼어들었다.

"저기서부터는 강물인가 보죠. 그러니까 나무가 버틸 수 있는 거 아닙니까? 바다와 이어져 있다고는 해도, 여기 물은 그냥 생수겠지요?"

그의 말에 뱃사공이 웃으면서 입을 열었다.

"뭐, 제 설명을 듣는 것보다 그냥 이 밑에 있는 물을 찍어 한번 맛보시지요."

그에 첼릿과 나는 얼른 배 아래로 손을 뻗어 물을 찍은 뒤 맛을 보았다.

"오, 짜다……."

"바, 바닷물?"

나와 첼릿의 놀란 중얼거림에 뱃사공이 그럴 줄 알았다는 표정으로 고개를 끄덕였다.

"여기도 엄연히 바다랍니다. 뭐, 꼭 내륙 안에 강물만 흐르라는 법이 있습니까? 바닷물도 흐를 수 있지요."

물론 그런 법은 없지만, 실제로 그런 걸 본 적이 없으니 놀랄 수밖에…

"어머나… 나무가… 소금물 위에서도 잘 버티고 있네요… 대단한 나무야."

내가 놀라운 감정을 그대로 드러내며 대답하자 뱃사공이 히죽히죽 웃었다.

"여기는… 별천지랍니다. 다른 곳에서의 상식이 여기서는 완전히 어긋나 버리는 경우도 종종 있다니까요. 자자, 이러고 계실 시간 없습니다. 어서어서 고기를 잡으셔야 해요. 고기가 많을수록 안전할 확률도 높아지는 법이랍니다."

뱃사공의 재촉에 들고 있던 대나무 창도 잊은 듯 멍하니 바닷물 위에 서 있는 나무를 바라보던 첼릿이 정신을 차리고 다시 배 아래를 태연하게 헤엄쳐 다니는 물고기에 집중했다.

그곳에서는 형형색색한 물고기들 사이로 아까는 보지 못했던, 마치 거대 미꾸라지나 메기같이 생긴 고기도 종종 보여 첼릿에게 잡혀 올라왔다.

내 팔뚝보다도 더 굵은 메기나 미꾸라지 같은 물고기가 퍼덕거리는 걸 보니 괜시리 얼큰한 매운탕이 생각나며 입 안에 군침이 돌았다.

"아, 이건 맛있겠다. 요거 몇 개는 빼돌려서 구워 먹으면 어떨까요?"

"허허허허, 그거 좋죠. 고놈들은 특하나 여기 있는 물고기들 중 가장 맛난 거랍니다. 양념할 것도 없이 이 바닷물에 담갔다가 그대로 모닥불에 구워서 먹으면… 캬~ 그 맛이 일품이랍니다. 거기에 술도 한잔 걸치면… 그야말로 천국이 따로 없다니까요."

그걸 상상하고 있었던지 뱃사공의 얼굴이 행복한 표정으로 부르르 떨렸다.

"오옷, 정말이죠?"

배 위에서 퍼덕퍼덕 뛰는 굵고 커다란 미꾸라지를 보며 입맛을 쩝쩝 다시는데 주위에서 감탄에 찬 소리들이 들려왔다.

"와우……."

"히야아……."

"응?"

그러한 소리들에 의아함을 느껴 배 위의, 오늘 저녁의 특식을 바라보고 있던 시선을 들어 사람들이 쳐다보는 쪽을 본 나는 눈앞의 너무나 아름다운 풍경에 입을 떠억 벌렸다.

"우와아… 아름답다……."

"낙원이 따로 없군."

누군가의 목소리에 저절로 고개가 끄덕여지는데 뱃사공의 웃음기 어린 목소리가 들려왔다.

"멋지죠? 이 위험한 새클턴 정글에 그나마 이런 눈요기라도 있어서 들어올 기분이 생긴다니까요."

"정말 신기하군요. 바닷물이 마치 잔잔한 강 같질 않나, 그 바닷물이 내륙 깊숙이까지 들어와 있지 않나, 그 위에 나무가 자라질 않나……."

첼릿의 황당하다는 말에 나는 진정으로 동감하며 다시 한 번 고개를 끄덕였다.

그렇게 우리가 주위의 경관에 감탄하며 그 사이사이 물고기를—물론 나는 놀고 첼릿이—계속 잡으며 전진하는데 얼마쯤 가다가 갑자기 뱃사 공이 긴장한 작은 목소리로 속삭였다.

"자, 이제는 물고기를 그만 잡으셔도 됩니다. 지금부터는 될 수 있는 한 소리를 내지 마시고 긴장하셔야 합니다. 이쯤부터 위험한 지역이거 든요. 갑자기 뭐가 튀어나올지 모르니 조심하세요. 그리고 주의하실 것은, 혹시 몬스터를 보신다면 절대로 공격하지 마시고 될 수 있는 한 배 위에 있는 물고기 한 마리를 던져 주시고 몸을 피하셔야 한다는 겁 니다. 아시겠지요? 피를 보는 일은 될 수 있는 한 없어야 한다구요."

뱃사공의 말 때문인지 몰라도, 갑자기 불안감이 엄습하며 왠지 주위 가 아까보다 어두컴컴해진 것 같았다. 그래 의아해서 하늘을 보니, 아 까는 양 옆에 쭈욱 자라 있던 나무들의 가지가 머리 위에서 닿을 듯 말 듯했던 것이, 여기에서는 닿다 못해 아예 굵직굵직한 나무들이 얽히고 설킨 채 하늘을 가리고 있어 햇빛을 대부분 차단시키고 있었다.

다른 배에서도 뱃사공들의 경고가 이어졌는지 아까까지만 해도 가 끔은 감탄 소리와 낮게 속삭이는 소리가 들려왔었는데, 이제는 고요한 침묵 속에 뱃사공들이 조용히 노를 젓는 소리만이 들려올 뿐이었다.

쏴아아아~

한차례 바람이 불어오자 이리저리 얽혀 하늘을 가리고 있는 나뭇가지들과 나뭇잎들이 흔들리며 소리를 냈다.

이 더운 정글에서 왠지 한기를 느끼게 하는 그 바람에 몸을 한번 움츠리는데 어깨에 크고 따뜻한 손이 올려졌다.

"너무 걱정하지 마십시오. 해인님은 제가 어떻게 해서라도 지켜 드리겠습니다."

조용히 속삭이는 첼릿의 말속에는 굳은 결의가 담겨 있었다.

그 말을 듣자니 나는 피식 웃음이 새어 나왔다.

내가 여기에 어떻게 왔는데…

리건과 상회 녀석들을 제외한 나머지 주위 사람들이 강력하게 반대를 했음에도 불구하고 상처 하나 없이 돌아올 수 있다는 자신감에, 마치 옆 동산에 소풍을 가는 심정으로 이렇게 와놓고는 입구에 들어서자마자 긴장한 채 나도 모르게 절로 움츠러든 내 자신이 웃겼다.

"고마워요."

긴장하는 날 안심시키려고 애쓰는 첼릿에게 미소를 보인 나는 크게 한번 심호흡을 하고는 가슴을 폈다.

'훗, 감히 누가 날 건드려?

근거있는(?) 자신감을 곱씹으며 주위에 신경을 집중시켰다.

앞에 뭐가 있는지 모르는 때에 허공에 둥둥 떠다니는 정령들의 대화에 귀를 기울이면 때로는 중요한 정보를 얻을 수 있었기 때문이다.

그런데… 조용했다.

배 아래의 운디네들이나 허공에 떠 있는 실프들이나 모두 침묵을 지킨 채 우리를 주시하고 있었던 것이다.

아까까지만 해도 주위 풍경에 감탄하고, 물고기 잡는 거 구경하며 떠들면서도 사방에 둥둥 떠 있는 정령들의 재잘거림을 간간이 흘려듣고 있었다. 그런데 아주 잠깐 사이에 정령들에게 신경 쓰지 않았다고 해도 이렇게 침묵을 지키는 걸 알아차리지 못했다니, 내가 스스로 생각한 것보다 더 긴장했던 모양이었다.

"아무래도… 뭔가가 있는 것 같은데……."

정령들의 행동에 뭔가가 있음을 느낀 내가 낮은 목소리로 첼릿에게 속삭이자 그가 고개를 끄덕였다.

"너무 긴장하지 마시고 침착하십시오. 해인님 곁에는 언제나 제가 있다는 걸 명심하시고요……."

스으윽… 샤샤샥~ 휙~!

첼릿의 말이 채 끝나기도 전이었다.

마치 바람에 나뭇가지들이 부대끼는 소리가 나는가 싶더니만, 저 앞쪽에서 갑자기 무엇인가가 바람 소리와 함께 빠른 속도로 지나가는 거였다. 너무 빨라서 검은 그림자가 한순간 지나치는 것밖에 보지 못했는데, 그와 함께 앞쪽에서 낮지만 놀란 외침들이 들려왔다.

"헉……."

"뭐, 뭐야?"

"어디 갔어?"

단편적인 외침들이라 무슨 일이 일어난 건지 알 수가 없었지만, 그 목소리들에 당혹감이 가득하다는 건 알 수 있었다.

순간 위험을 느낀 듯 첼릿이 나에게 좀 더 가까이 다가와 앉으며 검에 손을 가져가려고 했는데, 사공이 그를 만류했다.

“안 됩니다. 아까 제가 드린 말씀을 잊으셨습니까? 될 수 있는 한 피를 봐서는 안 됩니다.”

그의 말에 첼릿이 멈칫하더니 검에서 손을 떼었다.

첼릿이 검에서 손을 완전히 떼었다는 것을 확인한 사공은 노에서 잠시 손을 떼고는 배 바닥에 수북이 쌓인 물고기들을 들어 올렸다.

“자, 몇 개씩 가지고 계십시오. 그리고 무슨 일이 있다 싶으면 지체 말고 허공 높이 이걸 던지셔야 합니다. 명심하세요. 무슨 일인지 확인할 생각일랑 절대로 하지 마시고 느낌이 안 좋다 하시면 무조건 물고기를 던지셔야 합니다. 물고기 한두 마리 그냥 버려도 되니까요.”

그러면서 우리들 손에 죽은 물고기를 쥐어주는 사공의 손은 두려움으로 가늘게 떨리고 있었다.

“무슨 일이오? 당신… 왠지 아까보다 훨씬 더 두려워하고 있는 것 같군. 무슨 일이지?”

자신에게 물고기를 쥐어주는 사공을 유심하게 바라보며 첼릿이 날카로운 눈초리로 물을 때였다.

쉬익~!

다시 한 번 날카로운 바람 소리와 함께 검은 그림자가 지나갔고, 또다시 경악성이 터져 나왔다. 그에 사공이 새파랗게 질린 얼굴로 부들부들 떨면서 재빨리 배 바닥에 엎드렸다.

“그, 그놈들이 나타났어요. 그놈들이… 제기랄… 강 속에 있는 것만 해도 감당하기 어려운데 위에서도… 운도 없지… 왜 하필 오늘…….”

떨리는 목소리인데다가 자세한 설명이 생략된 말이었지만, 그것만으로도 이 새클턴 정글을 악명 높게 만들어주는 무언가가 나타났다는 것을 알 수 있었다.

쉬익~! 쉬익~! 쉬이익~!

날카로운 바람 소리가 좀 더 자주 들려왔고, 그와 함께 경호성도 자주 들려왔다.

"주의하라!"

"사방을 경계해!"

"마법사, 불을 밝혀!"

당황한 가운데 각국 리더들의 침착한 목소리가 들려왔다.

지금 이곳은 하늘을 두텁게 가리는 나무들 때문에 낮 시간임에도 불구하고 마치 밤처럼 어두컴컴했던 것이다.

잠시 후 수십 개의 마법의 불들이 허공에 떠올랐고, 덕분에 사방이 밝아지자 사람들은 각자 자신들의 무기를 움켜쥐고 사방을 살펴보기 시작했다.

"안 됩니다. 그냥 이대로 엎드리세요!"

나와 첼릿도 그들과 마찬가지로 자리에서 일어나 사방을 경계하려고 했는데, 우리 배의 사공이 낮은 목소리로 필사적으로 말하며 첼릿의 바짓가랑이를 부여잡았다.

"그냥 조용히 엎드리세요. 그게 낫습니다. 일어나면 명을 재촉할 뿐이라고요."

아까는 엄청 두려움에 떨더니 몸을 낮추고 있다 보니 약간 진정한 모양이었다.

그의 말에 앞의 배들을 살펴보니 일어나서 사방을 둘러보는 건 탐사 일원들뿐 사공들의 모습은 보이지 않았다. 아마도 우리 배의 사공처럼 몸을 최대한 낮춰 배에 밀착시킨 모양이었다.

그래 나와 첼릿도 엉거주춤 몸을 낮추면서 옆 배, 그러니까 듀비와 램버트가 있는 배를 힐끔 보니 그곳에서도 역시 몸을 낮춘 채 엎드려 있었다.

그러던 순간…

"위쪽이야!"

퍼엉~!!

키에에엑~!!

텀벙~!

누군가의 날카로운 외침 뒤로 한 마법사가 마법을 날렸는지 강력한 폭발음이 터져 나왔고 그 마법이 효과를 봤는지 몬스터의 괴로운 울부짖음과 함께 뭔가 아주 육중한 물체가 물에 떨어지는 소리가 들렸다.

"젠장… 이러면 안 되는데… 안 되는데……."

그러한 소리들은 뱃사공에게도 들렸는지 그는 배 바닥에 얼굴을 처박으면서 절망적으로 중얼거렸다. 하지만 그 사공의 바람과는 정반대로 그러한 소리들을 필두로 앞쪽에서는 본격적으로 전투가 일어나는 소리가 들려왔다.

"활을 날려!"

"마법사!!"

"파이어 볼!"

"파이어 에로우!!"

"라이트닝 볼트!!"

"운다인!"

"실프!!"

키이에엑~

카아아아~

"으아악~!"

"조심해!"

여러 마법뿐만이 아니라, 정령들까지 동원되는 마당에 몬스터라 추측되는 비명성이 계속하여 울려 퍼졌고, 간간이 사람들의 비명 소리까지 들려왔다.

배 바닥에 엎드려 있느라 도대체 앞에서 무슨 일이 일어나는지 모르고 있던 나는 그러한 요란한 소리들에 궁금증을 참을 수가 없어 고개를 슬쩍 들어 배 위로 눈만 빼꼼이 내밀려고 했다.

"해인님!"

그러한 날 본 것인지 첼릿이 낮은 경고성을 발휘했지만, 슬쩍 뒤돌아보니 첼릿도 궁금증을 참을 수가 없었는지 슬며시 고개를 들고 앞을 바라보는 거였다.

그래, 그에게 한번 픽 웃어준 나는 고개를 돌려 앞을 바라보다가 그대로 굳어버렸다.

벨레니 국 팀은 배를 타고 출발할 때 가장 늦게 탔었다.

처음에는 새클턴 국이 먼저 타고 출발했고, 그 뒤로 새클턴 국 팀 리더의 보르바 할레언 백작의 비웃음에 열받은 녹스 국이 따랐고, 그 다음 마법사 길드 팀과 마르타 국이 나서는 바람에 우리 벨레니 국은 맨 뒤로 물러나는 수밖에 없었다.

용병들은 5개 팀이 와서 각자 한 나라씩 맡아 호위하는 식으로 하여 우리 주위에는 그래도 나와 안면이 있다고 트래비스 용병단이 포진하고 있었다.

그렇기에 새클턴 국 팀은 저 앞쪽으로 나가 있었고, 그들 뒤이자 우리 바로 앞에는 마르타 국과 녹스 국이 마법사 팀과 그들과 짝이 된 용병단과 같이 있었는데, 바로 그들이 지금 일어나서 몬스터들과 맞서고 있는 것이었다.

"세상에나……."

마법사 팀과 마법 국가라고 불리는 마르타 국이 같이 있으니 마법 공격이 제일 활발했다.

그 덕분에 그들 머리 위에서 호시탐탐 기회를 엿봐 먹이를 낚아 올리려는 뱀들의 움직임을 막는 데 탁월한 효율을 보이고 있었다.

"으윽… 징그러워……."

그랬다.

지금 앞 팀(?)들이 사투를 벌이고 있는 건 한 무리의 뱀 떼였다.

그것도 보통의 뱀이 아니라 쩌억 벌린 입 크기만 해도 1m는 훨씬 넘을 것 같은 엄청나게 거대한 뱀이었다.

"보아뱀? 아니, 아나콘다던가?"

길이는 나뭇가지에 친친 감기고 가려 있어서 잘은 모르겠지만, 굵기만 보면 성인 한두 명은 너끈히 삼킬 수 있을 것 같았다. 그런 게 한 마리도 아니고 수십 마리가 서로 엉킨 채 노란 눈을 번뜩이며 사람들을 노려보고 있었다.

검은색 바탕에 붉은 무늬가 있는 그 뱀들의 굵은 몸통 끝에는 몸통과 구별되는, 내 손목 굵기만한 꼬리가 길게 달려 있었는데, 마치 채찍 같은 그 꼬리의 길이는 대략 3, 4미터쯤 되어 보였고 화려한 붉은 문양이 있는 몸통과는 달리 잡티 하나 없는 새까만 색이었다. 어두컴컴한 곳에서 그러한 꼬리를 조용히 늘어뜨리고 있으면 아무도 눈치 채지 못할 터였다.

저 뱀 놈들은 그렇게 나무 위에서 꼬리를 늘어뜨린 채 조용히 숨죽이고 있다가 아래로 먹이가 지나가면 기다란 꼬리를 채찍처럼 움직여 먹이를 낚아채 올리는 듯했다.

그리고 아까 내가 들었던 휙~ 하는 소리가 배 위에 있던 운없는 누군가를 저놈들 중 하나가 낚아채는 소리였고…….

그러나 다행히도 리더들이 그러한 상황을 알아채고 마법사들의 도움을 받아 뱀들을 발견하여 잘 대치하고 있는 듯했다.

"괜찮아요. 폼을 보아하니 우리가 이길 것 같은데요?"

화려한 마법들의 난무로 보아 우리가 쉽게 이길 것 같아 내가 안심하고 몸을 들어 올리려는 찰나 첼릿이 내 등을 가만히 눌렀다.

"아닙니다. 그렇지가 못합니다."

"예?"

첼릿의 저지에 엉거주춤 다시 몸을 낮추는데 뱃사공이 떨리는 목소리로 첼릿의 말을 거들고 나섰다.

"맞습니다, 맞아요. 우린 여기서 죽을 거라고요. 신이시여, 저희를 보살피소서……."

"왜요? 잘 싸우고 있잖아요. 곧 저 뱀들을 다 물리칠 거 같은데요?"

내 의아한 목소리에 첼릿이 고개를 저었다.

"잘 보십시오. 마법사들이 공격하는 것이 대부분 먹히질 않고 있습니다."

"예?"

첼릿의 침중한 어조에 내가 어리둥절한 목소리로 되묻자 그가 다시 설명을 했다.

"아무리 크다고 해도 보통 뱀이라면 클래스의 높낮이에 별 상관 없이 화염 계열의 공격 마법에 타격을 입을 것입니다. 그런데 지금 저 뱀들은 저 수많은 마법 공격을 받은 것에 비해 바다로 떨어지는 녀석들은 극히 적습니다. 그 공격 마법이 저놈들에게 제대로 안 먹힌다는 거지요."

"헉… 그, 그럼 왜 쓸데없이 마법 공격을 하는 거죠? 차라리 큰 마법으로 한 방 먹이던가, 아니면 마나를 낭비하지 말던가……."

"큰 마법을 쓰려면 마법을 준비하는 시간이 길게 않습니까? 아마도 주위의 마법사들이 낮은 클래스지만 화려한 마법을 남발하는 것은 고위 마법사가 큰 마법을 준비하는 시간을 벌어주려는 걸 테지요. 녀석들이 위에 있으니 기사나 용병들은 지금은 도움이 되지 못할 테구요. 하지만 놈들이 머리 바로 위에 있어서 자칫 잘못하다가는 자신들에게도 해가 올 테니 신중해야 할 겁니다."

첼릿의 말에 다시 눈을 빼꼼이 내밀고 보니 과연, 주위 마법사들이 열심히 마법 공격을 펼치는 데 비하여 마르타 국 일행의 리더인 쉐리든 폴트팩트 백작과 마법사 길드 일행의 리더인 콘스턴스는 마법을 펼치지 않고 가만히 있는 폼이 뭔가 대단한 걸 준비하는 모양이었다.

그 둘은 이곳에 있는 이들 중 가장 실력이 높은 사람들이었다.

쉐리든 폴트팩트 백작은 6서클의 6클래스 익스퍼트 마법사였고, 콘스턴스는 7서클의 7클래스 유저 마법사였던 것이다.

그런데 그때였다.

키에에~!

실력이 없는 건지, 운이 없는 건지 뱀 한 마리가 위에서 떨어졌다.

위에 있는 녀석들이 워낙 크다 보니 다른 데에서 보면 지금 떨어지는 녀석도 엄청 크게 보일 텐데, 여기에서는 작은 축에 속했다. 아마도 어린 녀석이었던 모양이다.

그런데 그 녀석이 채 수면에 떨어지기도 전에 시커먼 그림자 두 개가 불쑥 솟아 나오더니 그 뱀을 덥석 물고 아래로 사라졌다.

"헉……."

"제기랄… 나타났어요, 나타났다구요."

그 모습에 내가 헛바람을 삼키는데 사공도 그걸 봤는지 다시 바닥에 얼굴을 박으며 중얼거렸다.

"나타난 건 우리도 알고 있으니, 뭔가 알고 있으면 설명 좀 해보시오. 알고 있는 게 있으면 이 상황에 도움이라도 좀 되어야 할 게 아니오?"

아까부터 제대로 된 설명은 안 해주고 자신이 하고 싶은 말만 하는 사공에게 첼릿이 짜증스럽다는 어조로 내뱉었다.

그런데 그 순간 갑자기 쿵~ 하는 소리와 함께 뭔가가 아래에서 우리 배에 부딪쳤고, 그 바람에 작은 배가 순간적으로 크게 휘청거렸다.

"해인님!"

첼릿이 놀라 날 붙잡았지만, 우리는 다행히 몸을 낮추고 있어 비틀거리다가 배에 머리를 약간 부딪히기는 했어도 별 탈 없었다.

"아, 나는 괜찮아요."

하지만 우리 배 위에 그득 쌓여 있던 물고기들은 그렇지 못했는지 그 충격으로 인하여 위에 있던 몇몇 물고기가 미끄러져 물 위에 떨어졌다. 그러자 그 순간 시커먼 그림자가 불쑥 솟아올라 그 물고기들을 덥석 낚아채는 것이었다.

"허걱……."

바로 눈앞에서 그걸 본 나는 헛바람을 삼켰다.

티라노 사우르스처럼 툭 튀어나온, 아니, 그보다 더 튀어나온 주둥이에는 날카로운 이빨이 솟아 있었고, 뱀처럼 노란 눈에 악어와 같은 울퉁불퉁하고 거무튀튀한 색의 거죽을 가지고 있는 그것은 날카로운 손, 발톱이 달리고 날쌔게 생긴 앞발과 뒷발에다가 악어 꼬리처럼 생긴 기다란 꼬리를 가지고 있었다.

"에어리언이닷!"

정말 딱 에어리언처럼 생긴 그 몬스터는 노란 눈을 힐끔 돌려 날 한 번 보더니 물고기를 입에 물고 만족한 표정으로 아래로 사라졌다.

"해인님, 저 몬스터를 아십니까?"

첼릿의 말에 나는 어색하게 웃어 보였다.

설마 에어리언처럼 생겼다고 해서 정말 에어리언일 리는 없지 않은가? 그건 한국에서 본 SF영화에서 나온 거였고, 그 영화에서도 에어리언은 외계 생물체였으니 말이다.

이런 날 도우려는 건지 사공이 끼어들어 부정했다.

"아닙니다. 저건 에어리언이 아니라 요크라고 하는 놈들입니다. 정글 안의 이 정도 깊이의 강이나 이 부근에서 자주 발견되는 놈들이지요. 물속에서 엄청 재빠른 데다가 떼로 몰려다니기에 만나면 피하는 것이 좋습니다. 정 안 되면… 이렇게 물고기를 던져 주면 사람에게 덤비지는 않습니다."

그러면서 사공이 물고기 몇 마리를 바다에다 던져 넣었다. 그러자 세 마리의 그 요크라는 에어리언처럼 생긴 몬스터가 불쑥 나타나 그걸 물고 사라지는 것이었다.

"흠, 그럼 이 물고기들은 저놈들을 피하기 위해 마련한 것이란 말이오?"

"그렇습니다. 뭍에서 한 놈 정도는 크게 위험하지 않은 상대이긴 하지만, 한 놈이 있다면 주위에 다른 여러 놈이 있다는 뜻이니 저놈들은 이렇게 해서 피하는 게 상책입니다."

사공은 첼릿의 아까 전 짜증스러운 말에 억지로라도 안정을 되찾았는지 이번 첼릿의 질문에는 아까보다는 꽤나 침착하게 대꾸했다.

"꽤나 영리한 놈들이지요. 우리가 이렇게 저놈들을 피하니까, 이제는 배만 보면 부딪쳐 와서 물고기를 얻어먹는답니다. 그런데… 하필이면 저 거대 뱀 놈들이랑 같이 마주쳐 버렸으니……."

사공의 근심스러운 어조에 첼릿이 마주 고개를 끄덕이며 앞쪽을 바라보았다.

"왜요, 뭐가 문제인데요? 이놈들이야 물고기만 던져 주면 그냥 물러난다면서요?"

내 속삭임에 첼릿이 손가락으로 앞쪽을 가리키며 설명해 줬다.

"그놈들이 물고기를 얻기 위해 취하는 행동이 문제지요. 지금은 머리 위의 놈들을 상대하느라 바쁜데, 아래에서 누가 배를 쳐서 흔들면 어떻게 되겠습니까? 특히나 배 위에서의 싸움에 약한 사람들에게는요."

첼릿의 설명이 끝나자마자, 마치 이렇게… 라고 알려주기라도 하듯 앞쪽에서 용병들이 타고 있는 배에 요크가 부딪치자 일어서 있던 용병들이 배에 쌓아놓은 몇몇 물고기들과 함께 바다 속으로 떨어졌다. 그러자 십여 마리의 요크들이 그들에게 달려드는 것이었다.

"요크들은 사람들에게 함부로 덤비지는 않지만, 물에 떨어진 사람들은 예외지요. 저놈들은 물에서는 자신들이 강하다는 걸 잘 알고 있거든요."

그 모습을 본 사공이 씁쓸하고 두려운 어조로 설명했다.

그의 말이 끝날 때 즈음 바닥이 다 비칠 정도로 맑은 바닷물 사이에 붉은 잉크가 조용히 퍼지고 있었다.

"윽……."

그 모습에 나는 나도 모르게 입을 틀어막으면서 신음 소리를 죽였다.

이런 모습이야 한국에 있을 때 영화에서 많이 봤지만, 직접 보니 가슴이 철렁 내려앉으면서 몸이 부들부들 떨려왔던 것이다.

내가 상회에 소속되어 북 드워프의 마을로 향할 때도 철없는 인어들 덕분에 바다 몬스터들을 많이 만나기는 했지만, 그때는 내가 있는 힘을 다해 배를 지킨 데다가 배 위의 용병들도 합심하여 나를 도와준 덕에 죽은 사람은 단 한 명도 없었다.

바다 몬스터들과 조우했을 때도 크게 두려움은 없었다. 오히려 몬스터들을 하나하나 물리칠 때마다 신이 나고 흥분도 되었고, 몬스터가 나타났을 때 입으로는 또야? 하면서도 일행과 같이 물리칠 생각에 마음 한구석이 들뜨기도 했었던 것이다.

사실 나는 이 정글에 온다고 했을 때에도 그때의 그 기분을 다시 맛볼 수 있으리라 생각하고 여유만만하게 나섰던 것이었다.

그러나 처음 맞닥뜨린 정글의 몬스터들은 내가 환상을 품어왔다는 것을 뼈저리게 느끼게 해주고 있었다.

앞쪽에서는 몬스터들이 머리 위뿐만이 아니라 아래에도 있다는 걸 알고 우왕좌왕하기 시작했다.

"도와야 하지 않을까요?"

그 모습에 내가 나서려고 하자 첼릿이 고개를 저었다.

"해인님, 지금은 해인님 혼자 독단으로 움직이셔서는 안 됩니다. 몬트리올 경의 지시가 떨어져야 합니다."

여기 오기 전에도 독단으로 움직이지 말라는 주의를 단단히 들은 터라 나는 몬트리올 경을 찾으려고 고개를 두리번거렸다.

그때…

"디신티그레이트!!"

오랜 시간 준비하고 있던 마법이 드디어 완성되었던지 마법사 길드 일행의 리더인 콘스턴스의 목소리가 날카롭게 허공을 갈랐다. 그러자 우리 앞쪽 일행들 머리 위의 나뭇가지들 사이에서 초록빛 광선이 번쩍하더니만, 얽히고설켜 하늘을 가리고 있던 그 수많은 굵은 나뭇가지들이 순식간에 초록빛 입자로 화하여 허공에서 공중분해 되어버렸다. 그리고 그와 함께 그 나뭇가지들에 친친 매달려 있던 수많은 뱀 떼가 동시다발적으로 바다 위로 떨어졌다.

촤아아아~

덩치도 엄청 큰 데다가 숫자가 많으니까 첨벙첨벙 소리가 아니라 마치 거대한 파도가 절벽에 부딪치는 소리가 나면서 거대한 물결이 일었다.

그러자 곧바로 기다리고 있었다는 듯 마르타 국 일행의 리더인 쉐리든 폴트팩트 백작의 목소리가 뒤를 따랐다.

"라이트닝 볼트!!"

비록 3클래스의 마법이었지만, 6서클의 마법사가 시전하니 그 크기가 장난이 아니었다.

콰지지직~!!

폴트팩트 백작의 손에서 형성된 커다란 전기의 구가 바다 속으로 떨어졌고, 그와 함께 엄청나게 강렬한 섬광과 함께 고압 전기가 마주치는 듯한 소리가 요란하게 일었다.

그리고 잠시 후…

갑자기 뻥 뚫린 하늘에서 햇빛이 쏟아져 들어와 사방을 비추었고, 바다 위에는 시커멓게 탄 에어리언, 아니, 요크라는 몬스터들이 하나둘 떠올랐다. 그리고 그 사이사이 커다란 뱀의 모습도 보였다.

"휴우……."

누군가의 안도의 한숨 소리와 함께 곧 이어 내가 찾고 있던 몬트리올 경의 차가운 목소리가 들려왔다.

"전진! 서두르게. 어서 여기를 빠져나가지."

앞쪽을 보니 한바탕 전투를 치른 마르타 국과 녹스 국, 그리고 마법사 길드 사람들과 그들과 한 조를 이룬 용병들이 빠른 속도로 전진하고 있었다.

배 바닥에 얼굴을 처박고 있던 우리 배의 사공도 재빠르게 일어나 힘차게 노를 저었다.

"빨리, 빨리 이곳을 빠져나가야 합니다. 속도를 낼 테니 꽉 잡으세요."

뒤에서 지켜보기만 하고 있던 벨레니 국 측 사람들이 서둘러서 에어리언과 뱀들의 사체가 둥둥 떠다니는 전투 지역을 마악 통과하려 할 때였다.

새카맣게 그슬려 물 위에 떠 있는 뱀들에게 될 수 있는 한 시선을 주지 않으려 애쓰고 있는데 갑자기 죽은 줄만 알았던 뱀들이 갑자기 눈을 뜨더니 벌떡 일어나는 거였다.

"헉~!"

다행히 모든 뱀들이 눈을 뜬 건 아니었지만, 눈 뜬 뱀들은 그 뱀들 중 큰 축에 속하는, 그러니까 제일 강한 놈들이었던 것이다.

사방에 떠다니는 동족들을 일별한 뱀들은 분노한 기색을 노란 눈에 가득 담은 채 우리를 노려보기 시작했다.

캬아아~!!

나무만 잘 타는 줄 알았더니, 물속에서도 잘만 움직이는 놈들이었다.

그들의 공격할 태세에 첼릿이 다급하게 배 위에서 일어나 날 등 뒤로 숨기고는 검을 빼어 들었다.

"조심하십시오."

우리를 절대 보내주지 않겠다는 듯 앞을 막아서며 입을 벌리는 놈들 때문에 우리는 아까 전투가 벌어졌던 바로 그 장소에 멈춰 서서 무기들을 치켜 올렸다.

"전투 준비!!"

몬트리올 경의 목소리를 들으며 나 또한 한몫 거들기 위하여 운다인과 엔다이론들을 왕창 불러내는데, 그 순간 한이 절절하게 맺힌 목소리가 내 귀에 들려왔다.

[용서 못해, 용서하지 않아!!]

주위의 허공에 있던 정령들은 이 자리를 몽땅 피해 저 멀리서 숨죽인 채 지켜보고 있었기에 더욱더 그 목소리가 잘 들렸는지도 몰랐다.

나는 순간적으로 멈칫한 채 그 목소리의 근원지를 찾았다.

한으로 죽은 처녀귀신의 목소리가 그럴까?

원한에 가득 찬 여자의 목소리에 소름이 오싹 돋을 지경이었다.

[절대로 보내지 않겠다. 죽어도 너희들과 같이 죽겠어!!]

[내 아이들의 원수를 갚겠어!]

[가만두지 않아!]

[죽여 버릴 거야.]

한 목소리가 들려오자 곧 이어 다른 목소리들도 들려오기 시작했다.

"뭐, 뭐야?"

목소리들이 들려오는 곳을 따라 시선을 돌리니, 그곳에는 황당하게도 우리 앞을 가로막은 20여 마리의 뱀들이 있었다.

아까는 멀리 있었던 데다가 뱀들을 관찰하는 취미가 없어서 몰랐는데, 지금 눈앞에 자리 잡은 뱀들을 보니 그들의 목덜미 있는 곳에 반투명한 여자가 각각 붙어 있는 게 보였다.

원래 상체만 있는 건지, 아니면 하체는 뱀 몸속에 있는 건지, 허리 부분이 뱀의 뒷머리 바로 아래에 따악 붙은 채 상체만 보였는데 긴 머리채를 흩날리며 뱀과 같이 우리를 노려보는 눈빛들이 무시무시했다.

내가 들은 원한 서린 목소리는 그녀들이 한마디씩 한 거였다.

[절대로 용서하지 않아!]

뱀들 사이에서도 상하 서열은 있었던지 맨 앞에 나선 뱀의 머리 위에 올라탄 여자가 손을 치켜 올리며 말하자 다른 뱀 위에 있던 여자들도 손을 치켜 올렸다.

그러자 그와 함께 엄청나게 강한 돌풍이 우리를 덮치는 것이었다.

"웃!!"

그에 강한 물결까지 동반되자 배가 급하게 출렁거리며 뒤집힐 것만 같았다.

"실라이론!!"

다급해진 내가 자리에서 일어나며 외치자 거대한 거인이 뱀과 배 사이에 떠억 나타나며 물결과 돌풍을 막아냈다.

[크웃~ 바람의 상급 정령!]

[흥, 상급 정령이라도 우리를 어쩌지 못해!]

실라이론의 거대한 몸집에 뱀들의 머리에 붙은 여자들이 이를 다시 한 번 빠드득 갈며 결의를 다지는 거였다.

[뭐, 뭐야, 쟤네들은?]

그들의 목소리에 황당함을 감추지 못하고 묻자 엔다이론의 대답이 들려왔다.

[이 세계에서 태어난 정령입니다. 오랜 시간 자연의 기운이 한곳에 몰려 생긴 아이들이죠. 보아하니 바람을 다룰 수 있는 능력을 가진 것 같습니다. 중급 정령보다는 강하지만, 상급보다는 약간 아래인 듯싶군요.]

[정령? 저 여자들이 정령이라고?]

내가 당황해서 되묻는 사이 맨 앞에 있던 세 명의 여자들이 뱀을 타고 실라이론에게 덤벼들었다.

[비켜~ 가만두지 않겠어!]

[어디 한번 해보자고!]

[네놈 따위 당장 정령계로 가버리란 말야!!]

그에 실라이론이 두 팔을 들어 올려 뱀들을 막을 태세를 취하자 나는 다급하게 외쳤다.

[모두 그만둬!]

아버지가 정령왕인 덕에 정령들과 대화를 할 수 있다 보니 아무래도 정령들끼리 싸우는 건 가만둘 수가 없었던 것이다.

그러자 놀랍게도 실라이론은 물론이거니와 뱀들을 타고 실라이론에게 공격을 가하던 세 여자 정령들도 떡하니 멈췄다.

그들은 놀란 시선으로 첼릿 뒤에 있는 나를 바라보았다.

[뭐, 뭐야?]

[넌 누구지?]

하지만 나 또한 내 말이 그들에게 먹혔다는 게 더 놀라워 벙쪄 있는데 엔다이론이 친절하게 설명해 줬다.

[아무리 정령계가 아닌 이곳에서 태어났다고 하더라도 정령은 정령입니다. 정령왕님의 말씀에는 절대 복종해야 하는…….]

[오호라… 그럼 내 말도 먹히겠군.]

[물의 상급 정령?]

[저 인간 뭐야?]

[어떻게 상급 정령과 대화를 나누는 거지?]

내가 엔다이론과 대화를 나누는 걸 보고 들은 뱀 여자 정령들이 당황스러워 속삭이는데 그 순간 그들 사이로 전기공이 떨어졌다.

"라이트닝 볼트!"

나 때문에 놀란 뱀 여자 정령들이 멈칫하는 사이 기회를 잡은 클라우드 남작이 던진 거였다.

하지만 한번 당한 공격에 다시는 당해주고 싶지 않은지 그 순간 뱀 여자 정령들은 자신들이 올라타고 있던 뱀을 바람의 막으로 감쌌고, 덕분에 기껏 바닷물을 타고 그들에게 도달한 전력은 그들의 몸에까지 영향력을 행사하지 못했다.

[가, 감히!]

[가만두지 않겠어!]

[너부터 먹어주마!]

갑자기 끼어든 마법사로 인하여 나에 대한 관심을 끊은 뱀 여자 정령들이 클라우드 남작을 향해 시선을 돌리며 공격하려고 하자, 그쪽에서도 또 뭔가 공격을 하려고 준비하는 모습이 들어왔다.

그래 나는 다급히 엔다이론을 타고 허공으로 떠올라서 외쳤다.

"가만있지 못해요? 너희들도 가만있어!!"

그에 뱀 진영과 벨레니 국 진영이 멈칫했고, 나는 뱀과 배들 사이를 막아서고 있는 실라이론의 어깨 위로 옮겨 올라탔다.

"백작, 지금 뭐 하시는 겁니까? 당장 내려오십시오!"

나의 돌발적인 행동에 공격하려던 것이 무산되자 화가 난 몬트리올 경이 나를 향해 고래고래 소리를 질렀다.

"시끄러워요, 몬트리올 경. 이건 내가 해결할 테니까 당신은 가만히 좀 있어봐요."

"뭐, 뭐요?"

내 말에 몬트리올 경의 얼굴이 분노로 인해 엄청 붉어졌다.

"이게 무슨 짓입니까? 단체 생활에 있어서는 제 지시에 따르셔야 한다고 했지 않습니까?"

방방 뛰면서 뭐라 더 하려고 했던 몬트리올 경은 리건의 제지로 인해 입을 다물어야 했다.

"거, 그만 좀 하시지 그러오? 쟤가 알아서 처리한다잖소? 만약 잘못되어도 저 녀석이 먼저 먹힐 텐데 뭐가 문제요?"

"후, 후작님까지⋯⋯."

리건이 그렇게 나서자 몬트리올 경은 엄청 못마땅하다는 표정으로 인상을 팍 찡그렸지만, 순순히 입을 다물었다.

"자, 여기는 내가 알아서 막을 테니까 넌 그쪽이나 잘 처리해 봐라."

리건이 그렇게 하며 싱긋 웃어 보이자 나는 안심하고 뱀 여자 정령들을 향해 시선을 돌렸다.

[뭐냐, 인간? 너부터 죽고 싶은 게냐?]

[네놈이 어떻게 우리와 대화를 할 수 있는지 모르겠다만 상관없어. 네놈들을 다 죽이고 말 테다!]

그래 나는 한숨을 내쉬고 그들을 향해 입을 열었다.

[그만둬. 한 가지 미리 이야기하자면 상급 정령보다 약한 너희들이라면 내 적수가 안 될 거야. 그러니 그만 물러나도록 해.]

내 말에 그녀들은 눈을 부라리고 외쳤다.

[뭐라고? 우리보고 물러나라고?]

[우리 아이들의 원수는?]

[절대로 그렇게는 못해!]

[같이 죽여 버릴 거야. 너희들을 이기지 못한다 해도 상관없어!]

그녀들의 억지스러운 말에 나는 살짝 인상을 찡그리며 말했다.

[먼저 공격한 건 너희들이잖아? 그건 왜 생각 못하지? 너희들이 먼저 공격해서 우리가 방어하느라 공격한 거라고. 남이 우리를 죽이려고 달려드는데 막기 위하여 최선을 다한 건 당연한 거 아닌가?]

[시끄러워, 시끄러워!!]

[듣기 싫어! 너도 가만두지 않을 거야!!]

[죽어버려! 저놈들과 같이 죽어버리란 말야!!]

그러나 그녀들은 내 말은 들으려고 하지도 않은 채 나에게 덤벼들려고 했다.

하기야 그녀들의 아이들이 죽었다니―정확하게 뱀이 낳은 건지, 저 여자들이 낳은 건지 모르겠지만…―저렇게 이성을 잃고 달려드는 것도 이해 못할 건 아니지만, 그렇다고 해서 나에게 덤벼든다면 내가 곱게, 그래 그래서 너희들의 분이 풀린다면 날 죽이도록 해… 하고 얌전히 죽어줄 수는 없었기에 나는 한숨을 내쉬고는 마지막 방법을 썼다.

사실, 저들과의 싸움을 피하려면 처음부터 이 방법밖에 없었을지도 몰랐다.

나는 조용히 내 몸에서 정령의 기운들을 끌어내며 뱀 여자 정령들을 노려봤다.

[그랴? 그럼 너그들이 날 어쩔 거서?]

여자 뱀 정령들은 내 살벌한 눈빛이 아니라 내 정령의 기운을 보고는 헉스 하며 쫄아버렸다. 그녀들의 모습에 나는 내 방법이 먹혔다는 것을 눈치 채고는 다시 한 번 눈을 험악하게 부라리며 말했다.

[야들아, 그냥 싸게 가라, 앙? 나 화나게 해뿔지 말고.]

정령들 세계에서의 철칙.

자신보다 상급인 정령들의 명령에는 절대 복종한다.

뱀 여자 정령들은 내 말에 아무 말도 못하고 눈물을 흩날리면서 조용히 물러나 정글 속으로 사라져 버렸다.

"히유우⋯⋯."

그들이 조용히 갔다고 기뻤던 것은 아니었기에 나는 입맛을 쩝쩝 다시면서 실라이론을 비롯한 운다인들을 다 보내 버리고 배 위로 내려왔다.

"해인님, 괜찮으십니까?"

엄청 걱정한 표정으로 첼릿이 물어오자 나는 피식 웃으며 대꾸했다.

"안 괜찮을 리가 없잖아요? 아무 일도 없었는데⋯⋯."

"도대체 어떻게 한 겁니까, 백작?"

저쪽에 있던 몬트리올 경이 타고 있던 배가 내 쪽으로 다가오며 그가 물었다. 그래 나는 귀찮음에도 불구하고 사실대로 성심성의껏 대답해 주었다.

"그냥 물러가라고 했더니만 물러가네요."

"그냥 물러가라고 했다고요? 아니, 지금 그걸 나보고 믿으라 하는 소리입니까?"

내가 기껏 사실대로 말해 줬는데도 몬트리올 경은 자신을 속이는 줄 알고 버럭 화를 냈다.

"그럼 제가 뭘 어떻게 했는데요?"

"뭐, 뭐요? 아니, 그걸 지금 제가 몰라서 묻고 있는 거지 않습니까?"

황당하다는 몬트리올 경의 말에 나는 고개를 휙 돌리며 말했다.

"제가 한 거라고는 그냥 물러가라고 했을 뿐이라고요."

"이, 이……."

그러자 이번에도 리건이 끼어들어서 상황을 종결시켰다.

"몬트리올 경, 안 갈 거요? 우리만 뒤처지고 있잖소?"

그에 몬트리올 경은 물러나 일행에게 전진을 명했지만, 그러면서 날 매섭게 노려보는 걸 잊지 않았다.

그곳에서부터 한참을 더 들어가서 날이 저물 무렵, 우리는 드디어 뭍을 만나 올라갈 수 있었다.

마치 다른 데서 흔히 보는 해변처럼 부드러운 모래가 쫘악 깔려 있고, 햇볕도 잘 드는 데다가 모래사장 너머에 풀들이 깔려 있는 걸 보면 놀러 오기에 딱 좋은 풍경이었지만, 어느 누구도 그 멋진 광경에 더 이상 감탄하지는 않았다.

그저 배를 대어놓고는 묵묵히 주위를 탐색하고 묵묵히 노숙할 자리를 잡을 뿐이었다.

이 정글을 찾는 사람들이 자주 사용하는 장소였던지 그 주위에는 노숙할 수 있게끔 정리된 곳이 아주 많았다.

우리 벨레니 국 측 일행들도 그러한 평평한 장소 하나를 잡고는 모닥불을 피우고 저녁을 준비하기 시작했다.

맛난 냄새가 풍기며 식욕을 자극하자 분위기가 왁작지껄하게 바뀔 법도 하건만, 아까의 일 때문인지 긴장하고 있어 분위기는 쫘악 가라앉아 있었다.

나는 혹시나 아까 내가 그 뱀 떼들을 그냥 물리칠 수 있었음에도 불구하고 뒤에서 가만히 보고 있었던 걸 혹여 다른 나라 측에서 뭐라 항의하지 않았을까 걱정했지만, 그러한 걱정이 무안스럽게도 그런 일은 없었다.

눈치를 보아하니 앞쪽으로 먼저 나가 있었던 새클턴 국 측도 배를 돌려 도와주기는커녕 멀찍이 떨어져서 사태만 지켜보고 있었던 듯했다. 마치 너희 일은 너희가 알아서 하라는 듯이 말이다.

그런데 그걸 알고 나니까 왠지 기분이 더욱더 껄끄러워졌다. 차라리 왜 안 도와줬냐고 항의를 받는 게, 내가 그들에게 도와주지 못해서 미안하다고 사과를 해야만 하는 상황이 더 편할 것 같았다.

이렇게 악명 높은 장소에 왔는데, 아무리 다른 나라 사람들이고 다른 이익을 추구하는 사람들이라고 해도, 같은 목표로 들어왔으면 서로 도와야 하는 게 옳은 일일 텐데… 그걸 저 사람들도 다 알 텐데도 그러지 않는 이 상황이 사실 머리로는 이해가 되기는 했지만, 기분이 좋지 못했다.

답답한 침묵 속에서 저녁을 먹고 나자 각 팀의 리더들끼리의 회의에 갔다 온 몬트리올 경이 아까의 내 단독 행동에 대해 또 뭐라고 한마디 하기는 했지만, 그 역시도 내가 다른 국가 측 사람들을 위해 나서지 않은 것에 대해 뭐라고 하지는 않았다.

이건 내 생각인데, 아마 나섰으면 혼자서 독단으로 했다고 지금보다 더 더욱 뭐라고 뭐라고 잔소리를 했을 것 같았다.

밤이 깊어지자 마법사들이 주위에 알람 마법을, 그리고 기사들과 용병들은 불침번 당번을 정하고 나머지는 침낭 속에 들었다.

"후우우……."

나도 첼릿의 권유로 인하여 침낭 속으로 기어들어 갔지만, 잠이 오지 않았다.

몇 번 뒤척뒤척거리다가 도저히 잠이 올 것 같지 않아서 결국 한숨을 내쉬며 자리에서 일어나자 불침번을 서고 있던 첼릿이 돌아보았다.

"잠이 안 오십니까?"

"아니, 뭐… 히유우… 볼일 좀 보고 올게요."

이 세계에 와서 화장실에 볼일 보러 간 적은 없지만, 잠시 자리를 뜨려니 그것 외에는 댈 핑계가 없었다.

"같이 가드릴까요?"

"에이, 멀리 가는 것도 아니고, 중요한 일로 가는 것도 아닌데요 뭐……."

첼릿의 걱정스러운 어조에 내가 배시시 웃어 보이자 그가 고개를 끄덕였다.

"그럼 조심해서 다녀오십시오."

"네에……."

첼릿에게 대답을 하고 그곳을 벗어난 나는 사람들이 노숙을 하는 곳에서 좀 떨어진 곳까지 걸어가 해변에 털푸덕 주저앉았다.

"히유우우……."

이번 일도 상회에서 했었던 일과 비슷할 거라고 안일하게 생각한 것과 그것 때문에 선뜻 여기에 온다고 한 것이 너무너무 어리석게 느껴졌다.

'아… 정말… 듀비도 올까 말까 엄청 갈등하다가 나 때문에 왔을 테구… 첼릿도 나 때문에 신경 곤두서 있던데…….'

이번 일은 처음부터 모든 게 엉망인 듯했다. 그래도 그나마 다행인 것은 램버트에게나마 제대로 도움이 되는 것이라고나 할까?

"에휴우우우……."

정글에 들어온 첫날부터 이러면 여기서 무사히 나가는 날까지 계속 이렇게 저조하게 있는 건 아닌지, 듀비의 심정을 제대로 신경이나 써줄 수나 있을지…….

'오기 전에는 모든 게 잘될 것만 같았는데… 아아, 내가 이렇게 한심스러울 수가…….'

혼자 해변에서 한숨만 푹푹 내쉬며 자책하고 있는데 뒤에서 인기척이 느껴졌다.

"해인님?"

뒤를 돌아보니 듀비였다.

"어? 여긴 어떻게 왔어요?"

놀란 눈으로 그를 바라보니 듀비가 조용히 다가와 내 곁에 앉았다.

"첼릿이 걱정되니 가보라고 하더군요."

"후후… 그랬군요."

'어쩐지 첼릿이 같이 가겠다고 끝까지 따라붙지 않더라니…….'

속으로 그렇게 생각하며 나는 시선을 돌려 잔잔한, 바다 같지 않은 바다를 바라보았다.

"아까부터 기분이 안 좋으신 것 같은데, 괜찮으십니까?"

내 기분이 그렇게 드러나 보였는지 듀비가 걱정스레 물어왔다.

그러자 괜시리 그에게 더 미안해졌다.

그는 지금 고향이라고 할 수 있는 지역에 들어와서 기분이 싱숭생숭할 텐데, 그런 그의 심정은 신경 써주지도 못할망정 오히려 날 신경 쓰게 만들었으니 말이다.

“아, 미안해요. 너무 신경 쓰게 만들었나요?”

“미안해하실 것 없습니다. 해인님이야말로 절 너무 신경 써주지 않으셔도 됩니다.”

듀비의 말에 나는 가슴이 뜨끔해지는 기분이었다.

“에엣… 아뇨… 제대로 신경 써주지도 못했는데요 뭐. 그거 너무 무신경하다고 뭐라 하는 거 아니죠?”

배시시 웃으며 농담조로 넘기려 하는데 듀비가 진지한 시선으로 날 바라보는 게 느껴졌다.

“무엇이 그렇게 해인님을 신경 쓰게 하는지 궁금하군요. 설마 정글이 두려워서 그러는 건 아니실 테구요.”

그의 조용한 어조에 나는 다시금 한숨을 내쉬고는 무릎 위에다 턱을 얹었다.

“히유우우… 그런 건 아니구요… 그냥… 듀비, 왠지 이번 일은… 저번에 북 드워프 마을에 갈 때하고 다르지 않아요?”

“그거야… 저번에는 대부분이 해로였지만, 이번에는 육로지 않습니까.”

“아니, 뭐 그것도 있지만서두……..”

듀비의 말에 어물어물 긍정하자 듀비가 날 보더니 평소 잘 보여주지 않는 미소를 지어 보이는 거였다.

“사람들이… 여러 그룹으로 갈라져서 그러시는 겁니까?”

“히유우… 아마도 그 문제가 가장 신경 쓰이는 걸 거예요. 이게 어찌 된 분위기인지 다른 그룹을 희생시켜서라도 목적을 이루려고 하는 것 같아서요… 그러면서 다른 그룹을 위하여 희생하는 건 절대적으로 피하려 하고… 위험한 장소에 들어와서 그러면 서로 망할지도 모르는

데… 차라리… 상회에서 오는 거였다면 좋았을 텐데요. 그러면 이렇게 갈리지 않고 하나로 뭉쳐서 다녔을걸……."

우물우물거리면서도 심정을 내뱉는데 내 말을 조용히 듣고 있던 듀비가 팔을 들어 올려 내 어깨를 감싸 안았다.

"너무 걱정하지 마십시오. 인간들이 그렇게 어리석지는 않을 겁니다. 지금은 저렇게 분열되는 거 같아도, 조금만 있으면 이 정글을 헤쳐 나가기 위하여 하나로 똘똘 뭉치게 될 겁니다. 분열된 상태로도 충분히 지나갈 수 있을 만큼 이 정글은 만만치 않으니까요. 해인님의 걱정은 이 정글이 다 해결해 줄 겁니다."

듀비의 따뜻한 체온이 전해져 오자 근거없이 마음이 한결 안정되는 듯한 기분이었다. 그리고 속에서부터 웃음이 피어올라 나는 나도 모르게 쿡쿡 웃고 말았다.

"쿡쿡쿡, 이 정글이 듀비에게도 영향을 준 모양인데요? 내가 듀비에게 이런 위안을 받을 줄은 상상도 못했다구요. 음, 어쨌든… 기분은 무척 좋네요."

내 말에 듀비도 날 보더니 마주 피식 웃었다.

그런데 그때였다.

잔잔한, 바다 같지 않은 바다로부터 시커먼 그림자가 불쑥 솟아오르더니 우리 쪽으로 성큼성큼 다가오는 거였다.

그에 놀란 내가 일어서고 듀비가 긴장한 채 내 앞을 가로막고 섰다. 그러자 시커먼 그림자가 멈칫하더니만 피식 하는 웃음소리를 내는 거였다.

"뭐야? 뭘 그렇게 긴장하고 있어?"

그 귀에 익은 목소리는 바로 리건이었다. 그에 나는 긴장을 풀고는 책망하는 어조로 투덜거렸다.

"뭐예요, 놀랐잖아요?"

그러자 리건이 아무렇지도 않게 다가오며 내 말을 받는 거였다.

"허, 네가 그렇게 겁이 많았을 줄이야."

놀리는 듯한 그의 어조에 나는 발끈해 버렸다.

"아니, 그러면 갑자기 물에서 시커먼 그림자가 솟아 나오는데 안 놀라요?"

"네 아버지는 매일 그럴 거 아니냐?"

"웃……."

리건의 말에 나는 차마 아니라고 반박할 수가 없어 아무 말도 못하고 있는데 리건이 그것 보라는 듯 피식 웃었다.

가까이 다가온 리건은 이 밤중에 저 위험한—하기야 리건에게는 위험하지 않겠지만—바다에서 수영을 즐겼는지 머리는 젖어서 착 달라붙어 있었고, 그곳에서부터 벗은 상체로 물방울이 흘러내렸다.

우락부락하지는 않지만, 근육질의 날씬한 몸매를 가진 구릿빛 피부 위로 물방울이 또르륵 흘러내리자 마치 TV의 한 장면을 보는 것 같은 게 되게 야시시해 보이는 거였다.

"오옷… 멋진 몸매."

눈을 뗄 수 없는 그 광경에 왠지 얼굴이 붉어지는 것만 같아 농담조로 분위기를 타파해 보려고 하자 리건이 다시 피식 웃었다.

"왜, 보고 반했냐?"

"음음, 솔직히 되게 멋있다고 생각해요. 나는 근육만 우락부락한 것보다는 근육이 있으면서도 날씬한 몸매가 좋더라."

내 진심 어린 말에 리건이 하하 웃었다.

“그냥 솔직히 나한테 반했다고 그래.”

“저런저런, 그러다가 울 아버지께 혼날라구…….”

“아, 맞다. 흠흠, 그건 그렇고 이렇게 만난 거 잘됐네. 그렇지 않아도 소금물에서 수영해서 씻으려고 했거든. 좀 도와주라.”

“기꺼이…….”

리건의 부탁에 내가 순순히 운디네를 불러내는데 듀비가 불쑥 입을 열었다.

“그럼 전 먼저 돌아가겠습니다.”

“예? 아, 예. 그러세요.”

갑자기 자리를 뜨겠다는 듀비가 의아했지만, 가겠다고 하는데 이유를 물어볼 수는 없는 일이라 나는 고개를 끄덕였다. .

그리고는 운디네에게 부탁해서 맑은 물을 리건에게로 부어주었다.

“아, 좋겠다… 지금이라도 수영이나 해볼까?”

리건이 몸에 남은 소금기를 씻어내는 모습을 보며 나는 왜 리건보다 먼저 수영할 생각을 못하고 있었는지 스스로를 한심스럽게 생각하는데 리건이 피식 웃었다.

“네가 늦게 돌아다닌다면 자칭 네 보호자들이 눈이 빠져라 기다릴 거다.”

그의 말에 불침번을 서고 있는 첼럿과 돌아간 듀비가 떠올랐다. 리건 말대로 내가 늦으면 그들은 엄청 걱정하면서 기다리다 못해 찾으러 올지도 모르는 일이었다.

“쩝…….”

아쉬움에 입맛을 다시며 진작 수영할 생각을 떠올릴걸… 하고 있는데 리건이 묘한 시선으로 쳐다보고 있는 게 느껴졌다.

"왜요?"

"아니. 그냥 널 보고 있으면 재미있다는 생각이 들어서."

"윽… 그게 뭐예요? 내가 그렇게 웃긴다는 거예요?"

내가 리건을 흘겨보며 투덜거리자 리건이 쿡쿡 웃었다.

"저런, 웃긴다는 것과 재미있다는 것은 엄연히 다른 말이라고."

"그게 그거지……."

"자자, 이쯤 하면 됐으니까 우리도 그만 돌아가자. 이제 자야지 내일 본격적으로 정글 안에 들어갈 때 피곤하지 않지."

리건의 말에 나는 운디네를 정령계로 돌려보냈고, 리건은 주위에 아무도 없는 것을 확인한 후 자신의 능력으로 몸에 있는 물기를 다 말려 버렸다.

"내일부터는 좀 더 주의해야 할 거야. 오늘 본 녀석들은 맛보기니까."

"으윽… 이제는 별로 생각하고 싶지 않아요. 괜히 왔다는 후회까지 들 정도라니까요."

리건의 말에 나는 다시 약하게 한숨을 내쉬며 일행들이 있는 곳으로 발걸음을 옮겼다.

〈제8권 끝〉